BUZZ

© 2022, Buzz Editora
© 2022, Carley Fortune
Publicado mediante acordo com a autora por intermédio de
BAROR INTERNATIONAL, INC., Armonk, New York, U.S.A.
Título original: *Every Summer After*

Publisher ANDERSON CAVALCANTE
Editora TAMIRES VON ATZINGEN
Assistente editorial JOÃO LUCAS Z. KOSCE
Estagiária editorial LETÍCIA SARACINI
Preparação LIGIA ALVES
Revisão GABRIELA ZEOTI, TOMOE MOROIZUMI
Projeto gráfico ESTÚDIO GRIFO
Assistente de design NATHALIA NAVARRO

*Nesta edição, respeitou-se o novo Acordo Ortográfico
da Língua Portuguesa.*

Dados Internacionais de Catalogação na Publicação (CIP)
de acordo com ISBD

F745d

    Fortune, Carley
    Depois daquele verão / Carley Fortune
    Traduzido por Erika Nogueira Vieira
    São Paulo: Buzz Editora, 2022
    288 pp.
    Tradução de: *Every Summer After*

    ISBN 978-65-5393-132-9

1. Literatura canadense. 2. Romance. I. Nogueira, Erika.
II. Título.

2022-2700   CDD 819 | CDU 821(71)

Elaborado por Odilio Hilario Moreira Junior – CRB-8/9949

Índice para catálogo sistemático:
1.   Literatura canadense 819
2.   Literatura canadense 821(71)

Todos os direitos reservados à:
Buzz Editora Ltda.
Av. Paulista, 726 – mezanino
CEP 01310-100 – São Paulo/ SP
[55 11] 4171 2317 | 4171 2318
contato@buzzeditora.com.br
www.buzzeditora.com.br

DEPOIS DAQUELE VERÃO

CARLEY FORTUNE

Tradução **ERIKA NOGUEIRA VIEIRA**

Para os meus pais, por nos levar ao lago
E para Bob, por me deixar voltar

1
AGORA

O quarto drinque parecia uma boa ideia. Assim como a franja, se você pensar bem. Mas agora, lutando para abrir a porta do meu apartamento, acho que de manhã vou me arrepender daquele último Spritz. Talvez da franja também. June me avisou, quando sentei na cadeira dela para cortar o cabelo hoje, que franjas geralmente são uma roubada. Mas não era June quem ia aparecer, recém-solteira, na festa de noivado da amiga dela. A franja era quase uma exigência da ocasião.

Não é que eu ainda esteja apaixonada pelo meu ex; não estou. Nunca estive. Sebastian é meio esnobe. Um advogado corporativo em ascensão, ele não teria aguentado uma hora na festa de Chantal sem tirar sarro da bebida escolhida por ela e sem mencionar algum artigo pretensioso que tinha lido no *New York Times* declarando que Aperol Spritz "já era". Em vez disso, Sebastian ia fingir analisar a carta de vinhos, faria perguntas irritantes ao barman sobre o *terroir* e a acidez e, independentemente das respostas, escolheria uma taça do tinto mais caro. Não que ele tenha um gosto excepcional ou saiba muito sobre vinhos; não é nada disso. Ele só compra coisas caras para dar a impressão de que entende delas.

Sebastian e eu ficamos juntos por sete meses, o que torna nosso relacionamento o mais duradouro que já tive até agora. No fim, Sebastian disse não saber de fato quem eu era. E ele tinha razão.

Antes de Sebastian, os caras que eu pegava em busca de diversão não pareciam se importar em manter as coisas casuais. Quando o conheci, imaginava que para ser uma adulta séria eu devia encontrar alguém para levar a sério. Sebastian se encaixava no perfil. Ele era atraente, culto e bem-sucedido e, apesar de ser um pouco pomposo, era capaz de conversar com qualquer pessoa sobre quase qualquer coisa. Mas eu ainda achava difícil dividir muitas partes de mim mesma com ele. Tinha aprendido havia bastante tempo a reprimir minha tendência a deixar pensamentos aleatórios jorrarem sem filtro pela boca. Achei que estava indo bem ao dar uma chance de fato ao relacionamento, mas, no fim das contas, Sebastian percebeu minha indiferença, e estava certo. Eu não dava a mínima para ele. Eu não dava a mínima para nenhum deles.

Só existia um.

E esse estava longe fazia muito tempo.

Então eu curto estar com os homens, e gosto porque o sexo funciona como uma fuga da minha mente. Gosto de fazer os caras darem risada, gosto de ter companhia, gosto de dar um tempo do meu vibrador de vez em quando, mas não me apego e não me deixo levar.

Ainda estou atrapalhada com minha chave – *é sério, tem alguma coisa errada com a fechadura?* – quando o telefone vibra na minha bolsa. O que é estranho. Ninguém me liga tão tarde assim. Na verdade, ninguém nunca me liga, a não ser Chantal e meus pais. Mas Chantal está na festa dela, e meus pais estão turistando em Praga e ainda não devem estar acordados. O zumbido para assim que consigo abrir a porta, entro tropeçando no meu pequeno apartamento de um quarto. Dou uma olhada no espelho da entrada e me deparo com meu batom quase todo borrado, mas a franja está fenomenal. *Toma essa, June.*

Começo a desamarrar as tiras da sandália dourada que estou usando, uma cortina de cabelo escuro caindo sobre meu rosto, quando o celular vibra novamente. Eu o tiro da bolsa e, só com uma sandália, sigo para o sofá, franzindo a testa para a informação *número desconhecido* na tela. Provavelmente é engano.

– Alô? – pergunto, me curvando para tirar a outra sandália.

– É a Percy?

Eu me levanto tão rápido que seguro no braço do sofá para me equilibrar. *Percy*. É um nome pelo qual ninguém mais me chama. Hoje em dia sou Persephone para quase todo mundo. Às vezes, P. Mas nunca Percy. Há anos não sou Percy.

– Alô... Percy? – A voz é grave e suave. Uma voz que não ouço há mais de uma década, mas tão familiar que, de repente, tenho treze anos e estou besuntada de protetor solar fator cinquenta, lendo livros de bolso no banco dos cais. Tenho dezesseis e estou tirando a roupa para pular no lago, pelada e grudenta depois de um turno no

Tavern. Tenho dezessete e estou deitada na cama de Sam usando um maiô úmido, observando seus dedos longos se moverem pelo livro de anatomia que ele está estudando aos meus pés. O sangue sobe quente para meu rosto com um zunido, e o pulsar marcado e ritmado do coração invade meus tímpanos. Inspiro fundo, abalada, e me sento, os músculos do estômago se contraindo.

– Sim – dou um jeito de dizer, e ele solta um suspiro longo que parece aliviado.

– É o Charlie.

Charlie.

Não o Sam.

Charlie. O irmão errado.

– Charles Florek – esclarece ele, e começa a explicar como conseguiu meu número. Alguma coisa sobre um amigo de um amigo e um contato na revista onde eu trabalho. Mas meio que não estou ouvindo.

– Charlie? – eu interrompo. Minha voz é aguda e tensa, uma parte de Spritz e duas partes de choque. Ou talvez todas as partes de decepção total. Porque *essa* voz não pertence a Sam.

Mas é claro que não.

– Eu sei, eu sei. Faz muito tempo. Meu Deus, eu nem sei quanto tempo – diz Charlie, e soa como um pedido de desculpas.

Mas eu sei. Sei exatamente quanto tempo faz. Eu nunca parei de contar.

Faz doze anos que não vejo Charlie. Doze anos desde aquele fim de semana catastrófico de Ação de Graças, quando tudo desmoronou entre mim e Sam. Quando arrasei com tudo.

Eu contava os dias para minha família ir para o chalé para que pudesse ver Sam de novo. Agora ele é uma lembrança dolorosa, mantida bem escondida debaixo das costelas.

Também sei que passei mais anos sem o Sam do que passei com ele. No Dia de Ação de Graças que marcou sete anos desde a última vez que nos falamos, tive um ataque de pânico, meu primeiro em muito tempo, depois tomei uma garrafa e meia de vinho rosé. Parecia imensurável: eu estava oficialmente sem o Sam havia mais anos do que tínhamos passado juntos no lago. Chorei de soluçar, soluços feios e ofegantes, no chão do banheiro, até desmaiar.

Chantal veio no dia seguinte com delivery gorduroso e segurou meu cabelo enquanto eu vomitava, lágrimas escorriam pelo meu rosto, e contei tudo a ela.

– Faz séculos – respondo a Charlie.

– Eu sei. E desculpe por te ligar tão tarde. – Parece tanto com Sam falando que chega a doer, como se eu tivesse um miolo de pão preso na garganta. Lembro de quando tínhamos catorze anos e era quase impossível distingui-lo de Charlie no telefone. Lembro de notar outras coisas em Sam naquele verão também.

– Olha só, Pers. Estou ligando porque preciso te dar uma notícia – diz ele, usando o apelido pelo qual costumava me chamar, mas soando muito mais sério do que o Charlie que eu conhecia. Eu o ouço inspirar fundo pelo nariz. – Minha mãe faleceu tem alguns dias, e eu... Bem, eu achei que você ia querer saber.

As palavras dele me atingem como um tsunami, e eu me esforço para entendê-las completamente. Sue morreu? *Sue era jovem.*

Tudo o que consigo botar para fora é um "o quê?" esganiçado.

Charlie parece exausto quando responde.

– Câncer. Ela estava lutando fazia uns anos. A gente está arrasado, é claro, mas ela estava cansada de estar doente, sabe?

E não é a primeira vez que parece que alguém roubou o roteiro da história da minha vida e escreveu tudo errado. Parece impossível que Sue estivesse doente. Sue, com seu grande sorriso e seu short jeans e seu rabo de cavalo platinado. Sue, que fazia o melhor pierogi do universo. Sue, que me tratava como uma filha. Sue, que eu sonhei que um dia poderia ser minha sogra. Sue, que esteve doente durante anos sem que eu soubesse. Eu deveria saber. Eu deveria ter estado lá.

– Sinto muito, muito mesmo – começo. – Eu... Eu não sei o que dizer. Sua mãe era... ela era... – Pareço apavorada, até eu consigo perceber.

Aguenta firme, digo a mim mesma. *Você perdeu o direito à Sue tem muito tempo. Não pode se dar ao luxo de desmoronar agora.*

Penso na Sue criando dois meninos sozinha enquanto administrava o Tavern, e no dia em que a conheci, quando ela veio à nossa casa para garantir aos meus pais, muito mais velhos, que Sam era um garoto legal e que ela ficaria de olho em nós dois. Lembro de quando ela me ensinou a equilibrar três pratos ao mesmo tempo e da vez em que me disse para não escutar merda de garoto nenhum, incluindo seus dois filhos.

– Ela era... tudo – balbucio. – Era uma mãe tão boa.

– Era, sim... E eu sei que ela significou muito para você quando a gente era criança. É por isso que estou ligando – continua Charlie, hesitante. – O funeral vai ser no domingo. Eu sei que já faz muito tempo, mas acho que você deveria vir. Você vem?

Muito tempo? Faz doze anos. Doze anos que viajei de carro para o norte, para o lugar que era um lar para mim mais do que qualquer outro. Doze anos que mergulhei de cabeça no lago. Doze anos que minha vida tinha ruidosamente perdido o rumo. Doze anos sem ver Sam.

Mas só existe uma resposta.

– É claro que eu vou.

2
VERÃO, DEZESSETE ANOS ATRÁS

Acho que, quando meus pais compraram o chalé, eles não sabiam que dois adolescentes moravam na casa ao lado. Minha mãe e meu pai queriam me oferecer uma fuga da cidade, para dar um tempo dos outros garotos da minha idade, e os meninos Florek, que passavam longos períodos sozinhos nas tardes e noites, provavelmente foram uma surpresa tão grande para eles quanto para mim.

Um pessoal da minha classe tinha casas de veraneio, mas ficavam todas em Muskoka, a uma distância curta da cidade seguindo para o norte, onde a palavra *chalé* não parecia muito adequada para as mansões à beira-mar que margeavam as costas rochosas da área. Meu pai se recusou a procurar em Muskoka. Ele disse que, se comprássemos um chalé lá, era melhor passar o verão em Toronto – ficava perto demais da cidade e cheio demais de moradores de lá. Assim, ele e minha mãe concentraram sua busca em comunidades rurais mais para o nordeste, que meu pai declarou serem urbanizadas demais ou caras demais, e então ainda mais longe, até os dois acabarem concordando em escolher Barry's Bay, uma cidadezinha operária pacata que se transformava em ponto turístico no verão, com calçadas cheias de ocupantes dos chalés e viajantes europeus indo acampar ou fazer trilhas no Algonquin Provincial Park.

– Você também vai adorar, gatinha – prometeu ele. – É o *típico* chalé de temporada.

No fim eu me vi ansiosa pela viagem de quatro horas da nossa casa estilo Tudor no centro de Toronto até o lago, mas aquela primeira viagem se estendeu por uma eternidade. Civilizações inteiras surgiram e desapareceram até passarmos pela placa *Bem-vindo a Barry's Bay*, meu pai e eu no caminhão de mudança e minha mãe no Lexus logo atrás. Ao contrário do carro da minha mãe, o caminhão não tinha som decente nem ar-condicionado, e eu estava presa ouvindo o zumbido monótono da rádio CBC, a parte de baixo das coxas colada no banco de vinil e a franja grudada na testa melada.

Quase todas as meninas da minha classe da sétima série tinham cortado franja depois de Delilah Mason, ainda que não combinasse com a gente. Delilah era a mais popular da nossa série, e eu me considerava sortuda por ser uma de suas amigas mais próximas. Pelo menos eu costumava me considerar, mas isso foi antes do incidente da festa do pijama. A franja dela formava um elegante dossel ruivo sobre a testa, enquanto a minha desafiava tanto a gravidade quanto os produtos de modelagem, projetando-se em estranhos topetes e ângulos, me fazendo parecer exatamente a garota desajeitada de treze anos que eu era, em vez da morena misteriosa de olhos escuros que eu queria ser. Meu cabelo não era nem liso nem cacheado, e parecia mudar de personalidade com base em um número imprevisível de fatores, do dia da semana até o clima e o jeito como eu tinha dormido na noite anterior. Enquanto eu faria qualquer coisa que estivesse ao meu alcance para que as pessoas gostassem de mim, meu cabelo se recusava a colaborar.

* * *

Descendo a mata na margem oeste do lago Kamaniskeg, Bare Rock Lane era uma estrada de terra estreita. O caminho em que meu pai entrou estava tão invadido pela vegetação que galhos arranhavam as laterais do caminhãozinho.

– Está sentindo esse cheiro, garota? – meu pai perguntou, baixando o vidro, enquanto seguíamos cambaleando no caminhão. Juntos, respiramos fundo, e o cheiro de agulha de pinheiro caída muito tempo antes encheu minhas narinas, terroso e medicinal.

Paramos na porta dos fundos de um modesto chalé de madeira em formato de A que era ofuscado pelos pinheiros avermelhados e brancos que cresciam ao redor. Meu pai desligou o motor e se virou para mim, o sorriso sob o bigode quase grisalho e os olhos enrugados sob os óculos de aro escuro.

– Bem-vinda ao lago, Persephone.

O chalé tinha um cheiro incrível de madeira defumada. De algum modo, esse cheiro nunca foi embora, mesmo depois de a minha mãe passar anos queimando suas velas caras da Diptyque.

Cada vez que voltava, eu ficava parada na entrada, farejando esse cheiro, do mesmo jeito que fiz no primeiro dia. O térreo era um pequeno espaço aberto, coberto do chão ao teto com tábuas de madeira claras com nós. Janelas enormes davam para uma vista absurdamente deslumbrante do lago.

– Uau – murmurei, avistando uma escada que começava deque e descia por uma colina íngreme.

– Nada mal, né? – Meu pai me deu um tapinha no ombro.

– Vou dar uma olhada na água – avisei, já correndo pela porta lateral, que se fechou atrás de mim com uma pancada entusiasmada. Desci voando dezenas de degraus até chegar ao cais. A tarde estava úmida, cada centímetro do céu coberto por nuvens cinzentas espessas que refletiam na água prateada e tranquila abaixo. Eu mal conseguia distinguir os chalés que pontilhavam a margem oposta. E me perguntei se poderia atravessá-lo a nado. Sentei na beirada do cais, as pernas balançando na água, chocada com o silêncio que fazia, até que minha mãe gritou para que eu ajudasse a desencaixotar nossas coisas.

Estávamos cansados e mal-humorados por carregar caixas e combater mosquitos quando terminamos de descarregar o caminhão. Deixei minha mãe e meu pai organizando a cozinha e fui para cima. Havia dois quartos; meus pais me destinaram o que dava para o lago, dizendo que, como passava mais tempo no quarto, eu aproveitaria melhor a vista. Desfiz minhas malas, arrumei a cama e dobrei um cobertor da baía de Hudson ao pé dela. Meu pai achava que não iríamos precisar de cobertores de lã tão pesados no verão, mas minha mãe insistiu em levar um para cada cama.

– É coisa de canadense – ela explicou, em um tom que indicava que aquilo devia ser óbvio.

Organizei uma pilha de livros de bolso perigosamente alta na mesinha de cabeceira e colei um pôster do *Monstro da Lagoa Negra* em cima da cama. Eu tinha uma queda por terror. Assistia a toneladas de filmes assustadores – meus pais tinham desistido de proibir isso fazia muito tempo – e devorava livros clássicos de R. L. Stine e Christopher Pike, assim como séries mais recentes sobre adolescentes atraentes que se transformavam em lobisomens durante a lua cheia e adolescentes atraentes que caçavam fantasmas depois dos treinos de líderes de torcida. Na época em que eu ainda tinha amigas, levava os livros para a escola e lia as partes boas (o que quer dizer qualquer coisa remotamente sórdida ou sexy) em voz alta. No começo eu adorava provocar uma reação nas meninas, amava ser o centro das atenções, mas com a segurança de saber que as palavras de outra pessoa eram a fonte de entretenimento. No entanto, quanto mais terror eu lia, mais passava a amar a escrita por trás da história – como os autores tornavam plausíveis situações impossíveis. Eu gostava de constatar que cada livro era previsível e único, reconfortante e inesperado. Seguro, mas nunca chato.

– Pizza para o jantar? – Minha mãe estava na porta, olhando para o pôster.

– Eles vendem pizza aqui? – Barry's Bay não parecia ser grande o suficiente para ter delivery. E não era mesmo, então fomos de carro comprar uma pizza na esquina de uma das duas mercearias da cidade.

– Quantas pessoas moram aqui? – perguntei a minha mãe. Eram sete da noite, e parecia que a maioria das lojas na rua principal estava fechada.

– Umas mil e duzentas, mas eu imagino que seja provavelmente o triplo no verão, com todo mundo se hospedando nos chalés – disse ela. Com exceção do terraço de um restaurante lotado, a cidade estava praticamente deserta. – O Tavern deve ser *o* point do sábado à noite – comentou, diminuindo a velocidade enquanto passávamos.

– Parece o *único* lugar para ir – repliquei.

Quando voltamos, meu pai já tinha instalado a pequena televisão. Não havia TV a cabo, mas tínhamos levado nossa coleção de DVDs.

– Pensei em colocar *As grandes férias* – comentou ele. – Parece que tem tudo a ver, não acha, gatinha?

– Hum... – Eu me agachei para inspecionar o conteúdo do armário. – *A bruxa de Blair* também teria a ver.

– Eu não vou assistir isso – protestou minha mãe, colocando pratos e guardanapos junto das caixas de pizza na mesinha de centro.

– Então ficamos com *As grandes férias* – decretou meu pai, deslizando o DVD para dentro do aparelho. – Um John Candy clássico. O que poderia ser melhor?

15

O vento tinha ficado mais forte lá fora, movendo-se por entre os galhos dos pinheiros, e ondas agora varriam a superfície do lago. A brisa que entrava pelas janelas tinha cheiro de chuva.

– É – comentei, dando uma mordida no meu pedaço de pizza. – Muito bom mesmo.

* * *

Um raio ziguezagueou pelo céu, iluminando os pinheiros, o lago e as colinas da margem oposta, como se alguém tivesse tirado uma foto com flash usando uma câmera gigante. Petrificada, assisti à tempestade através das janelas do quarto. A vista era muito maior do que a fatia de céu que eu conseguia enxergar do meu quarto em Toronto, e o trovão era tão alto que parecia estar bem em cima do chalé, como se alguém tivesse feito uma encomenda especial para nossa primeira noite. Depois de um tempo os barulhos ensurdecedores se tornaram estrondos distantes, e eu voltei para a cama, ouvindo a chuva atingindo as janelas.

Minha mãe e meu pai já estavam no andar de baixo quando acordei na manhã seguinte, momentaneamente confusa com o sol brilhante que entrava pelas janelas e com as ondulações de luz que se deslocavam pelo teto. Eles se sentaram, cafés a postos, com suas leituras à mão – meu pai na poltrona com uma edição da *Economist*, coçando a barba, distraído, e minha mãe em uma banqueta no balcão da cozinha, folheando uma revista grossa de design, os óculos enormes de armação vermelha se equilibrando na ponta do nariz.

– Ouviu o trovão ontem à noite, gatinha? – meu pai perguntou.

– Não dava pra não ouvir – respondi, pegando uma caixa de cereal dos armários ainda praticamente vazios. – Acho que não dormi muito bem.

Depois do café, enchi uma sacola de lona com suprimentos – um romance, revistas, protetor labial e um tubo de protetor solar fator cinquenta – e segui para o lago. Embora tivesse chovido, o cais já estava seco por causa do sol da manhã.

Estendi minha toalha no chão e espalhei protetor solar no rosto, depois me deitei de bruços, o rosto apoiado nas mãos. Não havia outro cais por uns cento e cinquenta metros de um lado, mas o da outra direção era relativamente próximo. Lá havia um barco a remo amarrado e uma canoa flutuando mais distante da margem. Peguei meu livro e continuei de onde tinha parado na noite anterior.

Devo ter caído no sono, porque de repente fui acordada por um *splash* alto e pelo som de meninos gritando e rindo.

– Vou te pegar! – um deles gritou.

– Até parece que você consegue! – uma voz mais grave provocou.

Splash!

Duas cabeças apareceram no lago, perto da canoa do vizinho. Ainda deitada de bruços, vi os dois subirem na canoa, se revezando para pular dando cambalhotas e mergulhos e barrigadas. Era início de julho, mas os dois já estavam bronzeados. Imaginei que fossem irmãos e que o menor e mais magrelo devia ter mais ou menos a minha idade. O menino mais velho era cerca do equivalente a uma cabeça mais alto que ele, e sombras correndo por seu torso e braços insinuavam músculos magros. Quando ele jogou o mais novo por cima do ombro na água, eu me sentei, dando risada. Eles ainda não tinham me notado, mas agora o menino mais velho estava olhando na minha direção com um sorriso largo no rosto. O menor subiu na canoa ao lado dele.

– Ei! – o mais velho gritou, acenando.

– Oi! – gritei de volta.

– Vizinha nova? – ele perguntou.

– Sim – respondi.

O menino mais novo ficou olhando até que o mais velho deu um cutucão no seu ombro.

– Meu Deus do céu, Sam. Fala oi.

Sam ergueu a mão e olhou para mim antes que o garoto mais velho o empurrasse de volta para o lago.

* * *

Demorou oito horas para os garotos Florek me encontrarem. Eu estava sentada no deque com meu livro depois de lavar a louça do jantar quando ouvi alguém bater na porta dos fundos. Estiquei o pescoço, mas não consegui ver com quem minha mãe estava falando, então enfiei o marcador de páginas no livro e me levantei da cadeira dobrável.

– A gente viu uma menina no cais de vocês hoje de manhã e queríamos dizer oi. – A voz pertencia a um adolescente, meio grave, mas criançona. – Meu irmão não tem ninguém da mesma idade para brincar por aqui com ele.

– Brincar? Eu sou um neném, por acaso? – respondeu um segundo menino, suas palavras estalando de irritação.

Minha mãe olhou para mim por sobre o ombro, os olhos semicerrados indagadores.

– Tem visita para você, Persephone – avisou, deixando claro que não estava exatamente satisfeita com o fato.

Saí do chalé e fechei a porta de tela atrás de mim, olhando para os meninos de cabelo dourado que eu tinha visto nadando no começo daquele dia. Estava claro, eram parentes – ambos esguios e bronzeados –, mas as diferenças entre os dois eram tão claras quanto. O menino mais velho estampava um sorriso largo, imaculado, e obviamente sabia como se virar com um pote de gel, e o mais novo olhava para os pés, um emaranhado de cabelo ondulado caindo casualmente sobre os olhos. Ele estava com uma bermuda cargo folgada e uma camiseta desbotada do Weezer pelo menos um número maior que o dele; o garoto mais velho usava calça jeans, camiseta branca justa de gola careca e Converse pretos, as ponteiras de borracha perfeitamente brancas.

– Oi, Persephone, eu sou o Charlie – disse o maior, com covinhas profundas e olhos verdes passeando pelo meu rosto. Gatinho. Gatinho à la boy band. – E este é o meu irmão, Sam. – Ele colocou a mão no ombro do garoto mais novo. Sam abriu um meio sorriso relutante por debaixo de uma mecha de cabelo, depois voltou a olhar para baixo. Calculei que era alto para a idade, mas todo aquele tamanho o deixava desengonçado, seus braços e pernas palitos finos, e seus cotovelos e joelhos pontudos como pedras dentadas. Os pés pareciam tropeços iminentes.

– Hum... ei – comecei, olhando de um para o outro. – Acho que vi vocês no lago hoje.

– Sim, era a gente – respondeu Charlie, enquanto Sam chutava agulhas de pinheiro. – A gente mora aqui do lado.

– Tipo, sempre? – perguntei, oxigenando o primeiro pensamento que me veio à mente.

– O ano inteiro – confirmou ele.

– A gente é de Toronto, então isso aqui – falei, indicando a vegetação que nos cercava – é bem novo para mim. Vocês têm sorte de morar aqui.

Sam bufou ao ouvir isso, mas Charlie continuou, ignorando-o.

– Bem, o Sam e eu adoraríamos te apresentar tudo. Não é, Sam? – Charlie perguntou ao irmão, sem parar para esperar a resposta. – E você pode usar a nossa canoa quando quiser. A gente não liga – continuou, ainda sorrindo. Ele falava com a confiança de um adulto.

– Legal. Vou usar com certeza, obrigada. – Abri um sorriso tímido de volta.

– Olha, eu queria te pedir um favor – disse Charlie, com um ar conspiratório. Sam gemeu debaixo de sua juba dourada. – Uns amigos meus vão passar na minha casa hoje à noite, e será que o Sam poderia ficar com você aqui enquanto isso? Ele meio que não tem vida social, e parece que vocês são da mesma idade – disparou, me sondando.

– Eu tenho treze anos – respondi, dando uma olhada em Sam para ver se ele tinha alguma opinião sobre a proposta, mas ele ainda estava examinando o terreno. Ou talvez seus pés, do tamanho de submarinos.

– Peeerfeito – ronronou Charlie. – O Sam também tem treze. Eu tenho quinze – acrescentou, orgulhoso.

– Nossa, parabéns – Sam murmurou.

Charlie continuou:

– Mas então, Persephone...

– Percy – interrompi, em uma explosão. Charlie me lançou um olhar esquisito. Eu ri, nervosa, e girei a pulseira da amizade que usava, explicando: – É Percy. Persephone é... um nome muito longo. E meio pretensioso. – Sam se endireitou e então olhou para mim, franzindo as sobrancelhas e o nariz por um instante. O rosto dele era meio comum, nenhuma característica particularmente memorável, a não ser os olhos, que eram de um azul-celeste chocante.

– Então é Percy – concordou Charlie, mas minha atenção ainda estava em Sam, que me observava com a cabeça inclinada para o lado. Charlie pigarreou. – Mas, como eu estava dizendo, você me faria um grande favor se pudesse entreter o meu irmãozinho hoje à noite.

– Meu Deus do céu – sussurrou Sam, ao mesmo tempo que eu perguntava: – Entreter?

Nós piscamos um para o outro. Mudei o peso de lado, sem saber o que dizer. Fazia meses que eu havia ofendido Delilah Mason de maneira tão fantástica que não tinha mais amigos, meses que não tinha a companhia de alguém da minha idade. Mas a última coisa que eu queria era que Sam fosse forçado a ficar comigo. Antes que eu pudesse explicar isso, foi ele quem falou.

– Não precisa fazer isso se não quiser. – Sam parecia querer se desculpar. – Ele só está tentando se livrar de mim porque a minha mãe não está em casa. – Charlie deu uma batida no peito dele.

A verdade é: eu queria mais um amigo do que queria que minha franja se comportasse. Se Sam estivesse disposto, a companhia dele talvez não fosse ruim.

– Eu não ligo – respondi a ele, com uma pitada de falsa confiança. – Quero dizer, é um baita favor. Então, você pode me ensinar a dar uma daquelas cambalhotas da canoa como retribuição. – Sam deu um sorriso torto. Era um sorriso tranquilo, mas era largo, seus olhos azuis brilhando como vidro do mar contra sua pele radiante.

Consegui, pensei, a animação tomando conta de mim. Eu queria fazer isso de novo.

3
AGORA

Minha eu adolescente não acreditaria nisso, mas eu não tenho carro. Naquela época eu estava determinada a ter meu próprio meio de locomoção para poder seguir para o norte todos os fins de semana possíveis. Hoje em dia, minha vida é restrita a uma área arborizada da zona oeste de Toronto, onde eu moro, e o centro da cidade, onde trabalho. Posso ir ao escritório, à academia e ao apartamento dos meus pais caminhando ou usando o transporte público.

Tenho amigos que nunca se deram ao trabalho de tirar a carteira de motorista; são o tipo de pessoa que se vangloria de nunca ter botado o pé ao norte da Bloor Street. O mundo inteiro deles se limita a uma bolhazinha urbana e estilosa, e eles se orgulham dela. O meu também é, mas às vezes sinto como se estivesse sufocando.

A verdade é que não me sinto em casa na cidade desde os meus treze anos, quando me apaixonei pelo lago, pelo chalé e pela vegetação. Mas, na maior parte do tempo, não me permito pensar a respeito. Não tenho tempo para isso. O mundo que construí para mim mesma está repleto de armadilhas da agitação urbana – as horas extras no escritório, as aulas de spinning e os muitos brunches. É assim que eu gosto. Uma agenda sobrecarregada me traz alegria. Mas de vez em quando me pego fantasiando em ir embora da cidade – achar um lugarzinho perto da água para escrever, trabalhar em um restaurante ao lado para pagar as contas – e começo a me sentir como se estivesse sendo espremida, como se minha vida não se coubesse em mim.

Isso surpreenderia praticamente todo mundo que conheço. Sou uma mulher de trinta anos que está com a vida em ordem. Moro no último andar de uma casa grande em Roncesvalles, um bairro polonês onde ainda é possível encontrar um pierogi bem decente. O lugar é impressionante, com vigas aparentes e teto inclinado, e, claro, é minúsculo, mas um apartamento inteiro de um quarto nesta parte da cidade não sai barato, e meu salário na revista *Shelter* é... modesto. Tá bom, é uma merda. Mas na área de mídia é assim mesmo, e, ainda que o dinheiro seja curto, pelo menos tenho um cargo bom.

Trabalho na *Shelter* há quatro anos, e venho subindo aos poucos na hierarquia, de humilde assistente editorial a editora sênior. Isso me coloca em uma posição de poder, de delegar matérias e supervisionar sessões de fotos na maior revista de decoração do país. Graças em grande parte aos meus esforços, conseguimos seguidores dedicados nas mídias sociais e uma enorme audiência na internet. É um trabalho que amo e no qual sou boa. Na festa de quarenta anos da *Shelter*, a editora-chefe da revista, Brenda, me deu o crédito por levar a publicação para a era digital. Foi um marco na minha carreira.

As pessoas acham que o trabalho de editora é cheio de glamour. Parece ágil e esfuziante, mas, para ser sincera, envolve sobretudo ficar sentada em um cubículo o dia todo, pesquisando sinônimos para o termo *minimalista*. Mas também tem lançamentos de produtos para ir e almoços com designers em ascensão para frequentar. E é uma área visada por advogados corporativos e banqueiros emergentes, o que se provou útil para conseguir companhia para o circuito de coquetéis. E ainda tem as regalias, como turnês de divulgação e bares com champanhe à vontade, além de uma quantidade obscena de coisas de graça. Há ainda um fluxo infinito de fofocas do meio para Chantal e eu ruminarmos, nosso jeito preferido de passar as noites de quinta-feira. (E minha mãe nunca se cansa de ver Persephone Fraser impresso na página de expediente da revista.)

O telefonema de Charlie é uma furada na minha bolha, e estou tão ávida para chegar ao norte que, assim que desligo, reservo um carro e um quarto de hotel para o dia seguinte, mesmo que o funeral seja só daqui a alguns dias. É como se eu tivesse acordado de um coma de doze anos e minha cabeça latejasse de expectativa e pavor.

Vou ver o Sam.

* * *

Eu me sento para escrever um e-mail para meus pais contando sobre Sue. Eles não estão olhando as mensagens com regularidade nessas férias europeias deles, então não sei quando vão ficar a par. Também não sei se eles ainda tinham contato com Sue. Minha mãe manteve contato com ela por alguns anos depois que Sam e eu "terminamos", mas, sempre que ela mencionava qualquer um dos Florek, meus olhos se enchiam de lágrimas. Ela acabou parando de me atualizar.

Escrevo um aviso breve e, quando termino, jogo algumas roupas na mala Rimowa, que não podia pagar, mas que comprei mesmo assim. Já passou bastante da meia-noite, e tenho uma entrevista para o trabalho de manhã, seguida por uma longa viagem de carro. Então, visto o pijama, deito e fecho os olhos. Mas estou agitada demais para dormir.

Há momentos para os quais volto quando estou mais nostálgica, quando tudo que quero fazer é me enroscar no passado com Sam. Posso reproduzi-los na minha cabeça como se fossem vídeos caseiros antigos. Eu os assistia o tempo todo na universidade, uma rotina na hora de dormir tão familiar quanto o cobertor de bolinhas da baía de Hudson que eu tinha trazido do chalé. Mas as lembranças e os arrependimentos que elas levavam consigo pinicavam como a lã do cobertor, e eu passava as noites imaginando onde Sam estaria naquele exato momento, me perguntando se havia uma chance de ele estar pensando em mim. Às vezes eu tinha certeza de que estava – como se houvesse um cordão invisível, irrompível entre nós, se estendendo por distâncias enormes e nos mantendo unidos. Outras vezes, eu caía no sono no meio de um filme só para acordar de madrugada, os pulmões prestes a entrar em colapso, e precisava controlar a respiração durante o ataque de pânico.

Quando terminei a escola, consegui desligar as transmissões noturnas, preenchendo a mente com as provas que se aproximavam e com prazos para entregar artigos e inscrições para estágios, e os ataques de pânico começaram a diminuir.

Esta noite não estou nada contida. Dou a deixa de nossas primeiras vezes – a primeira vez que nos vimos, nosso primeiro beijo, a primeira vez que Sam disse que me amava – até que a realidade de vê-lo que vou começa a bater, e meus pensamentos se tornam um turbilhão de perguntas cujas respostas não tenho. Como ele vai reagir à minha presença? Quanto ele mudou? Ele está solteiro? Ou, *merda*, ele é casado?

Minha terapeuta, Jennifer... não é Jen, Jen nunca. Cometi esse erro uma vez e fui rispidamente corrigida. A mulher tem frases emolduradas na parede ("A vida começa depois do café" e "Não sou diferente, sou edição limitada"), então não tenho certeza de que tipo de peso ela acha que seu nome completo acrescenta. De qualquer modo, Jennifer tem truques para lidar com esse tipo de espiral de ansiedade, mas respirações abdominais profundas e mantras não têm chance alguma esta noite. Comecei a me tratar com ela há alguns anos, logo depois do Dia de Ação de Graças, que passei vomitando vinho rosé e botando as entranhas para fora com Chantal. Eu não queria ver um terapeuta; achei que aquele ataque de pânico tinha sido só uma exceção em meu processo bastante bem-sucedido de expulsar Sam Florek do meu coração e da minha cabeça, mas Chantal foi insistente. *Essa merda está fora da minha alçada, P*, ela me disse, com sua costumeira força contundente.

Chantal e eu nos conhecemos quando éramos estagiárias na revista da cidade, onde ela é agora a editora de entretenimento. Nós nos debruçávamos sobre o encargo peculiar de checar resenhas de restaurantes (*Então o linguado é empanado com pinhão moído, não uma crosta de pistache?*) e a obsessão ridícula da editora-chefe por jogos de tênis. O momento que firmou nossa amizade foi uma reunião de pauta que a editora literalmente começou com estas palavras: "Tenho pensado muito no tênis", e depois se voltou para Chantal, que era a única pessoa negra em todo o escritório, e continuou "Você deve ser ótima jogando tênis". O rosto dela permaneceu perfeitamente sereno quando respondeu que não jogava, ao mesmo tempo que eu soltava: "Tá de brincadeira".

Chantal é minha amiga mais próxima, não que haja muita concorrência. A relutância em dividir aspectos íntimos ou embaraçosos da minha pessoa com outras mulheres as deixa desconfiadas. Por exemplo: Chantal sabia que eu tinha crescido em um chalé e que andava com os meninos da casa vizinha, mas não fazia ideia de até onde ia meu relacionamento com Sam – nem que tinha terminado em uma explosão bagunçada que não deixou sobreviventes. Acho que o fato de eu não ter lhe revelado uma parte tão fundamental da minha história era mais chocante do que a história que tinha acontecido tantos anos antes.

– Você entende o que significa ter amigos, não é? – ela perguntou depois que lhe contei a terrível verdade. Levando em conta que meus dois amigos mais próximos não falam mais comigo, provavelmente a resposta deveria ser *Não exatamente*.

Mas tenho sido uma boa amiga para Chantal. É para mim que ela liga para reclamar do trabalho ou da futura sogra, que sugere o tempo todo que Chantal alise o cabelo para o casamento. Chantal não tem interesse nas burocracias que envolvem a cerimônia, a não ser uma festona dançante, com bebida à vontade e um vestido estupendo, o que não é um problema, mas, como o evento precisa acontecer de um jeito ou de outro, me tornei a organizadora oficial, montando painéis no Pinterest com inspirações de decoração. Sou confiável. Sei ouvir. Sou aquela que sabe qual é o novo restaurante descolado que tem o chef mais gostoso. Faço excelentes Manhattans. Sou divertida! Só não quero falar sobre o que não me deixa dormir à noite. Não quero revelar que estou começando a questionar se subir na vida me tornou feliz, nem como às vezes anseio escrever, mas não consigo ter coragem. Ou que às vezes me sinto solitária. Chantal é a única pessoa que consegue arrancar isso de mim.

Claro, minha relutância em falar de Sam com Chantal não tem nada a ver com o fato de eu pensar nele ou não. É claro que penso. Mas tento não pensar, e não vacilo com muita freqüência. Não tive mais ataques de pânico desde que comecei a me consultar com Jennifer. Gosto de pensar em meu crescimento ao longo da última década. Gosto de pensar que segui em frente. Ainda assim, de vez em quando o sol reflete no lago Ontário de um jeito que me faz lembrar do chalé, e então estou de volta ao lado dele na canoa.

* * *

Minhas mãos tremem tanto quando estou preenchendo os formulários no balcão da locadora de carros que fico admirada quando o funcionário me entrega as chaves. Brenda foi compreensiva quando telefonei e pedi o restante da semana de folga – eu disse que tinha ocorrido uma morte na família, e, ainda que tecnicamente fosse mentira, Sue era praticamente da família. Ou pelo menos ela já tinha sido.

Mas talvez não precisasse me estender até contar a verdade. Eu tinha tirado exatamente um dia este ano para um fim de semana prolongado no Dia dos Namorados em um spa com Chantal – passamos esse feriado juntas desde que éramos solteiras, e nenhum namorado ou noivo vai colocar um ponto-final na nossa tradição.

Considero por um instante não contar a Chantal para onde estou indo, mas depois tenho vislumbres de me envolver em um acidente e ninguém ficar sabendo por que eu estava na estrada afastada da cidade. Então escrevo uma mensagem rápida da locadora de carros, adicionando alguns pontos de exclamação que queriam dizer "Estou superbem" antes de enviar: "Sua festa foi tão divertida!!! (Divertida demais! Eu não devia ter tomado aquele último Spritz!) Vou ficar fora da cidade por alguns dias para um funeral. A mãe do Sam".

A mensagem dela apita segundos depois: "Do Sam??? Você está bem?".

A resposta é não.

"Vai ficar tudo bem", escrevo de volta.

Meu telefone começa a vibrar assim que clico em enviar, mas deixo a ligação de Chantal cair na caixa postal. Dormi mal, estou à base de adrenalina e de dois barris de café que bebi enquanto entrevistava de manhã cedo um designer gráfico que se achava. Eu realmente não quero conversar.

No tempo que levo para me guiar pelas ruas da cidade e pegar a 401, estou com o estômago tão apertado que preciso parar em um Tim Hortons na estrada para usar o banheiro.

Ainda estou trêmula quando volto para o carro, segurando uma garrafa de água e um muffin de passas, mas uma espécie de calma surreal toma conta de mim quando sigo ainda mais para o norte. Por fim, afloramentos rochosos de granito do Escudo Canadiano irrompem da terra, e placas oferecendo iscas vivas na beira da estrada e caminhões de batatas fritas emergem da vegetação. Faz tanto tempo que não pego esse caminho, mas tudo é tão familiar... É como se eu estivesse voltando para outra parte da minha vida.

A última vez que fiz esta viagem foi no fim de semana de Ação de Graças. Eu também estava sozinha, correndo com o Toyota usado que tinha comprado com as gorjetas que ganhei. Fiz a viagem de quatro horas sem parar. Fazia três agonizantes meses que não via Sam, e eu estava desesperada para que ele me abraçasse, para me sentir envolvida por seu corpo, para lhe contar a verdade.

Como eu poderia saber que aquele fim de semana me daria os melhores e os mais terríveis momentos da minha vida? Que as coisas poderiam desandar tanto e tão rápido? Que eu nunca mais voltaria a ver Sam? Meu erro havia acontecido meses antes, mas será que eu poderia ter evitado os abalos secundários que causaram a destruição mais severa?

Meu estômago revira assim que avisto o extremo sul do lago, e respiro fundo várias vezes, *iiiiiiinspiro, um, dois, três, quatro, e eeeeexpiro, um, dois, três, quatro* até o Cedar Grove Motel, na entrada da cidade.

Já é fim de tarde quando faço o check-in. Compro um exemplar do jornal local do velhinho no balcão do saguão e estaciono na frente do quarto 106. É limpo e desinteressante. Um pôster genérico de um cervo em uma floresta pendurado sobre a cama e uma colcha de retalhos de poliéster puída, que provavelmente era bordô no início de sua longa vida, são as únicas pitadas de cor.

Penduro o vestido preto que trouxe para o funeral e me sento na beirada da cama, batendo os dedos nas pernas e olhando pela janela. Mal dá para ver o lado norte do lago, o cais da cidade e a praia pública. Eu me sinto inquieta. Parece errado estar tão perto assim da água e não ir até o chalé. Coloquei na mala minha roupa de banho e uma toalha para poder caminhar até a praia, mas tudo o que quero fazer é dar um mergulho na ponta do meu cais. Só tem um problema: o cais não é mais meu.

4
VERÃO, DEZESSETE ANOS ATRÁS

Nenhum garoto nunca tinha entrado no meu quarto até aquela noite em que Charlie deixou Sam na porta do nosso chalé. Assim que ficamos sozinhos, o gato comeu minha língua, de tão nervosa. Sam não parecia estar com o mesmo problema.

– Então, Persephone. Que nome é esse? – perguntou ele, enfiando um terceiro Oreo na boca. Estávamos sentados no chão, com a porta aberta por insistência da minha mãe. Considerando seu mau humor quando nos conhecemos, ele estava muito mais falante do que eu esperava. Em poucos minutos fiquei sabendo que Sam tinha morado na casa vizinha a vida toda, que também ia começar o nono ano no outono e que gostava bastante do Weezer, mas tinha herdado a camiseta do irmão. *Quase todas as minhas roupas já foram dele,* explicou, com naturalidade.

Minha mãe não parecia satisfeita quando perguntei se Sam poderia ficar lá em casa aquela noite.

– Não sei se é uma boa ideia, Persephone – disse ela devagar, *bem na frente dele*, então se voltou para o meu pai, esperando sua contribuição. Acho que era menos por Sam ser menino e mais porque minha mãe queria me manter longe de outros adolescentes por pelo menos dois meses antes de voltarmos para a cidade.

– Ela precisa de um amigo, Diane – respondeu meu pai, para completar minha angústia. Deixando meu cabelo cair no rosto, agarrei Sam pelo braço e o puxei em direção à escada.

Demorou cinco minutos para minha mãe vir dar uma olhada na gente, com um prato de Oreos na mão, como ela fazia quando eu tinha seis anos. Fiquei surpresa por ela não ter levado copos de leite. A gente estava mastigando os biscoitos, com o peito salpicado de migalhas pretas, quando Sam perguntou sobre o meu nome.

– Vem da mitologia grega – eu disse. – Meus pais são nerds demais. Persephone é a deusa do submundo. Não combina muito comigo.

Ele examinou o pôster do *Monstro da Lagoa Negra* e a pilha de livros de terror na minha mesa de cabeceira, então fixou o olhar em mim, com uma sobrancelha erguida.

– Não sei. Deusa do submundo? Parece que combina com você. Achei bem legal... – Sam desviou o olhar, a expressão ficando séria. – Persephone, Persephone... – Ele rolava meu nome na boca como se tentasse descobrir seu gosto. – Eu acho legal.

– Sam é abreviação de quê? – perguntei, minhas mãos e meu pescoço ficando quentes. – Samuel?

– Não. – Ele sorriu.

– Samson? Samwise?

Ele recuou a cabeça como se eu o tivesse surpreendido.

– *O senhor dos anéis*, bacana. – Sua voz falhou no *bacana*, e ele me deu um sorriso desalinhado que fez a minha adrelina subir de novo. – Mas não. É só Sam. Minha mãe gosta de nomes curtos para meninos... tipo Sam e Charles. Ela diz que os nomes curtos são mais fortes. Mas às vezes, quando está irritada pra valer, ela me chama de Samuel. Diz que isso dá mais material para trabalhar.

Dei risada, e o meio sorriso dele se transformou em um todo aberto, uma ponta ligeiramente mais alta que a outra. Ele tinha esse jeito fácil, como se não estivesse tentando agradar ninguém. Gostei disso. Era exatamente como eu queria ser.

Eu estava tirando os farelos de biscoito quando Sam voltou a falar.

– Então, o que o seu pai quis dizer aquela hora? – Fingi não entender, esperando que de alguma forma ele não tivesse ouvido. Sam apertou os olhos e acrescentou calmamente: – Sobre você precisar ter um amigo.

Estremeci, depois engoli a saliva, sem saber o que ou quanto dizer a ele.

– Eu tive alguns – fiz aspas no ar com os dedos – "problemas" com umas meninas da escola este ano. Elas não gostam mais de mim. – Mexi na minha pulseira enquanto Sam ponderava a respeito. Quando olhei, ele estava me encarando, as sobrancelhas enrugadas como se estivesse resolvendo um problema de matemática.

– Duas meninas da minha sala foram suspensas por bullying no ano passado – ele contou, por fim. – Elas fizeram uns meninos convidarem uma menina para sair, só de zoeira, e depois elas provocaram a garota porque ela acreditou.

Por mais que me desprezasse, acho que Delilah não teria ido tão longe. Me perguntei se Sam tinha feito parte da pegadinha, e, como se ele pudesse ver minha mente se debatendo, explicou:

– Elas queriam que eu participasse, mas não topei. Parecia maldoso e meio errado.

– É totalmente errado – enfatizei, aliviada.

Mantendo os olhos azuis fixos em mim, ele mudou de assunto.

– Me conta sobre essa pulseira em que você não para de mexer.

– É a minha pulseira da amizade!

Antes de ser uma rejeitada social, eu era conhecida por duas coisas na escola: por adorar coisas de terror e pelas minhas pulseiras da amizade. Eu as trançava em padrões elaborados, mas isso era menos importante do que escolher as cores certas. Eu escolhia cuidadosamente cada paleta de modo a refletir a personalidade de quem usaria. A pulseira de Delilah tinha tons de rosa e vermelhos escuros, feminina e poderosa. A minha era uma mistura da moda de laranja neon, rosa neon, pêssego, branco e cinza. Delilah sempre foi a garota mais bonita e popular da nossa sala, e, mesmo que as outras meninas gostassem de mim, eu sabia que tinha esse status por ser próxima de Delilah. Quando recebi encomendas de pulseiras de todas as meninas da nossa sala e até de algumas alunas da oitava série, senti que por fim tinha algo só meu além de ser a acompanhante divertida de Delilah. Me senti criativa, descolada e interessante. Mas então, um dia, encontrei as pulseiras que tinha feito para minhas três melhores amigas cortadas em pedacinhos em cima da minha carteira.

– Quem te deu? – quis saber Sam.

– Ah... bem, ninguém. Fui eu que fiz.

– O padrão é bem legal.

– Obrigada! – Eu me animei. – Venho praticando o ano todo! Achei que os neons e o pêssego ficariam meio modernos juntos.

– Com certeza. – Ele se inclinou mais para perto. – Você pode fazer uma para mim? – perguntou, me encarando. Sam não estava brincando. Eu me empolguei e peguei o kit de bordado sobre a mesinha. Coloquei a caixinha de madeira com as minhas iniciais gravadas no chão, entre nós.

– Tem um monte de cores diferentes aqui, mas não tenho certeza se tem alguma de que você goste – expliquei, puxando as meadas de linha arco-íris. Nunca tinha feito uma para um garoto antes. – Me fala do que você gosta, e, se eu não tiver, posso pedir para a minha mãe me levar até a cidade e ver se a gente consegue encontrar. Em geral eu conheço as pessoas um pouco melhor antes de fazer uma. Pode parecer bobo, mas tento combinar as cores com a personalidade delas.

– Não parece bobo – retrucou Sam. – Então, o que essas cores dizem sobre você? – Ele estendeu a mão e puxou uma das pontas penduradas no meu pulso. As mãos dele eram como seus pés, grandes demais para o corpo. Elas me lembravam as patas desproporcionais de um filhote de pastor-alemão.

– Bem... essas cores não querem dizer nada – gaguejei. – Só achei que era uma paleta sofisticada. – Voltei a organizar as meadas, arrumando-as em uma fileira no piso de madeira, no espaço entre nós, do claro para o escuro. – Talvez eu pudesse fazer em tons de azul para combinar com os seus olhos? – Pensei em voz alta. – Não tenho um monte de azuis, então vou precisar de mais algumas cores. – Fitei Sam para ver o que ele achava, só que ele não estava olhando para as meadas; olhava direto para mim.

– Tudo bem. Quero que seja igual à sua.

* * *

Na manhã seguinte, engoli o café e corri para a água com meu kit. Sentei de pernas cruzadas no cais e prendi a pulseira no meu short com um alfinete para trabalhar nela enquanto esperava Sam.

Quando ouvi seus passos pesados pelo cais vizinho, era quase como se ele estivesse bem ao meu lado. Sam estava com o mesmo short azul-marinho do dia anterior, que parecia prestes a cair do seu quadril estreito. Acenei para Sam; ele ergueu a mão e então pulou da ponta do cais e nadou de cachorrinho em minha direção, surgindo na minha frente em menos de um minuto.

– Você é rápido – eu disse, impressionada. – Fiz natação, mas não sou nem de longe tão boa quanto você.

Sam abriu seu sorriso torto, saiu do lago e sentou ao meu lado. A água escorria de seu cabelo e descia em riozinhos pelo rosto e pelo peito, que tinha uma forma quase côncava. Se ele estivesse de algum modo desconfortável por estar seminu ao lado de uma menina, não dava para dizer. Sam puxou as linhas de bordado em que eu estava trabalhando.

– Esta é a minha pulseira? Está ficando ótima.

– Comecei ontem – falei a Sam. – Na verdade, não demora muito para ficarem prontas. Talvez eu consiga terminar até amanhã.

– Que bom. – Ele apontou para a canoa. – Pronta para receber o seu pagamento? – Sam tinha concordado em me ensinar a dar uma cambalhota no lago pulando da canoa em troca da pulseira.

– Com certeza – respondi, tirando meu boné do Jays, um time de baseball, e passando uma grande quantidade de protetor solar no rosto.

– Você gosta mesmo de se proteger do sol, hein? – Sam pegou o boné.

– Acho que sim. Bem, não. É que eu não curto sardas, e o sol me deixa com sardas. Elas ficam legais nos meus braços e tal, mas não quero no rosto inteiro. – O que eu queria era uma tez macia e sem manchas como a de Delilah Mason.

Sam balançou a cabeça, perplexo, então seus olhos se iluminaram.

– Sabia que sardas são causadas por uma superprodução de melanina que é estimulada pelo sol?

Abri a boca.

– Que foi? É verdade.

– Não, eu acredito em você – respondi lentamente. – É que é uma informação bem aleatória para você saber.

Sam abriu um sorriso largo.

– Vou ser médico. Sei um monte de – aspas no ar – "fatos aleatórios", como você fala.

– Já sabe o que quer ser?

Eu estava impressionada. Não fazia ideia do que queria fazer. Nem de longe. Inglês era a matéria em que eu me saía melhor, e eu gostava de escrever, mas nunca pensei em ter um emprego de adulto.

– Sempre quis ser médico, cardiologista, mas minha escola meio que é uma merda. Não quero ficar preso aqui pra sempre, então eu aprendo coisas sozinho. Minha mãe compra uns livros usados para mim pela internet – explicou Sam.

Assimilei a informação.

– Quer dizer que... você é inteligente, hein?

– Acho que sim. – Sam se levantou, um monte de braços e pernas e articulações angulosas, e me puxou pelos braços. Era surpreendentemente forte para uma pessoa tão mirrada. – E sou um nadador sensacional. Vem, vou te ensinar a dar essa cambalhota.

Inúmeras barrigadas, alguns mergulhos e um salto mortal quase bem-sucedido depois, Sam e eu estávamos estirados na canoa, de cara para o céu, o sol já quente da manhã secando nossa roupa de banho.

– Você está sempre fazendo isso – disse Sam, olhando para mim.

– Fazendo o quê?

– Mexendo no cabelo.

Dei de ombros. Eu devia ter ouvido minha mãe quando ela me disse que franja não ficava bem para o meu tipo de cabelo. Mas, em vez disso, em uma noite de primavera, enquanto meus pais corrigiam provas, coloquei a mão na massa – e nas tesouras de costura boas da minha mãe. Só que eu não conseguia fazer a franja ficar reta, e cada tesourada só piorava as coisas. Em menos de cinco minutos, tinha talhado meu cabelo inteiro.

Desci a escada até a sala de estar, com lágrimas escorrendo pelo rosto. Ouvindo minhas fungadas, meus pais se viraram e me viram de pé com uma tesoura na mão.

– Persephone! Mas o que é isso? – Minha mãe arquejou e se atirou na minha direção, olhando meus pulsos e braços atrás de marcas de estragos, antes de me abraçar com força, enquanto meu pai continuava sentado, boquiaberto.

– Não se preocupe, querida. Vamos consertar isso. – Minha mãe se afastou para marcar um horário no salão que frequentava. – Se é pra ter franja, ela tem que parecer intencional.

Papai me deu um sorriso fraco.

– Onde você estava com a cabeça, gatinha?

Meus pais já tinham feito uma oferta por uma propriedade perto do lago em Barry's Bay, mas me ver com aquela tesoura na mão deve ter deixado os dois perplexos, porque no dia seguinte meu pai ligou para a corretora e disse para ela aumentar a oferta. Eles me queriam fora da cidade logo após o término do ano letivo.

Até hoje acho que eles estavam exagerando. Diane e Arthur Fraser, ambos professores da Universidade de Toronto, me idolatravam daquele jeito típico de pais mais velhos de classe média alta com filho único. Minha mãe, professora de sociologia, tinha trinta e tantos anos quando me teve; meu pai, que lecionava mitologia grega, tinha quarenta e poucos. Cada pedido meu por outro brinquedo, uma ida à livraria ou material para um novo hobby era recebido com entusiasmo e um cartão de crédito. Sendo uma criança que preferia ganhar estrelas douradas a causar problemas, eu não exigia da parte deles muita rigidez. E eles me mimaram bastante.

Então, quando as três garotas que compunham meu círculo mais próximo de amizade me deram as costas, eu não estava acostumada a lidar com qualquer tipo de adversidade e não fazia ideia de como resolver isso a não ser tentando reconquistá-las o máximo que podia.

Delilah era a líder incontestável do nosso grupo, posição que lhe conferimos porque ela tinha os dois requisitos mais importantes para a chefia adolescente: um rosto excepcionalmente bonito e total consciência do poder que isso lhe dava. Como quem eu irritei foi Delilah, e era Delilah que eu precisava reconquistar, minhas tentativas de readmissão no grupo foram direcionadas a ela. Achei que cortar a franja igual à dela mostraria minha lealdade. Em vez disso, ela me viu na escola e levantou a voz em um sussurro exagerado para dizer:

– Meu Deus, todo mundo está de franja hoje em dia? Acho que está na hora de deixar a minha crescer.

Todas as manhãs eu ficava apavorada em ir para a escola – sentar sozinha no intervalo, vendo minhas antigas amigas rirem juntas, me perguntando se era de mim que estavam rindo. Um verão longe de tudo, em que eu pudesse ler meus livros sem ficar preocupada em ser chamada de aberração e nadar sempre que quisesse, parecia o paraíso.

Olhei para Sam.

– Cadê o seu irmão? – perguntei, lembrando que eles tinham brincado na água no dia anterior. Sam virou de barriga para baixo e se apoiou nos antebraços.

– Por que você quer saber do meu irmão? – perguntou ele, com as sobrancelhas franzidas.

– Por nada. Só perguntei. Os amigos dele vão na casa de vocês hoje à noite? – Sam me olhou de lado. O que eu queria saber de verdade era se ele queria passar um tempo comigo de novo.

– Os amigos dele ficaram até bem tarde – Sam respondeu por fim. – Ele ainda estava dormindo quando vim para o lago. Não sei quais são os planos para hoje à noite.

– Ah – eu disse, hesitante, depois decidi arriscar. – Bem, se você quiser aparecer de novo, seria legal. Nossa TV é meio pequena, mas nós temos uma coleção grande de DVDs.

– Talvez eu apareça – Sam respondeu, sua testa relaxando. – Ou você pode ir à nossa casa. A TV lá é bem decente. Minha mãe nunca está em casa, mas ela não ia ligar de você estar lá.

– Ela deixa vocês receberem amigos quando não está? – Meus pais não eram muito rígidos, mas estavam sempre em casa quando alguém ia lá me ver.

– Um ou dois não tem problema, mas o Charlie gosta de fazer festas. São festas pequenas, mas a minha mãe fica brava se chega em casa e tem, tipo, dez pessoas lá.

– Isso acontece muito? – Eu nunca tinha ido a uma festa de adolescente. Me arrastei até a beirada da canoa e mergulhei os pés na água para me refrescar.

– Acontece, mas na maioria das vezes elas são bem chatas, e a minha mãe não fica sabendo. – Sam veio se sentar do meu lado, mergulhando as pernas finas no lago, balançando-as para a frente e para trás. – Em geral eu fico no meu quarto, lendo ou fazendo qualquer outra coisa. Se for uma menina, aí ele tenta se livrar de mim como ontem à noite.

– Ele tem namorada? – perguntei. Sam colocou para trás o cabelo que tinha caído no olho e me lançou um olhar desconfiado. Eu nunca tinha tido um namorado, e, ao contrário de muitas garotas da minha sala, arranjar um não estava no topo da minha lista de prioridades. Mas também nunca tinha beijado na boca e daria o braço direito para que alguém achasse que eu era bonita o suficiente para me beijar.

– O Charlie sempre tem uma namorada – apontou ele. – Só que ele não fica com elas por muito tempo.

– Então... – Mudei de assunto. – Como é esse negócio de a sua mãe não ficar muito em casa?

– Você faz muita pergunta, sabia? – Sam não disse isso de um jeito ríspido, mas seu comentário me fez sentir uma pontada de medo no pescoço. Hesitei.

– Não tem problema – disse ele, me cutucando com o ombro. Senti o corpo relaxar. – A minha mãe gerencia um restaurante. Você provavelmente ainda não conhece. O Tavern. É da nossa família.

– Na verdade eu conheço, sim! – Lembrei do terraço lotado. – Minha mãe e eu passamos de carro na frente. Que tipo de restaurante é?

– Polonês... com pierogi e tal? Minha família é polonesa.

Eu não fazia ideia do que era um pierogi, mas não deixei transparecer.

– Parecia bem cheio quando a gente passou.

– Não tem muitos lugares para comer aqui, mas a comida é boa. Minha mãe faz os melhores pierogis, só que ela trabalha muito, então na maioria dos dias não está em casa a partir do começo da tarde.

– Seu pai não ajuda?

Sam fez uma pausa antes de falar.

– Hum, não.

– Ceeeerto. E... por que não?

– Meu pai morreu, Percy – foi o que ele disse, vendo um jet ski passar.

Eu não sabia o que responder. E não deveria ter respondido mesmo. Mas, em vez disso, soltei:

– Nunca conheci ninguém que não tivesse pai. – Imediatamente quis recolher as palavras e enfiá-las de volta na garganta. Meus olhos se arregalaram de pânico.

Ia ser mais ou menos constrangedor se eu pulasse no lago?

Sam se virou devagar para mim, piscou uma vez, olhou bem nos meus olhos e disse:

– Nunca conheci ninguém com a língua tão solta.

Era como se eu estivesse presa em uma rede. Fiquei ali sentada, com a boca aberta, a garganta e os olhos ardendo. E então a linha reta de seus lábios se curvou de um lado, e ele riu.

– Brincadeira – disse. – Não a parte de o meu pai ter morrido. Você tem a língua solta mesmo, mas eu não ligo. – Meu alívio foi instantâneo, mas então Sam colocou as mãos nos meus ombros e deu uma leve sacudida. Fiquei tensa... era como se todas as terminações nervosas do meu corpo tivessem se descolado para debaixo dos dedos dele. Sam me olhou de um jeito engraçado, apertando meus ombros suavemente. – Tudo bem por aí? – Ele baixou a cabeça para que nossos olhares se encontrassem. Inspirei vacilante.

– As coisas às vezes simplesmente saem da minha boca antes de eu saber como elas vão ser ouvidas ou até o que estou falando de verdade. Eu não quis ser grosseira. Sinto muito pelo seu pai, Sam.

– Obrigado – ele disse brandamente. – Faz um pouco mais de um ano, mas a maioria do pessoal na escola ainda age estranho comigo. Prefiro mil vezes as suas perguntas à pena deles.

– Tá bom.

– Mais alguma pergunta? – lançou ele, com um sorriso.

– Vou guardar para mais tarde. – Eu já estava de pé, com as pernas trêmulas. – Quer me ensinar aquela cambalhota de novo?

Ele se levantou e pulou ao meu lado, um sorriso torto na boca.

– Não.

E então, num piscar de olhos, Sam agarrou minha cintura e me empurrou para a água.

* * *

Caímos em uma rotina fácil naquela primeira semana de verão. Havia um caminho estreito junto à margem que cortava a vegetação entre nossas casas, e íamos e voltávamos por ele várias vezes por dia. Passávamos as manhãs nadando e pulando da canoa, depois líamos no cais até o sol ficar quente demais e então pulávamos na água de novo.

Apesar de Sue ficar bastante no restaurante, levou só alguns dias para ela descobrir que Sam e eu estávamos passando mais tempo juntos do que separados. Ela apareceu na nossa porta, com

Sam a tiracolo, segurando um grande pote com pierogis caseiros. Sue era incrivelmente jovem, tipo, bem mais nova que os meus pais, e se vestia mais como eu do que como uma adulta, com short jeans e uma regata cinza, e o cabelo loiro platinado preso em um rabo de cavalo balançante. Ela era pequena e doce, e seu sorriso era largo, com covinhas como as de Charlie.

Minha mãe fez um bule de café e os três adultos se sentaram no deque para conversar enquanto Sam e eu bisbilhotávamos do sofá. Sue garantiu a minha mãe e meu pai que eu era bem-vinda na sua casa a qualquer momento, que Sam era um "garoto absurdamente responsável" e que ela ficaria de olho em nós, pelo menos quando estivesse em casa.

– Ela deve ter tido aqueles meninos logo depois de sair do ensino médio – ouvi minha mãe dizendo para o meu pai naquela noite.

– É diferente para estas bandas – foi o comentário dele.

Sam e eu acabávamos passando a maior parte do tempo no lago ou na casa dele. Nos dias em que o sol estava quente demais, subíamos para sua casa, que fora construída no estilo fazenda antiga, pintada de branco. Uma cesta de basquete ficava acima da porta da garagem. Sue odiava ar-condicionado e preferia manter as janelas abertas para sentir a brisa do lago, mas o porão estava sempre fresco. Sam e eu nos deitávamos nas duas pontas do sofá xadrez vermelho e colocávamos um filme. Estávamos começando a repassar minha coleção de terror. Sam só tinha visto um ou dois deles, mas não demorou muito para ele se contagiar pelo meu entusiasmo. Acho que metade da diversão para Sam era corrigir todo (e qualquer) detalhe cientificamente infundado em que reparava... A quantidade irreal de sangue era seu ponto de discordância favorito. Eu revirava os olhos e dizia:

– Obrigada, professor. – Mas gostava de como ele prestava atenção.

Nós nos revezávamos para escolher o que íamos assistir, mas, de acordo com Sam, eu *ficava toda esquisita* quando ele queria assistir *Uma noite alucinante*. Eu tinha meus motivos. Era por causa daquele filme que minhas três melhores amigas não falavam mais comigo. Acabei contando toda a história para Sam, que envolvia uma festa do pijama na minha casa e uma sessão infeliz do filme mais sangrento e obsceno da minha coleção.

Como Delilah, Yvonne e Marissa tinham gostado das histórias de terror que eu lera na escola, presumi que *Uma noite alucinante* não seria nada de mais. Nós nos amontoamos ao redor da TV aninhadas em cobertores e travesseiros, de pijama, com tigelas de pipoca na mão, e assistimos a um grupo de jovens atraentes de vinte e poucos anos indo para uma cabana pavorosa na floresta. Durante a cena mais perturbadora, Delilah cobriu o rosto, saltou do sofá e correu para o banheiro, deixando uma mancha molhada no tecido de microfibra. As meninas e eu trocamos olhares arregalados, e eu corri até o armário para pegar toalhas de papel e um frasco de produto de limpeza.

Eu esperava que Delilah esquecesse a coisa toda de ter feito xixi nas calças quando voltássemos para a escola. Ela não esqueceu. Muito longe disso. Se ela tivesse esquecido, eu teria sido poupada dos meses seguintes de tortura.

– Foi bem nojento – comentou Sam quando os créditos estavam subindo. – Mas também incrível?

– Não é?! – eu disse, pulando de joelhos para olhá-lo de frente. – É um clássico! Não sou uma esquisitona por gostar disso, né? – Os olhos dele se arregalaram com minha súbita onda de energia. Eu parecia maluca? Provavelmente sim.

– Bem, dá pra entender por que a tal da Delilah ficou tão apavorada... Acho que não vou conseguir dormir hoje. Mas ela é uma idiota, e você não é estranha por gostar do filme – continuou ele. Caí de volta no sofá, satisfeita. – Você só é esquisitona no geral – acrescentou, tentando não sorrir, e eu joguei uma almofada nele. Sam ergueu as mãos e riu. – Mas eu gosto de coisas esquisitas.

Eu teria ficado grata por qualquer amigo naquele verão, mas conhecer Sam foi como ganhar na loteria da amizade. Ele era nerd, no bom sentido, e sarcástico de um jeito hilário. Sam gostava de ler quase tanto quanto eu, embora curtisse mais livros sobre magos e revistas de ciência e natureza. No porão dele havia uma prateleira inteira de *National Geographic*, e acho que ele tinha lido todas.

Sam estava rapidamente se tornando a minha pessoa favorita. E tenho certeza da reciprocidade disso – Sam sempre estava usando a pulseira que eu tinha feito para ele. Uma vez, ele a puxou para o lado e me mostrou o círculo de pele pálida por baixo. Às vezes Sam ia passar uma manhã ou tarde terrivelmente longa com seus amigos da escola, mas, quando estava em casa, quase sempre nós estávamos juntos.

No meio do verão, um punhado de sardas pontilhava meu nariz, minhas bochechas e meu peito. Como se elas tivessem de alguma forma burlado minha atenção, Sam se inclinou bem perto do meu rosto um dia quando estávamos deitados na canoa e disse:

– Acho que o protetor solar cinquenta não deu conta.

– Acho que não – resmunguei. – E obrigada por lembrar.

– Não entendo por que você odeia tanto as suas sardas – disse ele. – Eu gosto delas.

Eu o encarei, sem piscar.

– Sério?

Quem é que, em sã consciência, gosta de sardas?

– Siiiiim. – Sam falou e me lançou um olhar que dizia *por que você está agindo tão esquisito?*, que optei por ignorar.

– Jura pelo quê?

– Jurar pelo quê? – perguntou ele, e eu hesitei. – Você disse "Jura pelo quê". Pelo que você quer que eu jure? – Sam perguntou.

– Hum... – Fiquei sem ideias. Olhei em volta, meu olhar pousando no pulso dele. – Jura pela nossa pulseira da amizade.

Suas sobrancelhas franziram, depois ele estendeu a mão e enganchou o dedo indicador debaixo da minha pulseira, puxando-a de leve.

– Eu juro – afirmou Sam. – Agora jura você que vai deixar essa obsessão bizarra por sardas pra lá.

Um pequeno sorriso surgiu em seus lábios, e eu soltei uma risadinha antes de estender a mão e enganchar meu dedo na pulseira dele, puxando-a como ele tinha feito com a minha.

– Eu juro. – Revirei os olhos, mas secretamente fiquei satisfeita. E não liguei muito para minhas sardas depois disso.

* * *

Halloween em agosto foi o nome oficial que Sam e eu demos para a semana em que maratonamos a franquia *Halloween*. Tínhamos acabado de colocar o quarto filme quando Charlie desceu a escada do porão usando sua cueca boxer e se jogou no sofá entre nós. Charlie, aprendi, estava sempre com um sorriso e raramente com uma camiseta.

– Será que você não consegue mais desgrudar dela, Samuel? – ele riu.

– Será que você consegue ficar um pouquinho mais pelado, Charles? – rebateu Sam.

Charlie deu um sorriso, deixando os dentes à mostra.

– Mas é claro! – gritou ele, pulando e enganchando os polegares no cós da cueca.

Soltei um grito, tapando os olhos.

– Caramba, Charlie. Já chega – berrou Sam, com a voz falhando.

Os dois Florek gostavam de se provocar; eu era o alvo das leves gozações de Sam, e Sam era submetido às críticas implacáveis de Charlie a respeito de sua magreza e inexperiência sexual. Era raro Sam revidar, e o único sinal de irritação era a mancha vermelha em suas bochechas. No lago, Charlie empurrava Sam na água em qualquer oportunidade, a ponto de até eu achar aquilo irritante. "Ele faz isso mais quando você está por perto", Sam comentou um dia.

Charlie riu e voltou a afundar no sofá. Ele me deu uma cotovelada de lado e disse:

– Seu pescoço está todo manchado, Pers. – Ele desgrudou meus braços do meu rosto, colocou a mão no meu joelho e apertou. – Desculpa, não quis te chatear.

Olhei para Sam, mas ele estava encarando a mão de Charlie na minha perna.

Fomos interrompidos por Sue nos chamando para o almoço. Uma travessa de pierogis de batata com queijo nos esperava na mesa redonda da cozinha. Era um espaço bem iluminado com armários creme, janelas com vista para o lago e uma porta de vidro de correr que dava para o deque. Sue estava na pia com seu short jeans e uma camiseta branca, o cabelo preso para trás em seu rabo de cavalo costumeiro, lavando uma panela grande.

– Oi, senhora Florek. – Eu me sentei, me servindo de três meias-luas enormes. – Obrigada por fazer o almoço.

Ela se virou da pia.

– Charlie, vai colocar uma roupa. E de nada, Percy... Eu sei como você gosta dos meus pierogis.

– Eu amo – me derreti, e ela abriu um de seus sorrisos mostrando os dentes e as covinhas para mim. Sam me contou que os pierogis eram a comida favorita do pai dele e que Sue tinha parado de fazê-los em casa até eu aparecer.

Depois que terminei minha porção, coloquei mais no meu prato junto com uma grande quantidade de sour cream.

– Sam, a sua namorada come feito um cavalo – Charlie provocou. Estremeci ao ouvir a palavra com N.

– Para com isso, Charlie – retrucou Sue. – Nunca comente sobre o quanto uma mulher come e não provoque os dois. Eles são novos demais para isso, aliás.

– Bem, eu não sou novo demais – retrucou Charlie, mexendo as sobrancelhas na minha direção. – Quer trocar, Percy?

– Charlie! – berrou Sue.

– Só estou brincando. – Ele levantou para limpar o prato, batendo na parte de trás da cabeça do irmão.

Tentei cruzar meu olhar com o de Sam, mas ele estava de cara fechada para Charlie, o rosto da cor de um tomate maduro.

* * *

Quando a última semana das férias de verão ia chegando ao fim, comecei a ficar apavorada com a ideia de voltar para a cidade. Eu sonhava que ia para a escola pelada e que encontrava a pulseira de Sam retalhada em pedaços laranja e cor-de-rosa na minha mesa.

Estávamos deitados na canoa na tarde anterior à minha partida. Eu tinha passado o dia inteiro tentando de tudo para que não fosse depressivo, mas pelo jeito não estava dando muito certo, porque Sam não parava de me perguntar se eu estava bem. De repente, ele se sentou e disse:

– Sabe do que você precisa? De um último passeio de barco. – Os Florek tinham um pequeno motor 9.9 na popa do barco a remo que Sam havia me ensinado a guiar.

Peguei meu livro, e Sam juntou a vara e a caixa de pescaria. Colocamos nossas toalhas dobradas em cima dos bancos e nos sentamos com os trajes de banho úmidos e os pés descalços. Guiei o barco até uma baía cheia de juncos, onde Sam alegava ser um bom lugar para pescar, e desliguei o motor. Eu estava vendo-o arremessar a linha da dianteira do barco quando ele começou a falar.

– Foi um ataque do coração – disse, com os olhos fixos na vara. Engoli em seco, mas fiquei em silêncio. – A gente não fala muito sobre ele lá em casa – acrescentou, recolhendo um pouco a linha. – E definitivamente eu não falo com os meus amigos. Eles quase não conseguiam olhar para mim no funeral. E até agora, se comentam alguma coisa sobre um dos pais deles, me olham como se tivessem dito alguma coisa superofensiva por acidente.

– Que droga isso – respondi. – Posso te contar tudo sobre o meu pai, se você quiser. Mas já vou avisando: ele é chato pra caramba. – Ele sorriu e eu continuei. – Mas, sério, você também não precisa falar comigo. Se não quiser, não precisa.

– Mas aí é que tá. – Sam apertou os olhos em direção ao sol. – Eu quero. Eu queria que a gente falasse mais sobre meu pai lá em casa, mas isso deixa a minha mãe triste. – Ele largou a vara e olhou para mim. – Estou começando a esquecer umas coisas sobre ele, sabe? – Subi no banco do meio, mais próximo de Sam.

– Na verdade eu não sei. Não conheço ninguém que não tem pai, lembra? – Cutuquei o pé dele com o dedo do pé, e ele conteve uma risada. – Mas eu consigo imaginar. Eu posso ouvir você.

Sam assentiu uma vez e passou a mão no cabelo.

– Foi no restaurante. Ele estava cozinhando. Minha mãe estava em casa e alguém ligou para dizer que o meu pai tinha caído e que ele tinha sido levado de ambulância para o hospital. A gente demorou só dez minutos para chegar lá, você sabe como o hospital é perto. Mas não adiantou. Ele já tinha ido embora. – Sam disse isso rapidamente, como se pronunciar as palavras doesse.

Estendi minha mão e apertei a dele, então girei sua pulseira para que a parte mais bonita do padrão ficasse para cima.

– Sinto muito – sussurrei.

– Isso explica o negócio de ser médico, né? – Dava para dizer que ele estava tentando soar otimista, mas sua voz estava embargada. Eu sorri, mas não respondi.

43

– Me conta como ele era... quando você estiver pronto – pedi, em vez disso. – Quero saber tudo sobre ele.

– Tá bom. – Ele voltou a pegar a vara. Depois acrescentou: – Desculpe por ter ficado todo emo no seu último dia.

– Combina com o meu humor, não tem problema. – Dei de ombros. – Estou meio deprimida com o fim do verão. Não quero voltar para casa amanhã.

Ele cutucou meu joelho com o dele.

– Eu também não quero que você volte.

5

AGORA

O rosto de Sue está voltado para mim, seu cabelo puxado para trás, o sorriso tão largo que chama atenção para suas covinhas. Há linhas finas que não costumavam estar lá se esparramando de seus olhos, mas, mesmo no papel manchado do jornal local, dá para ver a determinação no leve erguer do seu queixo e na mão que descansa em sua cintura. Na foto, ela está parada de pé na frente do Tavern, debaixo da manchete que diz: "Homenagem a uma querida líder empreendedora de Barry's Bay".

Fiquei bastante habilidosa em afastar a solidão que ameaçava me derrubar quando tinha vinte e poucos anos. É uma fórmula que envolvia mergulhar no trabalho, em sexo sem compromisso e em drinques caríssimos com Chantal. Levei anos para aperfeiçoá-la. No entanto, sentada no quarto do hotel com o obituário de Sue nas mãos e o lago cintilando ao longe, dá para sentir isso em cada parte do meu corpo – o estômago se retorcendo, o pescoço doendo, o peito apertando.

Eu poderia conversar com Chantal. Ela mandou mais três mensagens pedindo que eu ligasse para ela, perguntando quando é o funeral, se quero que ela venha. Eu devia pelo menos responder a ela. Mas, além do colapso nervoso do Dia de Ação de Graças, não conversei tanto assim com ela sobre Sam. Digo a mim mesma que não tenho forças para entrar nisso agora. É que, se eu começar a falar dele, sobre como é significativo estar aqui, como é assustador, talvez não consiga aguentar.

O que eu preciso mesmo é de uma garrafa de vinho. Meu estômago está roncando. E talvez de alguma comida. Não comi nada além do muffin de passas da parada de emergência no Tim Hortons. O fim de tarde está escaldante, então coloco a roupa mais leve que trouxe na mala: um vestido colorido de algodão sem mangas acima dos joelhos. Ele tem botões grandes na frente e um cinto. Aboto as sandálias douradas e saio pela porta.

Leva uns vinte minutos a pé do hotel até o centro da cidade. Minha franja está colada na testa quando chego lá, e seguro meu cabelo erguido em um bolo denso no alto da cabeça para refrescar a nuca. Além de um novo café com um cavalete anunciando *lattes* e cappuccinos (não dava para comprar nenhum dos dois na cidade quando eu era criança), os negócios familiares na rua principal são praticamente os mesmos. De algum modo, não estou preparada para o baque de ver o prédio amarelo-manteiga e a placa vermelha pintada com flores *folk* polonesas. Paro no meio da calçada, encarando. O Tavern está às escuras; os guarda-sóis verdes do terraço, fechados. É provavelmente a primeira vez que o restaurante está fechado em uma noite de quinta-feira de julho desde sua inauguração. Há uma pequena placa pregada na porta da frente e, sem pensar, sigo em direção a ela.

É uma mensagem breve, escrita com canetinha preta: *O Tavern está fechado até agosto por motivo de luto pelo falecimento da proprietária, Sue Florek. Agradecemos o apoio e compreensão.* Eu me pergunto quem escreveu. Sam? Charlie? Um frio toma minha barriga. Me inclino em direção à porta de vidro com as mãos em concha ao redor do rosto e avisto uma luz acesa no interior. Está vindo das janelas que dão para a cozinha. Tem alguém lá.

Como que atraída por uma força magnética, sigo para os fundos do prédio. A pesada porta de aço que leva à cozinha está alguns centímetros aberta. O frio se transforma em uma geada do Himalaia. Abro mais a porta e entro. E então eu congelo.

Na frente da máquina de lavar louça está um homem alto, de cabelo louro escuro, e, ainda que esteja de costas para mim, é tão inconfundível quanto meu próprio reflexo. Ele está de tênis, camiseta azul e short listrado branco e azul-marinho. Ainda é magro, mas tem muito mais sobre ele. Pele bronzeada, ombros largos e pernas fortes. Ele está esfregando alguma coisa na pia, com um pano de prato em um ombro. Vejo os músculos das suas costas se contraírem enquanto levanta uma travessa para colocar na prateleira da máquina de lavar. Ver suas mãos grandes faz o sangue bombear tão alto nos meus ouvidos que é como se houvesse ondas se quebrando dentro da minha cabeça. Lembro de quando ele se ajoelhou sobre mim no quarto dele, passando aqueles dedos pelo meu corpo como se tivesse descoberto um novo planeta.

O nome escapa suavemente dos meus lábios.

– Sam?

Ele se vira, com um olhar confuso no rosto. Os olhos de Sam são o céu azul anil que sempre foram, mas tantas outras coisas estão diferentes. O contorno das maçãs do rosto e da mandíbula é mais acentuado, e a pele debaixo dos olhos está com um tom arroxeado, como se o sono tivesse se esquivado dele por noites a fio. O cabelo está mais curto do que costumava ser, bem rente nas laterais e apenas um pouco mais comprido no alto, e os braços estão grossos e definidos. Ele era lindo quando tinha dezoito anos, mas o Sam adulto é tão arrasador que dá vontade de chorar. *Eu não estava com Sam enquanto ele ficava assim.* E o pesar dessa perda, de não ter visto Sam se tornar um homem, comprime meus pulmões.

O olhar de meu antigo amigo passeia pelo meu rosto e depois desce pelo meu corpo. Dá para ver uma ponta de reconhecimento faiscando quando seus olhos se voltam para olhar nos meus. Sam sempre manteve seus sentimentos selados, mas passei seis anos descobrindo como revelá-los. Eu passava horas estudando a flutuação sutil de emoções nas suas feições. Elas eram como a chuva que vinha da margem oposta e cruzava a água, despretensiosa até estar bem ali, atingindo as janelas do chalé. Memorizei seus lampejos de malandragem, o trovão distante de seu ciúme e as cristas espumosas de seu êxtase. Eu conhecia Sam Florek.

Seu olhar trava no meu. Seu domínio é implacável como sempre. Ele aperta os lábios em uma linha reta e expande o peito em respirações lentas e constantes.

Dou um passo hesitante para a frente como se fosse me aproximar de um cavalo selvagem. Suas sobrancelhas se erguem de repente e Sam balança a cabeça uma vez como se tivesse sido acordado de repente de um sonho. Eu paro.

Ficamos olhando um para o outro em silêncio, e então ele dá três passos gigantes em minha direção e envolve os braços em mim com tanta força que é como se seu corpo grande fosse um casulo ao redor do meu. Sam cheira a sol e sabonete, e a alguma coisa nova que não reconheço. Quando fala, sua voz é de uma aspereza grave em que quero afundar.

– Você veio para casa.

Aperto meus olhos.

Vim para casa.

* * *

Sam recua, com as mãos nos meus ombros. Seus olhos vão e voltam pelo meu rosto, descrentes.

Abro um pequeno sorriso para ele.

– Oi – digo.

O sorriso torto que curva sua boca é um vício que nunca superei. As vagas rugas nos cantos dos olhos e a barba por fazer no rosto são novas e tão... sensuais. Sam é sensual. Tantas vezes me perguntei como ele seria depois de crescido, mas a realidade do Sam de trinta anos é muito mais palpável e perigosa do que eu poderia ter imaginado.

– Oi, Percy. – Meu nome sai dos lábios dele e vai direto para minha corrente sanguínea, uma injeção repentina de desejo e vergonha e mil lembranças. E, com a mesma velocidade, eu me lembro de por que estou aqui.

– Sam, eu sinto muito – digo, minha voz falhando. Estou tão em carne viva de tristeza e arrependimento que não consigo impedir as lágrimas de escorrer pelo meu rosto. E então Sam me abraça de novo, sussurrando *shhh* sobre meu cabelo enquanto passa a mão para cima e para baixo nas minhas costas.

– Está tudo bem, Percy – ele sussurra, e, quando o encaro, sua testa está enrugada de preocupação.

– Eu é que devia estar te confortando. – Enxugo as bochechas. – Sinto muito.

– Não se preocupe com isso. – Sua voz está suave enquanto dá um tapinha nas minhas costas e depois dá um passo para trás, passando a mão no cabelo. O gesto familiar puxa uma lembrança puída dentro de mim. – Ela passou muitos anos doente. Tivemos muito tempo para aceitar isso.

– Não consigo imaginar qualquer tempo longo o bastante. Ela era tão nova.

– Cinquenta e dois.

Dou um suspiro intenso, porque é ainda mais jovem do que eu achava. E posso imaginar como isso corrói Sam. O pai dele também era jovem.

– Espero que esteja tudo bem eu ter vindo – aponto. – Não tinha certeza se você me queria aqui.

– Sim, é claro. – Sam diz isso como se não tivesse passado mais de uma década desde a última vez que nos falamos. Como se ele não me odiasse. Ele se vira para a máquina de lavar louça, esvaziando uma bandeja de pratos de sobremesa e os empilhando no balcão. – Como você ficou sabendo? – Sam olha para mim e aperta os olhos quando não respondo de imediato. – Ah.

Ele já descobriu a resposta, mas eu conto de qualquer maneira.

– Charlie me ligou.

Seu rosto fica sombrio.

– Claro que ligou.

Há travessas e bandejas de réchauds alinhadas nos balcões – o tipo de equipamento necessário para atender um grande evento. Vou para o lado dele na pia e começo a colocar alguns talheres empoeirados em um suporte para irem para a máquina de lavar. É a mesma de quando eu trabalhava aqui. Já a coloquei para funcionar tantas vezes que poderia fazer isso de olhos fechados.

– Então, isso tudo é para quê? – pergunto, mantendo os olhos na pia. Mas não recebo resposta. Dá para dizer pelo silêncio que Sam parou de tirar os pratos. Respiro fundo, *inspiro, um, dois, três, quatro,* e *expiro, um, dois, três, quatro*, antes de olhar por sobre o ombro. Ele está encostado no balcão, de braços cruzados, me observando.

– O que você está fazendo? – pergunta, a voz ríspida. Eu me viro para encará-lo, respirando fundo outra vez, e, em algum recôndito bem esquecido, encontro Percy, a garota que eu era.

Ergo o queixo e lanço um olhar incrédulo para ele, colocando a mão na cintura. Ela está encharcada, mas ignoro isso, bem como o estômago revirando.

– Estou te ajudando, gênio. – A água escorre pelo meu vestido, mas não me mexo. Não desvio o olhar.

Um músculo de sua mandíbula se contrai e seu cenho franzido relaxa o suficiente para que eu entenda que enfiei uma faca por

49

debaixo do selo que tampa seus sentimentos. Um sorriso ameaça arruinar minha expressão impassível, e mordo o lábio para contê-lo. Seus olhos se voltam por um instante para minha boca.

– Você sempre foi péssimo lavando louça – lembro, e Sam começa a rir, o bramido sonoro ricocheteando nas superfícies de aço da cozinha. É um som magnífico. Quero gravá-lo para ouvir mais tarde, de novo e de novo. Não sei quando foi a última vez que abri um sorriso tão grande.

Seus olhos azuis brilham quando encontram os meus, então flutuam para a mancha molhada que minha mão deixou no meu quadril. Ele engole saliva. Seu pescoço é do mesmo moreno dourado que os braços. Quero enfiar o nariz na curva de seu ombro e sentir um pouco dele.

– Estou vendo que seu papinho não melhorou – diz Sam, com carinho, e é como se eu tivesse ganhado uma maratona. Ele gesticula para os pratos no balcão e suspira. – Mamãe queria que todo mundo se reunisse aqui para uma festa depois que ela fosse embora. A ideia das pessoas de pé comendo sanduíche sem casca com pasta de ovo no porão da igreja depois do funeral a deixava de cabelo em pé. Ela quer que a gente coma, beba e se divirta. Ela foi bem específica. – Sam fala isso com amor, mas parece cansado. – Ela fez até os pierogis e os enroladinhos de repolho que queria servir há uns meses, quando ainda estava bem, e colocou tudo no freezer.

Meus olhos e minha garganta queimam, mas fico firme desta vez.

– É a cara da sua mãe. Organizada, atenciosa e...

– Sempre entupindo as pessoas de carboidratos?

– Eu ia dizer "alimentando as pessoas que ela ama".

Sam abre um sorriso, mas é um sorriso triste.

Ficamos parados em silêncio, examinando a diversidade organizada de equipamentos e travessas. Sam tira o pano de prato do ombro e o coloca no balcão, me olhando longamente como se estivesse decidindo alguma coisa.

Ele aponta para a porta.

– Vamos sair daqui.

* * *

Estamos tomando sorvete sentados no mesmo banco em que costumávamos nos sentar quando éramos novos – não muito longe do centro da cidade, na margem norte. Dá para ver o hotel do outro lado da baía, ao longe. O sol baixou no céu e uma brisa vem da água. Não falamos muito, e para mim está tudo bem, porque sentar ao lado de Sam parece irreal. Suas pernas compridas estão espalhadas ao lado das minhas, e estou obcecada pelo tamanho de seus joelhos e os pelos da sua perna. Sam passou da fase palito depois que chegou à puberdade, mas está tão completamente *homem* agora.

– Percy? – ele me chama, interrompendo meu foco.

– Oi? – Eu me volto para ele.

– Talvez seja melhor você andar mais rápido com isso. – Ele aponta para o rastro rosa e azul de sorvete escorrendo pela minha mão.

– Merda! – Tento alcançá-lo com um guardanapo, mas uma gota pinga no meu peito. Limpo de leve, o que só parece piorar as coisas. Sam observa de canto do olho com um sorriso malicioso.

– Não consigo acreditar que você *ainda* toma sorvete sabor algodão-doce. Quantos anos você tem? – provoca ele.

Aponto para a casquinha com duas bolas enormes de baunilha com pasta de amendoim e caramelo, o mesmo sabor que ele pedia quando era um garoto.

– Olha quem fala.

– Bolas de baunilha, caramelo e pasta de amendoim? É um clássico.

– De jeito nenhum. Algodão-doce é o melhor. Você nunca aprendeu a apreciar.

Sam ergue uma sobrancelha em uma expressão de absoluta confusão, então se inclina e passa a língua na minha bola de sorvete, mordendo um naco do alto. Deixo escapar um arquejo involuntário, a boca aberta enquanto olho para as marcas de seus dentes.

Lembro da primeira vez que Sam fez isso, quando tínhamos quinze anos. O vislumbre de sua língua também me deixou sem palavras.

Olho para cima quando ele me dá uma cotovelada de lado.

– Isso sempre te apavorou – ele ri em um tom suave de barítono.

– Não começa. – Sorrio, ignorando a pressão cada vez maior no meu ventre.

– Eu vou te dar um pouco do meu para ser justo. – Ele inclina sua casquinha para mim. *Isso é novo.* Limpo as gotículas de suor que se formam no meu buço. Sam percebe, dando um sorriso torto como se pudesse ler cada pensamento sórdido passando pela minha mente. – Juro que está gostoso. – Seu tom de voz é escuro e forte como café. Não estou acostumada com esse Sam, que parece completamente consciente do efeito que exerce sobre mim.

Dá para dizer que ele acha que não vou ter coragem, o que só me estimula. Dou uma provada rápida em sua casquinha.

– Tem razão. – Dou de ombros. – É bem gostoso. – Seus olhos se voltam por um instante para minha boca, e então ele pigarreia.

Ficamos em um silêncio constrangedor por um minuto.

– E como vão as coisas, Percy? – pergunta Sam, e eu ergo as mãos, impotente.

– Não sei por onde começar – rio, nervosa. Como é que você começa depois de ter passado tanto tempo longe?

– Que tal três atualizações? – Ele me cutuca, com os olhos brilhando.

Era uma brincadeira nossa. Passávamos longos períodos separados e, sempre que voltávamos a nos ver, contávamos bem rápido um para o outro as três notícias mais significativas que tínhamos. *Eu trouxe um novo rascunho do meu conto para você ler. Estou treinando para os quatrocentos metros livres. Tirei B na prova de álgebra.* Rio de novo, mas minha garganta está seca.

– Hum... – Fito a água. Já faz mais de uma década, mas será que muita coisa de fato aconteceu?

– Ainda moro em Toronto – começo, dando uma mordida no sorvete para procrastinar. – Minha mãe e meu pai estão bem, estão viajando pela Europa. E sou jornalista. Editora, na verdade... trabalho na *Shelter*, a revista de design.

– Jornalista, hein? – diz ele, com um sorriso. – Que ótimo, Percy. Estou feliz por você. Bom saber que está escrevendo.

Não o corrijo. Meu trabalho envolve escrever pouco, no máximo manchetes e algum artigo eventual. Ser editora envolve dizer a outras pessoas o que elas devem escrever.

– E você? – pergunto, voltando meu foco para o lago diante de nós. A visão de Sam sentado ao meu lado é forte e chocante. Eu o procurei nas redes sociais anos antes, sua foto de perfil era uma foto do lago, mas nunca dei o passo seguinte de adicioná-lo como amigo.

– Item um, eu sou médico agora.

– Uau. Isso é... isso é incrível, Sam. Não que eu esteja surpresa.

– Previsível, né? Item dois, me especializei em cardiologia. Mais um choque. – Ele não está se gabando de jeito nenhum. Soa até um pouco constrangido.

– Exatamente onde você queria estar.

Estou feliz por Sam – foi para isso que ele sempre se esforçou. Mas de algum modo também dói que a vida dele tenha continuado sem mim, conforme seu planejamento. Fiz meu primeiro ano de universidade em meio a uma névoa, me esforçando para passar nas aulas de escrita criativa, incapaz de me concentrar em muita coisa, muito menos em desenvolver personagens. Por fim, um professor sugeriu que eu desse uma chance ao jornalismo. As regras de reportagem e estruturação de matérias fizeram sentido para mim, me ofereceram uma saída que não parecia tão pessoal, tão ligada a Sam. Abandonei o sonho de ser escritora, mas acabei estabelecendo novos objetivos. Há especulações de que, quando for a hora de a *Shelter* ter um novo editor-chefe, vou estar no topo da lista. Criei um caminho diferente para mim, que adoro, mas dói saber que Sam tenha conseguido seguir o que havia planejado a princípio.

– E, item três – prossegue ele –, estou morando aqui. Em Barry's Bay. – Recuo a cabeça, e ele ri baixinho. Sam estava tão determinado a ir embora de Barry's Bay quanto a ser médico. Presumi que, quando ele fosse embora para a faculdade, nunca mais voltaria.

Desde que estivemos juntos-juntos, eu sonhava em como seria nossa vida quando por fim morássemos no mesmo lugar. Imaginei me mudar para onde ele estivesse fazendo residência logo após eu terminar a faculdade. Eu escreveria ficção e trabalharia como garçonete até nossa renda estabilizar. Voltaríamos a Barry's Bay sempre que possível, dividindo nosso tempo entre o campo e a cidade.

– Continuei em Kingston para fazer residência – explica Sam, como se estivesse lendo minha mente. Ele estudou na Queen's University, em Kingston, uma das melhores do país. Kingston não era nem de longe tão grande quanto Toronto, mas ficava no lago Ontário. Sam tinha nascido para ficar perto da água. – Mas fiquei aqui no último ano para ajudar minha mãe. Já fazia um ano que ela estava doente. Tínhamos esperança no início... – Ele olha para a água.

– Sinto muito – sussurro, e ficamos sentados calados por alguns minutos, terminando nossas casquinhas e vendo alguém pescar no cais da cidade.

– Depois de um tempo, não parecia que as coisas iam melhorar – retoma Sam de onde tinha parado. – Eu ficava entre aqui e Kingston, indo e vindo de carro, mas minha vontade era vir para casa. Sabe, acompanhar os tratamentos e todas as consultas. Ajudar em casa e no restaurante. Era demais para a minha mãe, mesmo quando ela estava saudável. Era para o Tavern ser dela e do meu pai.

A ideia de Sam ter passado o último ano aqui, morando naquela casa em Bare Rock Lane, sem eu saber, sem eu estar aqui para ajudar, parece incrivelmente errada. Coloco minha mão sobre a dele por um instante e a aperto antes de devolvê-la ao meu colo. Ele segue seu percurso.

– E o seu trabalho? – pergunto, com a voz rouca.

– Estou trabalhando no hospital daqui. Alguns turnos por semana. – Ele parece cansado de novo.

– Sua mãe deve ter ficado muito contente com a sua volta. – Tento parecer otimista em vez de magoada, como me sinto de fato. – Ela sabia que você não queria ficar aqui.

– Não é tão ruim. – Sam parece realmente querer dizer isso, e pela segunda vez na noite fico boquiaberta. – Estou falando sério – ele garante, dando um sorrisinho. – Eu sei que criticava Barry's Bay quando era criança, mas senti muita falta daqui quando estava na faculdade. É uma sorte ter isso. – Ele aponta para a água.

– Quem é você e o que fez com Sam Florek? – brinco. – Falando sério agora, isso é ótimo. É tão incrível que você tenha vindo ajudar a sua mãe. E que você não odeie isto aqui. Eu senti muita falta deste lugar. Todo verão eu fico com síndrome de isolamento na cidade. Todo aquele concreto... parece tão quente e inquietante. Eu faria qualquer coisa para dar um mergulho no lago.

Ele me examina, e um olhar sério toma seu rosto.

– Bem, vamos ter que fazer isso acontecer então. – Abro um pequeno sorriso, depois olho para a baía. Se as coisas tivessem se passado de outra forma, será que eu teria morado aqui no último ano? Teria acompanhado Sue em suas consultas? Ajudado no Tavern? Teria continuado a escrever? Eu teria desejado isso. Eu teria desejado tudo isso. A perda volta a apertar meus pulmões, e tenho que me concentrar em minha respiração. Sem olhar, sinto a atenção de Sam na lateral do meu rosto.

– Não acredito que você estava aqui esse tempo todo – murmuro, tirando o cabelo da testa.

Ele cutuca minha perna com o pé, e eu inclino a cabeça em direção a ele. Sam está com o sorriso malicioso mais largo no rosto, os olhos enrugados nos cantos.

– Não acredito que você está usando franja de novo.

6
VERÃO, DEZESSEIS ANOS ATRÁS

O oitavo ano não foi uma droga.

Não foi uma droga, mas foi estranho. Eu (finalmente) fiquei menstruada. Kyle Houston passou a mão na minha bunda no baile da primavera. E, no final de setembro, Delilah Mason e eu éramos melhores amigas de novo.

Ela veio até mim com botas country brancas e uma saia jeans curta no primeiro dia de aula e elogiou meu bronzeado. Contei a ela sobre o chalé, tentando parecer o mais tranquila possível, e ela me contou sobre o acampamento equestre em que tinha ficado em Kawarthas. Havia um cavalo chamado Monopoly e uma história embaraçosa sobre menstruação envolvendo um short branco e uma cavalgada de um dia inteiro. (A menstruação *e* os peitos chegaram para Delilah quando a gente tinha onze anos, naturalmente.)

Depois de alguns dias de delicadezas e almoços compartilhados, perguntei sobre Marissa e Yvonne. Delilah contorceu o lábio de desgosto.

– Fomos a um encontro em grupo com o meu primo e os amigos dele, e elas foram *tão* infantis.

Não é que eu tivesse esquecido o que acontecera no ano anterior, mas estava disposta a superar a questão. Com Sam como amigo eu não sentia o mesmo tipo de pressão para agradar Delilah, não a levava tão a sério, mesmo que estivesse determinada a nunca ser *tão* infantil. Além do mais, ser amiga de Delilah significava que eu não almoçaria mais sozinha, não me sentiria mais um traste completo. E, embora eu nunca fosse descrevê-la como legal, Delilah era divertida e inteligente.

Ela escolheu crushes para nós duas, dizendo que os garotos do ensino médio eram muito mais gatinhos, mas que precisávamos praticar antes de chegarmos lá. O meu era Kyle Houston, que tinha a cor e a personalidade de um purê de batata. (De sua parte, Kyle também não parecia muito interessado. Isto é, até o episódio da mão-boba no baile.)

* * *

Sam e eu mantínhamos uma conversa interminável por e-mail, mas foi só no Dia de Ação de Graças que o vi em carne e osso mais uma vez. Sue nos convidou para comer peru com eles no jantar, e meus pais aceitaram felizes. Eles podem ter ficado em dúvida sobre Sue quando a conheceram, mas dava para afirmar que tinham se afeiçoado a ela. Eles a convidaram para tomar café algumas vezes no verão anterior, e ouvi minha mãe dizendo para o meu pai que ela ficava impressionada por ver a vizinha criando *aqueles dois meninos bonzinhos* sozinha e que ela *devia ter um baita tino comercial* por ter feito do Tavern um sucesso tão grande.

Sam me avisou que sua mãe costumava exagerar nos feriados desde a morte de seu pai. Ela não permitiu que meus pais levassem comida de jeito nenhum. Então aparecemos com vinho, conhaque e um ramalhete de flores escolhido por mim e pela minha mãe no supermercado. O sol estava baixo e a casa dos Florek parecia brilhar a partir do interior. O cheiro de peru pairou até nós quando chegamos à varanda, e a porta se abriu antes mesmo de batermos.

Sam estava parado na passagem, seu cabelo espesso penteado até ficar contido e repartido de lado.

– Deu para ouvir os passos de vocês no cascalho – disse ele, vendo a expressão de surpresa no nosso rosto. Então acrescentou um *Feliz Dia de Ação de Graças!* com uma animação que não fazia o seu gênero e segurou a porta aberta com um braço, dando um passo para o lado para nos deixar entrar.

– Posso ficar com seus casacos, senhor e senhora Fraser? – perguntou. Ele estava de camisa branca por dentro de uma calça de brim, o que o fazia parecer um ajudante de garçom do restaurante francês favorito dos meus pais.

– Claro. Obrigado, Sam – disse meu pai. – Mas pode nos chamar de Diane e Arthur.

– Ei, pessoal! Feliz Dia de Ação de Graças! – Sue cumprimentou meus pais, de braços abertos, enquanto eu colocava os presentes que estava segurando no chão e tirava meu casaco.

– Posso ficar com ele, Persephone? – Sam perguntou, exagerando na graciosidade e estendendo o braço para mim.

– Por que você está falando assim? – sussurrei.

– Minha mãe fez um grande discurso dizendo que a gente devia se comportar o melhor possível. Ela deu o golpe baixo do "deixem o pai vocês orgulhoso". Ele gostava muito de gente educada – contou Sam, calmamente. – Você está bonita hoje, aliás – acrescentou, em um tom entusiasmado demais. Ignorei seu comentário, embora tivesse feito um esforço extra, escovando meu cabelo para que brilhasse e usando meu vestido de veludo molhado bordô com mangas bufantes.

– Bem, pode parar – reclamei. – Essa voz que você está fazendo me irrita.

– Tá certo. Nada de voz estranha. – Ele sorriu maliciosamente, então se agachou para apanhar as garrafas e as flores do chão. Quando se levantou, se inclinou mais para perto e disse: – Mas estou falando sério. Você está bonita mesmo.

Seu hálito na minha bochecha me fez corar, mas, antes que eu pudesse responder, Sue me abraçou.

– Como é bom ver você, Percy. Você está linda. – Agradeci, ainda me recuperando do comentário de Sam, e acenei para Charlie, que estava de pé atrás dela.

– Vermelho é a cor que te cai melhor, Pers – disse ele. Charlie estava usando uma calça preta e uma camisa que combinava com o verde-claro de seus olhos.

– Eu não sabia que você conseguia usar uma roupa completa.

Charlie piscou, e então Sue nos guiou até a sala de estar, onde o fogo crepitava na lareira de pedra. Enquanto Sue terminava de fazer o almoço na cozinha, Sam passava com travessas de queijo e tigelas de nozes, e Charlie via o que cada um queria beber, oferecendo gin tônica para minha mãe e perguntando ao meu pai se ele queria vinho tinto (*um pinot noir*) ou branco (*sauvignon blanc*). Meus pais estavam impressionados e se divertiam.

– Filhos de donos de restaurante – foi tudo o que Charlie disse para explicar.

Sue se juntou a nós quando tudo estava praticamente pronto e tomou um drinque com meus pais. Ela estava mais arrumada que de costume, com uma blusa de gola alta preta e calça capri. O cabelo loiro estava solto, caindo sobre os ombros, e ela tinha passado um batom cor-de-rosa. Isso a fazia parecer mais velha e mais bonita. Minha mãe também não era nada desinteressante. O cabelo escuro e liso era cortado reto e ela tinha estranhos olhos cor de ferrugem, e era elegante. Mas Sue era bonita, *bonita*.

Quando nos sentamos para jantar, nossos rostos estavam vermelhos por causa do fogo e das conversas que se sobrepunham. Charlie e Sam vieram com travessas, pratos e tigelas de acompanhamentos e molhos, e Sue trouxe o peru até a cabeceira da mesa e ela mesma o destrinchou. Os meninos atacaram com uma velocidade impressionante, os bons modos de lado, e meus pais assistiram, de queixo caído.

– Vocês deviam ver o que eu gasto no supermercado – riu Sue.

Eu me sentei ao lado do Sam, e, quando fui me servir de uma segunda porção de guisado de batata, ele me olhou, chocado.

– Você não está usando a sua pulseira – ele disse devagar, o garfo suspenso a meio caminho da boca, com um pedaço de carne escura espetado na ponta.

– Hum, não – respondi, vendo a mágoa tremeluzir em seus olhos. Tinha ficado constrangida de usá-lo perto de Delilah, mas não podia dizer isso agora. – Mas eu ainda tenho a pulseira. Está no meu porta-joias em casa.

– Como você é fria, Pers. O Sam nunca tira a dele! – interrompeu Charlie, e o rumor de conversa ao nosso redor parou. – Ele ficou apavorado quando a nossa mãe quis lavar. Achou que a máquina ia estragar a pulseira.

– E ia – retrucou Sam, categórico, vergões rubros pintando suas bochechas.

– Nós lavamos à mão e ficou tudo bem – interveio Sue, não percebendo a tensão entre os dois garotos ou ignorando-a completamente. Ela voltou a conversar com meus pais.

– Idiota – murmurou Sam, baixinho, olhando para seu prato.

Eu me inclinei mais para perto e sussurrei:

– Vou usar da próxima vez. Prometo.

* * *

Minha mãe e meu pai me deixaram convidar Delilah para ir ao chalé durante a primeira semana do verão. No último dia de junho, nós quatro seguimos para o norte no novo SUV lotado de coisas dos meus pais. Eu estava balançando a perna de expectativa quando viramos na Bare Rock Lane, e havia um enorme sorriso bobo no meu rosto. O chalé precisava de mais algumas reformas antes de irmos para o inverno, então eu não via Sam desde o Dia de Ação de Graças, sete meses antes.

– O que você tem? – sussurrou Delilah por sobre uma pilha de malas. – Você parece meio preocupada.

Eu tinha mandado uma mensagem para Sam com o horário previsto da chegada na noite anterior à nossa partida, outra quando estávamos carregando o carro e outra pouco antes de sairmos da garagem. Ele odiava mensagens e nunca respondia. Ainda assim, eu sabia que ele estaria nos esperando quando chegássemos. Mas eu não estava preparada para ver duas figuras muito compridas do lado de fora do chalé.

– São eles? – sibilou Delilah, tirando um tubo de gloss do bolso.

– São? – respondi, sem acreditar totalmente. Sam estava *alto*. Tipo muito alto.

Eu já tinha saído do carro antes de o meu pai desligar o motor e me atirei sobre Sam, esticando os braços ao redor de seu torso esguio. Seus braços firmes me abraçaram, e senti que ele sacudia de tanto rir.

Recuei com um grande sorriso.

– Oi, Percy – falou ele, as sobrancelhas erguidas sob o cabelo despenteado. Fiz uma pausa ao ouvir sua voz. Estava diferente. Estava grave. Logo pus minha surpresa de lado e agarrei seu braço.

– Atualização número um. – Estiquei o pulso ao lado do dele, deixando nossas pulseiras lado a lado. – Não tiro desde depois do Dia de Ação de Graças – acrescentei.

Demos um largo sorriso um para o outro como lunáticos.

– Agora nós vamos ter alguma coisa por que jurar – disse, por fim.

– Graças a Deus. Era a minha principal preocupação. – O sarcasmo escorria das palavras de Sam como caramelo de um ovo de chocolate. Ele estava satisfeito.

– Ei, Pers – disse Charlie por sobre o ombro de Sam, depois gritou para meus pais: – Senhor e senhora Fraser, minha mãe nos mandou para ajudar a descarregar o carro.

– Nós agradecemos, Charlie – meu pai berrou, com a cabeça dentro do porta-malas do SUV. – Mas deixe essa coisa de senhor e senhora pra lá, está bem?

– Eu sou a Delilah – se apresentou uma voz atrás de mim. Opa. Eu tinha esquecido completamente da minha amiga. Uma pequena parte de mim (tudo bem, uma porção bem grande) não queria apresentar Delilah a Sam. Ela era tão mais bonita do que eu, e os peitos dela tinham ficado *enormes* naquele ano enquanto eu continuava lisa como uma tábua. Eu sabia que o que Sam e eu tínhamos não era nesse sentido, mas também não queria que as coisas fossem assim entre eles.

– Desculpe, estou sendo grossa. Sam, esta é Delilah. Delilah, Sam. – Eles trocaram cumprimentos, embora o dele tivesse sido claramente frio.

Sam tinha respondido exatamente com duas palavras quando lhe enviei um e-mail sobre minha amizade reatada com Delilah: "Tem certeza?". Eu tinha, mas, claramente, Sam não.

– Você deve ser o Charlie – gritou Delilah, se concentrando nele como uma raposa em um pintinho.

– Sim, oi. – Charlie cumprimentou enquanto seguia carregando uma caixa de mantimentos, prestando zero atenção nela. Inconformada, Delilah se virou para Sam, com os grandes olhos azuis cintilando. Ela estava vestindo um short coral minúsculo e um top amarelo justo que destacava seus seios e sua barriga.

– Percy não tinha dito que você era tão gatinho. – Ela o atacou com um de seus sorrisos radiantes típicos, os lábios cor-de-rosa brilhantes de gloss e os cílios batendo.

O rosto de Sam se contraiu e seus olhos dispararam para encontrar os meus.

– Desculpa – murmurei, então agarrei o braço de Delilah e a puxei em direção ao carro enquanto ela ria.

– Você pode aparecer mais tarde? – Sam perguntou depois que terminamos de descarregar. – Tenho uma coisa pra te mostrar. São as atualizações número um, dois e três. – A maneira como ele falou, como se Delilah não estivesse lá, encheu meu peito de ar.

– Você ainda não contou para ela do barco? – perguntou Charlie.

Sam esfregou o rosto e tirou o cabelo da testa em um gesto de agitação controlada.

– Não. *Ia ser* uma surpresa.

– Merda, desculpa, cara – respondeu Charlie, e, em sua defesa, ele parecia sincero.

– Bem, conta pra gente – invadiu Delilah, as mãos na cintura curvilínea.

– A gente consertou o barco velho do meu pai – revelou Sam, em um barítono orgulhoso. Eu ia levar algum tempo para me acostumar com sua voz.

– Ele quer dizer *bem* velho – acrescentou Charlie.

– Era do nosso avô antes, e meu pai consertou e ficou com ele até... – A frase de Sam parou por aí.

– Ficou um tempão parado na garagem – interrompeu Charlie. – Minha mãe sempre prometeu que eu poderia usar quando fizesse dezesseis anos, mas ele precisava de muita reforma. O meu avô ajudou a consertar na primavera, quando eles vieram da Flórida. Até consegui que esse cara ajudasse. – Charlie cutucou Sam com o cotovelo.

– Você tem que ver, Percy – disse Sam com um sorriso torto. – Ficou clássico.

Delilah jogou o cabelo atrás do ombro.

– A gente ia adorar.

* * *

– Ai, meu Deus, Percy! – guinchou Delilah assim que levamos as malas para o meu quarto. – Por que você não me disse que o Charlie é gato? Eu teria usado alguma coisa bem melhor!

Eu ri. Delilah tinha realmente ficado louca por garotos no ano anterior.

– O Sam não é tão bonito, mas é gatinho também – filosofou ela, olhando para o teto como se estivesse ponderando com cuidado. – Aposto que ele vai ficar bem gato quando for mais velho. – Eu sentia na língua o gosto do ciúme amargo. Não queria que ela achasse Sam gato. Não queria que pensasse em Sam de qualquer maneira que fosse.

– Ele é normal, acho. – Dei de ombros.

– Vamos escolher a roupa para ir lá hoje à tarde! – Ela já estava abrindo sua mala.

– É só o Sam e o Charlie. Pode acreditar, eles não ligam pra como a gente se veste – expliquei, mas agora já não tinha certeza se era verdade. Ela me olhou, cética. – Vou usar meu maiô e meu short, se isso fizer alguma diferença para você.

Colocamos nossas roupas de banho depois de desfazer a mala. Delilah vestiu um biquíni preto, que por incrível que pareça se mantinha amarrado com leves lacinhos, e rebolou para entrar em um short jeans branco tão curto que a popa da bunda aparecia embaixo.

– Que tal? – Ela se virou, e tentei não olhar para seus peitos, mas era meio impossível, considerando a desproporção entre eles e o traje de banho.

– Você ficou irada – elogiei. – Irada no bom sentido.

Eu realmente achava, mas o ardor ácido da inveja estava se espalhando pela minha garganta. Minha mãe se recusou a me deixar usar um biquíni de lacinho, mas ela havia permitido que eu usasse um duas-peças – laranja neon com tiras largas presas por uma fivela na parte superior. Na loja eu tinha achado legal, mas agora me sentia infantil, e meu short jeans parecia comprido demais.

Descemos a escada correndo até o lago. O céu estava limpo e a água completamente azul, ondulando com uma brisa que vinha do sudeste.

Havia uma lancha amarela brilhante no cais dos Florek, e dava para ver o topo da cabeça de Charlie e Sam enquanto eles vasculhavam o interior.

– Barco legal! – gritei, e eles ergueram a cabeça como suricatos, os dois sem camisa e bronzeados. As vantagens de morar à beira do lago.

– Dá pra ver os músculos do Charlie daqui – gritou Delilah.

Fiz sinal para ela se calar.

– O som ecoa na água.

Mas ela estava certa. Charlie estava mais forte, e seus braços, peito e ombros, mais definidos.

– Quer vir dar uma olhada? – gritou Sam de volta.

– E como queremos – ronronou Delilah.

Dei uma cotovelada nela e ergui a mão com um polegar para cima.

Cruzamos pela trilha entre nossas propriedades, saindo da mata a poucos metros do cais deles.

– Não ficou ótimo? – Sam sorriu para mim do barco.

– *Ótima* – corrigiu Charlie.

– Está incrível! – respondi, e estava sendo sincera. O barco tinha uma ponta arredondada com bancos de vinil marrom na proa e espaço para mais seis na parte de trás.

– Totalmente retrô. – Delilah se entusiasmou enquanto seguíamos para o cais.

– Uau, uau, Pers. – Charlie ergueu as mãos, rendido. – Seu biquíni mais este barco? Eu ia levar a gente para dar um passeio, mas não tenho certeza se vou conseguir enxergar. – Fiz cara feia para ele.

– Hilário – retrucou Sam, então correu os olhos em mim. – Esse biquíni é muito legal. Combina com o laranja da pulseira. Vem.

Sam estendeu a mão para me ajudar, e uma corrente quente de eletricidade zuniu dos meus dedos até o meu pescoço.

O que foi isso?

– Colocamos o nome de Banana Boat, por razões óbvias – contou Sam, sem estar a par da descarga elétrica que tinha feito percorrer meu braço.

– A gente ainda nem mostrou a melhor parte. – Charlie empurrou o manche e um *aaaah-uhhhhh-aaaaah* alto se ergueu do alto-falante. Delilah e eu demos um pulo de deixar os cabelos em pé e depois caímos na gargalhada.

– Ah, meu Deus! É um barco erótico! – ela gritou.

– Dá um novo significado para o nome Banana Boat, né? – Sam sorriu para ela, e a eletricidade que subia e descia pelo meu braço desapareceu.

Assim que meus pais, já sentados no deque com taças de vinho na mão, disseram que tudo bem, Charlie nos levou rumo ao sul até uma pequena enseada e desligou o motor.

– Esta, senhoras, é a pedra de pular – ele anunciou, soltando uma âncora na água e tirando a camiseta. Eu estava tentando de tudo para não olhar para sua barriga definida. Mas não estava conseguindo.

– É totalmente seguro pular – disse Sam. – A gente faz isso desde que era criança.

– Quem está dentro? – perguntou Charlie.

– Eu! – disse Delilah, se levantando para desabotoar o short. Eu estava distraída demais para notar o penhasco rochoso diante do qual tínhamos parado. Empalideci.

– Você não precisa ir – Sam disse para mim. – Eu fico no barco com você.

Eu me levantei e tirei o short. Não seria infantil a esse ponto.

Nós mergulhamos da popa do barco e nadamos em direção à praia, Delilah e eu seguindo Sam e Charlie até a lateral do penhasco. Gritei quando Charlie saiu correndo em direção à borda e pulou sem qualquer aviso.

Fomos nos aproximando da beirada até ver sua cabeça balançando na água, as covinhas bem nítidas mesmo olhando de longe.

– Quem é o próximo? – gritou ele.

– Eu – anunciou Delilah, e Sam e eu recuamos para lhe dar espaço. Ela se afastou da borda e deu três passos largos antes de pular. Depois emergiu da água dando risada.

– Isso foi incrível. Você tem que experimentar, Percy! – gritou ela.

Meu estômago revirou. Dali parecia *muito* mais alto do que do barco. Olhei para trás, pensando que talvez pudesse simplesmente desistir.

– Quer voltar por onde nós viemos? – perguntou Sam, lendo minha mente.

Retorci a boca.

– Não quero ser a medrosa da turma – admiti, voltando a olhar para trás, para o lago, Charlie e Delilah.

– Não, eu entendo, é *muito* alto. – Sam examinou a água lá embaixo. – Podemos ir juntos. Vou segurar a sua mão, a gente conta até três e pula.

Respirei fundo.

– Tá bom.

Sam entrelaçou os dedos nos meus.

– Juntos, no três. – Ele apertou minha mão com força.

– Um, dois, três... – Despencamos como concreto, nossas mãos se separando quando nos estatelamos na água. Fui puxada para baixo, para baixo, para baixo como se houvesse uma bigorna amarrada ao meu tornozelo, e, por uma fração de segundo, temi não conseguir voltar para a superfície. Mas então o embalo para o fundo estacou e eu bati as pernas, nadando em direção à luz no alto. Saí ofegante por ar ao mesmo tempo que Sam emergiu, se virando para me procurar. Ele sorria mostrando todos os dentes.

– Você está bem?

– Estou. – Engasguei, tentando recuperar o fôlego. – Mas nunca mais faço isso.

– E você, Delilah? – perguntou Charlie. – Quer pular de novo?

– Com certeza – disse ela. Como se fosse possível ela dar outra resposta.

Sam e eu nadamos de volta para o barco, usando a escadinha na popa para subir. Ele me entregou uma toalha e nos sentamos nos bancos de frente um para o outro, nos secando.

– A Delilah não é tão ruim quanto eu imaginava – comentou ele.

– Ah, sério?

– Sim, ela parece meio... boba? Mas ainda estou de olho nela. Se ela disser uma coisa maldosa que seja para você, vou ter que me vingar. – Seu cabelo pingava nos ombros, que não estavam tão ossudos quanto eram antes. – Estou tramando isso desde que você me contou sobre ela. Está tudo planejado.

Eu ri.

– Obrigada por defender a minha honra, Sam Florek, mas ela não é mais assim. – Ele me olhou calado, então mudou para o banco ao meu lado, nossas coxas encostadas. Coloquei a toalha nas costas, muito ciente de que minha pele comichava onde tocava na dele. Mal notei a água respingando do segundo pulo de Charlie e Delilah.

– O que é isso no seu cabelo? – perguntou ele, alcançando a mecha que eu tinha enrolado em linha de bordar.

– Ah, esqueci que estava aí. Fiz para combinar com a pulseira. Gostou? – Quando ele mudou o foco do cabelo para meu rosto, fui pega desprevenida pelo tanto que o azul dos olhos dele era impressionante. Não era como se eu não nunca tivesse notado. Será que eu nunca tinha visto tão de perto? Sam estava diferente da última vez que o vi, as maçãs do rosto mais proeminentes, o espaço abaixo delas mais fundo.

– Sim, ficou legal. Talvez eu deixe o cabelo crescer neste verão, assim você poder fazer isso nele para combinar com a minha pulseira também – observou Sam. Ele vasculhou meu rosto, e o formigamento de onde sua perna estava encostada na minha virou um fogaréu. Ele inclinou a cabeça e apertou os lábios. O de baixo era mais cheio que o de cima, um vinco tênue dividia o crescente rosado. *Isso* eu não tinha notado antes.

– Você está diferente – murmurou Sam, apertando os olhos para me examinar. – Não tem mais sardas – completou depois de alguns segundos.

– Não se preocupe, elas vão voltar. – Ergui o olhar para o sol. – Provavelmente até o fim do dia.

Um canto do lábio dele se ergueu de leve, mas suas sobrancelhas continuaram franzidas.

– Não tem mais franja também. – Ele deu um puxão suave na mecha enrolada com linha. Pisquei de volta para ele, o coração batendo forte.

Mas o que é que está acontecendo agora?

– Não, e *ela* não vai voltar. Nunca – respondi. Ergui a mão para colocar o cabelo atrás da orelha, e percebi que estava tremendo, então a prendi em segurança debaixo da coxa. – Sabe, você é o único garoto que eu conheço que presta tanta atenção em cabelo. – Tentei parecer calma, mas as palavras saíram como se estivessem em uma camisa de força.

Ele sorriu.

– Eu presto atenção em muitas coisas a seu respeito, Percy Fraser.

* * *

Os fogos de artifício do Dia do Canadá foram uma ostentação impressionante para uma cidade tão pequena. A queima aconteceu no cais da cidade, explosões iluminando o céu noturno e resplandecendo na água escura abaixo.

– Você acha que os amigos do Charlie são tão gatos quanto ele? – perguntou Delilah, jogando roupas para todo lado no chão enquanto nos arrumávamos. O plano era que Charlie, Sam e os amigos de Charlie pegassem Delilah e eu no Banana Boat quando a noite caísse para que a gente pudesse assistir aos fogos do lago.

– Conhecendo o Charlie, acho que os amigos dele devem ser só meninas – respondi, me enfiando em uma calça de moletom.

– Hum... então eu vou ter que ir com tudo. – Ela ergueu uma blusinha vermelha e uma minissaia preta. – O que você acha?

– Acho que você vai passar frio. Às vezes fica bem gelado quando o sol se põe.

Ela abriu um sorriso maligno.

– Vou arriscar.

Vestidas assim – ela com roupas de sair, eu com um moletom azul-marinho que meu pai tinha comprado na loja de suvenires da universidade –, fomos para o lago. Paramos quando chegamos ao nosso cais e olhamos para os Florek. Charlie e outro garoto estavam ajudando três meninas a entrar no barco. Eu estava me consolando com o fato de que elas estavam vestidas mais como eu do que como Delilah, de legging e suéter.

Charlie levou o barco até a ponta do nosso cais para que a gente pudesse embarcar e nos apresentou ao grupo. A expressão de Delilah murchou quando ele se referiu a Arti como sua namorada, mas ela logo se recompôs e plantou a bunda no banco ao lado de Sam. Sentei diante deles, meus olhos colados na perna de Delilah encostada na dele.

Charlie ancorou logo depois da praia da cidade, onde dezenas de barcos flutuavam na água e carros se alinhavam na costa circundando a baía. Evan, amigo de Charlie, abriu duas latas de cerveja e as passou para a frente enquanto a gente esperava. Charlie e Sam recusaram, mas Delilah tomou um gole, fazendo beicinho por causa do gosto.

– Você não vai gostar, Percy – garantiu ela, estendendo a lata de volta para Evan.

Aproveitei a luz fraca para examinar Sam. Ele ouvia Delilah falar sobre seus planos para o verão: andar a cavalo em Kawarthas e tomar sol num resort em Muskoka. O cabelo dele parecia espesso e desgrenhado, como de costume, e ele o colocava para trás só para que voltasse a cair no olho. Sam tinha uma boca bonita, decidi. O nariz era precisamente do tamanho certo para o rosto, nem muito pequeno nem muito grande. Era estranhamente perfeito. Eu já sabia que ele tinha os olhos mais lindos. O rosto inteiro era bonito, na verdade. Ele era bem magro, mas os cotovelos e os joelhos não pareciam tão protuberantes quanto no verão passado. Delilah estava certa; Sam era gatinho. Eu só não tinha me dado conta antes.

Fiquei ali sentada, ruminando minha descoberta, enquanto ele assentia com a cabeça para a descrição que Delilah fazia da piscina do resort, as mãos grandes envolvendo os joelhos dele, a coxa bem encostada na dela.

– Você está com frio? – ele perguntou.

– Um pouco – admitiu ela.

Delilah estava tremendo, dava para ver, mas, quando Sam abriu o zíper de seu moletom preto de capuz e o passou para ela, parecia que tinham enfiado uma faca na minha barriga.

Foi como se eu tivesse sido atingida por um ônibus: eu não fazia ideia de quanto tempo Sam passava com outras garotas ao longo do ano. Achava que ele não tinha namorada, mas, de novo, o assunto não havia surgido. E Sam era *gatinho*. E inteligente. E atencioso.

– Você está bem, Percy? – perguntou ele, me flagrando com os olhos arregalados. Delilah me lançou um olhar engraçado.

– Aham – guinchei de um jeito estranho. Eu precisava de uma distração. – Ei, Evan. Me dá um golinho? – pedi, apontando para a cerveja.

– Dou, claro. – Ele me passou a lata, e *não*! Eu não gostei de cerveja. Abri um sorriso para Evan depois do meu primeiro gole, então tomei mais dois forçados antes de passá-la de volta. Sam se inclinou junto de mim, os lábios apertados.

– Você bebe cerveja? – perguntou, com clara descrença.

– Eu adoro – menti.

Ele franziu a testa.

– Jura por ela? – ele ergueu o pulso.

– De jeito nenhum.

Evan balançou a cabeça e riu, e o som fez um sorriso voltar para o meu rosto.

O olhar de Delilah passeou entre nós, e, quando os fogos começaram, ecoando seus estrondos pela baía, ela veio sentar ao meu lado, me dando seu braço, e sussurrou no meu ouvido:

– Seu segredo está seguro comigo.

* * *

O clima esteve perfeito durante a visita de Delilah: céu limpo, nem uma gota de chuva, quente mas não sufocante, como se a Mãe Natureza soubesse que Delilah estava para chegar e tivesse lançado mão de seu traje mais impressionante. Para grande decepção de minha amiga, Charlie não foi tão cooperativo e passou a maior parte do tempo trabalhando no Tavern ou de bobeira na casa de Arti na cidade.

O último dia dela no lago foi o que meu pai chamava de escaldante, e, quando não conseguíamos mais caminhar no cais sem queimar a sola dos pés, fomos para o porão dos Florek.

– O que o Charlie está aprontando? – perguntou Delilah enquanto nós três lutávamos para descer a escada com refrigerantes e um pacote de salgadinhos com sal e vinagre.

– Dormindo, provavelmente – respondeu Sam, apanhando o controle remoto. – O que vocês estão a fim de assistir? – Ele e eu nos sentamos nos nossos lugares de costume nos dois cantos opostos do sofá.

– Eu tenho uma ideia melhor. – Delilah jogou o cabelo ruivo. – Vamos brincar de verdade ou desafio.

Sam gemeu.

– Não sei... – Hesitei, me sentindo inquieta. – Acho que é pouca gente para brincar.

– Claro que não! Dá para brincar só com duas pessoas, e nós somos *um, dois, três*. – Sam olhou para Delilah como se ela fosse uma cobra venenosa. – Ah, vamos lá! É o meu último dia. Vamos fazer uma coisa *divertida*.

– Só um pouquinho? – dirigi minha pergunta a Sam.

– Tá, tudo bem. – Ele suspirou fundo.

Delilah bateu palmas e nos fez sentar em roda no tapete de sisal.

– Não tem garrafa aqui, então vamos simplesmente girar o controle remoto para ver quem vai ser o primeiro. Para quem a parte de cima apontar é que vai começar – orientou ela. – Sam, você gira pra gente?

– Já que eu tenho que fazer isso – respondeu ele por debaixo de uma mecha de cabelo dourado. Sam girou o controle remoto, que parou apontando vagamente na direção de Delilah.

– Delilah: verdade ou desafio? – perguntou Sam, com o entusiasmo de uma truta morta.

– Verdade!

Sam travou seus olhos azuis nos dela como um míssil:

– Você já fez bullying com alguém? – Lancei um olhar de advertência para ele, mas Delilah estava indiferente.

– Mas que pergunta estranha – disse ela, seus lábios de chiclete se contorcendo. – Não, nunca fiz isso.

Sam ergueu uma sobrancelha, mas deixou pra lá.

– Tudo bem, minha vez de fazer uma pergunta – ela anunciou, e esfregou as mãos. – Sam: você tem namorada?

– Não tenho – ele respondeu, com a voz de quem estava morrendo de tédio e sendo um pouco sarcástico. Me esforcei para conter um sorriso que começou na ponta dos dedos e soltei o suspiro preso em minha garganta desde a noite da queima de fogos.

Depois de quinze minutos enfadonhos respondendo a perguntas de *verdade*, Sam esfregou o rosto e gemeu:

– Se eu escolher *desafio* a gente pode acabar com isso?

Delilah ponderou até que um olhar de vitória maligna recaiu em seu rosto macio.

– Ótima ideia, Sam. – Ela fingiu pensar, com o indicador no queixo. Então estreitou os olhos para ele. – Eu te desafio a beijar a Percy.

Meu queixo foi caindo devagar. Fazia dias que eu estava tentando entender como me sentia em relação a Sam. Mas o olhar que ele lançou para Delilah, como se quisesse estraçalhá-la, era um outdoor aceso que dizia *Eu só beijaria Percy Fraser se ela fosse a última garota da galáxia, e talvez nem assim.* Meu estômago embrulhou.

– Que foi, ela não é gatinha o suficiente pra você? – perguntou Delilah, sua voz doce como açúcar, e enquanto isso alguém descia a escada.

– Quem não é gatinha o suficiente para você, Samuel? – perguntou Charlie, se aproximando de nós em uma calça esportiva preta. Ele se espreguiçou e bocejou, chamando a atenção para seu torso nu.

– Ninguém – respondeu Sam, ao mesmo tempo que Delilah disse:

– A Percy.

Charlie inclinou a cabeça em direção a ela, seus olhos verdes brilhando de deleite.

– Ah?

– Eu desafiei o Sam a beijar a Percy, mas ele não quer. Eu ia ficar ofendida se fosse eu – ela explicou, como se eu não estivesse sentada bem ao seu lado.

– Jura? – Charlie deu um sorriso. – Como assim, Samuel?

– Me deixa em paz, Charles – murmurou ele, uma maré alta de sangue vermelho subindo pelo seu pescoço.

– Bem, eu não ia deixar a Percy se sentindo mal só porque *você* não tem coragem de beijá-la – disparou Charlie. Ele se abaixou, segurou meu rosto entre as duas mãos e levou a boca sobre a minha antes que eu tivesse a chance de reagir. Os lábios dele eram macios e quentes e estavam com gosto de suco de laranja, e Charlie ficou com eles pressionados nos meus por tempo suficiente para que eu me sentisse constrangida de estar com os olhos abertos. Então acabou. Ele recuou alguns centímetros, com as mãos ainda no meu rosto.

– Bobeou, dançou, Sam – disse Charlie, me encarando com seus olhos felinos. Ele piscou e se endireitou, depois voltou para o andar de cima, deixando para trás o cheiro forte de seu desodorante.

– Uau, Percy! – Delilah agarrou meu braço. Passei a língua nos lábios, o sabor cítrico ainda neles. – Terra para Persephone! – Ela riu. Sam me observava em silêncio, cor-de-rosa até a ponta das orelhas. Pisquei e baixei a cabeça, tapando o rosto com um campo de força escuro de cabelo.

Eu tinha acabado de dar meu primeiro beijo, mas minha mente estava emperrada no fato de que Sam não quis me beijar. Nem mesmo como um desafio.

* * *

Minha mãe levou Delilah de carro de volta para a cidade na manhã seguinte. Delilah me deu um abraço, dizendo que tinha *se divertido como nunca* e que ia sentir *muita* saudade. Fiquei aliviada por ela ter ido embora. Queria Sam só para mim, para que as coisas pudessem voltar ao normal, e eu pudesse esquecer sobre Charlie ter me beijado e Sam definitivamente não querer me beijar.

A parte de voltar ao normal foi fácil. A gente nadou. A gente pescou. A gente leu. A gente assistiu filmes de terror dos anos 1980. Esquecer sobre o negócio do beijo? Não exatamente. Pelo menos não eu. Para Charlie, isso não era um problema. Eu não tinha certeza se ele sequer se lembrava de ter encostado sua boca na minha – é possível que ele estivesse meio dormindo ou sonâmbulo no momento –, porque ele não mencionou mais o fato.

Eu estava sentada no Banana Boat matutando sobre tudo isso enquanto Charlie e Sam se secavam depois da nossa última ida à pedra para pular (eu tinha ficado no barco, encarregada da supervisão). Não que eu quisesse que Charlie voltasse a mencionar o beijo. Eu só, de certa forma, queria ter certeza de que o meu beijo não era de todo horrível. Eu estava examinando a boca de Charlie quando senti um puxão na minha pulseira. Era Sam, eu tinha sido flagrada.

Quando voltamos para a casa dos Florek, Sam e eu fomos nadando até a canoa enquanto Charlie foi se aprontar para seu turno no restaurante. Assim que subimos nela, Sam se deitou com as mãos atrás da cabeça e o rosto voltado para o sol, fechando os olhos sem dizer uma palavra.

Que droga é essa?

Ele mal estava falando comigo desde que tinha me flagrado olhando lascivamente para o irmão dele, e de uma hora para outra fiquei irracionalmente irritada. Recuei para ter espaço para dar uma corridinha e pulei como uma bomba na água bem do lado de onde ele estava deitado. As pernas dele estavam cobertas de gotas quando emergi, mas ele não se mexeu nem um centímetro.

– Você está mais quieto do que o normal – observei, depois de voltar a subir na canoa, de pé sobre ele para que a água pingasse no seu braço.

– Ah, é? – A voz dele estava impassível.

– Está com raiva de mim? – Olhei feio para suas pálpebras.

– Não estou com raiva de você, Percy. – Ele apoiou o braço no rosto. *Então tá.*

– Bem, a sua cara parece meio de quem tá com raiva – vociferei. – Eu fiz alguma coisa errada? – Nenhuma resposta. – Desculpa qualquer coisa – acrescentei, com uma ponta de sarcasmo. *Porque, só para lembrar!, foi ele quem me rejeitou.*

Ainda nada. Frustrada, eu me sentei e tirei o braço de cima do seu rosto. Sam apertou os olhos para mim.

– Percy, não estou. É sério – respondeu ele. E dava para dizer que estava sendo sincero. Também dava para dizer que alguma coisa não estava bem.

– Então o que está acontecendo com você?

Ele desvencilhou o braço da minha mão e se ergueu, de modo que nós dois ficamos sentados de pernas cruzadas frente a frente, com os joelhos encostados. Sam tombou ligeiramente a cabeça.

– Aquele foi o seu primeiro beijo? – perguntou ele.

Gaguejei com a mudança repentina de assunto. A gente nunca tinha falado sobre beijos antes.

– Aquele dia. Charlie? – cutucou Sam.

Olhei por sobre o ombro em busca de uma rota de fuga da conversa.

– Tecnicamente – murmurei, ainda olhando para o lago atrás de mim.

– Tecnicamente?

Suspirei e voltei a encará-lo, me encolhendo.

– A gente tem que conversar sobre isso? Eu sei que catorze anos é meio tarde para o primeiro beijo, mas...

– O Charlie é mesmo um imbecil – interrompeu ele, com uma agudeza incomum.

– Não foi tudo isso – eu logo emendei. – Foi só um beijo. Não foi grande coisa – menti.

– O primeiro beijo é grande coisa sim, Percy.

– Ah, meu Deus – gemi, olhando para nossos joelhos encostados. – Você está parecendo a minha mãe. – Estudei os pelos claros que se espalhavam pelas suas canelas e coxas.

– Você já ficou menstruada?

Arregalei os olhos, encontrando os dele.

– Você não pode me perguntar isso! – gritei. Sam tinha dito tão casualmente, como se estivesse perguntando *Gosta de abóbora?*

– Por que não? A maioria das garotas fica menstruada mais ou menos com doze anos. Você está com catorze – ele calculou, de maneira prática. Eu queria pular da canoa e nunca mais subir atrás de ar.

– Não acredito que você acabou de dizer *menstruada* – murmurei, com o pescoço queimando.

Eu tinha ficado menstruada pela primeira vez bem no meio de um dia de escola. Olhei para a mancha vermelha na minha calcinha com estampa de florzinhas durante um minuto inteiro antes de puxar Delilah para a cabine do banheiro. Por mais que eu estivesse louca para ficar menstruada, não tinha ideia do que fazer. Ela correu até o seu armário e voltou com uma nécessaire com absorventes dobrados e tubos longos embrulhados em papel amarelo. Absorventes internos. Eu não acreditava que ela usava isso. Delilah me ensinou a colocar o modelo comum e me explicou:

– Você vai ter que tomar alguma providência sobre essas calcinhas de vovó. Agora você é uma mulher.

– E aí, ficou? – Sam voltou a perguntar.

– E *você*, tem sonhos molhados? – devolvi.

– Não vou te contar isso – protestou ele, as bochechas ficando magenta-escuro.

– Por que não? Você perguntou sobre a minha menstruação. Não posso te perguntar sobre os seus sonhos molhados?

– Não é a mesma coisa – Sam retrucou, e seus olhos se voltaram por um momento para o meu peito. Nós nos encaramos.

– Eu respondo a sua pergunta se você responder a minha – me defendi depois de passados uns bons e longos segundos.

Ele me examinou com os lábios pressionados.

– Jura por ela? – perguntou.

– Juro – garanti, e dei um puxão na pulseira dele.

– Sim, eu tenho sonhos molhados – admitiu Sam rapidamente. Ele nem sequer desviou os olhos.

– E como é? Dói? – As perguntas saíram de meus lábios sem permissão.

Ele sorriu.

– Não, Percy, não dói.

– Não dá pra imaginar não ter o controle do meu corpo desse jeito. Sam deu de ombros.

– As meninas também não controlam a menstruação.

– É verdade. Eu nunca tinha pensado nisso.

– Mas já pensou em sonhos molhados. – Ele me olhou de perto.

– Bem, é que parece uma coisa nojenta – menti. – Mesmo que não tão nojento quanto a menstruação.

– Menstruação não é nojento. Faz parte da biologia humana e é bem legal, se você parar pra pensar – ponderou Sam, com os olhos arregalados de sinceridade. – É praticamente a base da vida humana. – Fiquei passada. Eu sabia que ele era inteligente (tinha dado uma olhada no boletim colado na geladeira dos Florek), mas às vezes Sam dizia coisas como *A menstruação é a base da vida humana*, que me faziam sentir com muitos anos de atraso.

– Mas *como* você é nerd – critiquei. – Só você para dizer que menstruação é legal. Pode acreditar em mim, é nojento.

– Então você já ficou menstruada – confirmou ele.

– Suas habilidades de dedução são excelentes, professor. – Deitei de costas e fechei os olhos para colocar um ponto-final na conversa.

Depois de alguns segundos, porém, Sam voltou a falar.

– Mas não é do mesmo jeito toda vez. – Olhei para ele, e seu rosto estava sombreado pelo sol. – Às vezes dá para sentir que está acontecendo durante um sonho, e às vezes eu acordo e já aconteceu.

Protegi os olhos com a mão, tentando enxergar o rosto dele.

– Mas com o que você sonha? – sussurrei.

– Com o que você acha, Percy?

Eu tinha uma ideia geral do que os garotos achavam sexy.

– Loiras com peitões?

– Às vezes, eu acho – confessou. – Às vezes com meninas de cabelo castanho – acrescentou ele tranquilamente. A maneira como olhou para mim fez eu sentir como se tivesse mel quente dentro mim.

– E como foi o seu primeiro beijo? – perguntei. A resposta de repente pareceu urgente.

Sam não falou por uns bons e longos segundos, e, quando falou, o que disse saiu com um leve suspiro.

– Não sei. Nunca beijei ninguém.

* * *

O boato em Deer Park High era que a sra. George era uma bruxa. A professora de inglês do nono ano era uma mulher mais velha, solteira, cujo cabelo acaju raleando tinha o aspecto tão quebradiço que eu ficava tentada a partir um pedaço. Ela se vestia de preto e ocre em camadas fluidas que escondiam seu corpo minúsculo, com botas de bico fino e salto alto cujos cadarços subiam em torno das panturrilhas magricelas. E a sra. George usava uma pulseira de resina com um besouro morto fossilizado que garantia ser de verdade. Ela era rigorosa, brava e meio assustadora. Eu a adorava.

No primeiro dia de aula, a professora distribuiu cadernos de exercícios em tons pastel que seriam como nossos diários. Ela disse que os diários eram sagrados e que não julgaria o conteúdo deles. Nossa primeira tarefa era escrever sobre nossa experiência mais memorável do verão. Delilah olhou para mim e murmurou *Charlie sem camisa*. Contendo uma risadinha, abri o caderno amarelo suave e comecei a descrever a pedra de pular.

Escrever no diário logo se tornou minha parte favorita do nono ano – às vezes a sra. George nos dava um tema a explorar; outras vezes deixava isso a nosso encargo. Era bom dar forma e ordem aos meus pensamentos, e eu gostava de usar palavras para pintar imagens do lago e da vegetação. Escrevi uma página toda sobre os pierogis da Sue, mas também imaginei histórias aterrorizantes de fantasmas vingativos e experimentos médicos que tinham dado errado.

Quatro semanas depois do início do ano letivo, a sra. George me pediu para esperar depois da aula. Quando os outros alunos foram embora, ela me disse que eu tinha um talento natural para a escrita criativa e me incentivou a participar de um concurso de contos que estava rolando em todos os comitês de educação. Os finalistas participariam de uma oficina de três dias de escrita em uma faculdade da cidade durante o recesso de março.

– Elabore um pouco mais as suas narrativas de terror, querida – disse a professora, e então me enxotou porta afora.

Levei o diário para o chalé no fim de semana de Ação de Graças para que Sam me ajudasse a decidir em qual ideia trabalhar. Sentamos na minha cama com o cobertor da baía de Hudson sobre as pernas, Sam folheando as páginas e eu de olhos grudados nele como uma língua em um poste de metal no inverno. Desde que Sam tinha contado que nunca beijara ninguém, eu não conseguia parar de pensar em como queria colar a boca na dele antes que alguém chegasse lá primeiro.

– Eles são bons de verdade, Percy – disse Sam. Seu rosto ficou sério, e ele deu um tapinha de incentivo na minha perna. – Você é uma menina tão bonita e doce no exterior, mas na verdade é uma esquisitona completa. – Arranquei o caderno de exercícios das mãos dele e o usei para golpeá-lo, mas meu cérebro tinha ficado travado na palavra *bonita*.

– Estou fazendo um elogio – Sam riu, erguendo as mãos para se proteger. Levantei o braço para dar outra pancada, mas ele agarrou meu pulso e me puxou para a frente de modo que caí em cima dele. Nós dois ficamos quietos. Meus olhos foram parar no pequeno vinco no seu lábio inferior. Mas então ouvi passos subindo a escada e me desembaracei dele. Minha mãe apareceu na porta, franzindo a testa atrás de suas armações vermelhas enormes.

– Tudo bem por aqui, Persephone?

– Acho que você devia seguir com a do sangue cerebral – Sam resmungou depois que ela saiu.

* * *

Minha mãe e meu pai disseram que a gente poderia passar o recesso de março em Barry's Bay se eu não fosse selecionada para a oficina, e por um segundo me perguntei se talvez não fosse melhor desistir de entrar. Apresentei a ideia a Delilah enquanto estávamos voltando da escola para casa a pé, e ela beliscou meu braço.

– Você tem coisa melhor com que se preocupar do que os meninos do verão – comentou ela.

Segurei o seu braço.

– Quem é você e o que fez com Delilah Mason? – lamentei.

Ela botou a língua para fora.

– Estou falando sério. Os meninos são só para diversão. Bastante diversão. Mas não deixe ninguém ficar no caminho dos seus objetivos.

Precisei de cada pedaço do meu autocontrole para não me dobrar de rir. Mas era isso mesmo.

Trabalhei no conto o outono inteiro. Era sobre um subúrbio aparentemente idílico em que os adolescentes mais inteligentes e atraentes eram mandados para uma escola de elite. Só que o lugar na verdade era uma instituição aterrorizante onde o sangue do cérebro deles era coletado para formular um soro da juventude. Por e-mail, Sam me ajudou a repassar os detalhes. Ele apontou furos no enredo e nos fatos científicos, e depois fez um *brainstorming* sobre soluções comigo.

Assim que terminei, enviei a Sam pelo correio uma cópia da folha de rosto com um autógrafo e uma dedicatória *por sempre saber a quantidade exata de sangue*. Batizei o conto de "Sangue novo".

Cinco dias depois, ele telefonou para minha casa depois do jantar.

– Vou parar de pensar no que a gente vai fazer no recesso de março. Não tem como você não ganhar.

* * *

Seguimos de carro para Barry's Bay no dia 26 de dezembro. A vegetação parecia de um mundo diferente daquele do verão – as bétulas e os bordos estavam completamente desfolhados e trinta centímetros de neve cobriam o chão, o sol refletindo nos cristais em pontinhas brilhantes. Os ramos de pinheiro estavam como se cobertos de pó de diamante. Um dos moradores permanentes tinha tirado a neve da nossa entrada de carros e acendido a lareira, e a fumaça subia pela chaminé da casa. Parecia um cartão de Natal.

Assim que desfizemos as malas, me embrulhei no meu casaco de lã vermelha, calcei minhas botas brancas com pompons felpudos e vesti um gorro de tricô e luvas combinando. Peguei o pacote que tinha embrulhado cuidadosamente para Sam e saí pela porta. Minha respiração atingiu o ar em lufadas prateadas, e o vento pinicou meus dedos através das luvas. Eu estava tremendo quando subi a varanda da entrada dos Florek.

Sue abriu a porta, surpresa ao me ver.

– Percy! Como é bom ver você, querida – disse ela, me dando um abraço. – Entre, entre... está um gelo! – A casa tinha o mesmo cheiro do Dia de Ação de Graças: de peru, lenha e velas de baunilha.

– Feliz Natal, senhora Florek. Espero que não seja um problema eu vir sem telefonar antes. Tenho um presente para o Sam e queria fazer uma surpresa. Imaginei que ele ia estar em casa.

– Não tem problema de jeito nenhum. Você é bem-vinda aqui a qualquer hora, sabe disso. Ele está... – Ela foi interrompida por um coro de gemidos angustiados seguidos por risos. – Ele está no porão jogando videogame com uns amigos. Tire o casaco e as outras peças e desça.

Eu a encarei sem entender. Teoricamente, eu sabia que Sam tinha outros amigos. Ele tinha começado a mencioná-los mais recentemente, e eu o incentivava a deixar o dever de casa de lado e sair com eles. Só não os conhecia ainda.

Será que quero conhecê-los? Será que eles querem me conhecer? Será que eles sequer sabem que eu existo?

– Percy? – Sue abriu um sorriso encorajador. – Pode pendurar o seu casaco, tá? Eles são garotos legais, não se preocupe.

Desci a escada só de meias e, quando cheguei ao fim, me deparei com três pares de olhos surpresos.

– Percy! – Sam se levantou. – Eu não sabia que você já estava aqui.

– Tcha-ram! – respondi, fazendo uma meia reverência enquanto os outros dois garotos deixavam os controles de lado e se levantavam. Sam me deu um abraço apertado, do mesmo jeito que faria se só estivéssemos nós dois lá. Fechei os olhos por um instante. Ele cheirava a amaciante de roupa e ar fresco. Parecia mais encorpado, mais sólido.

– Nossa, cara, você está gelada – disse Sam, recuando. – Seu nariz está supervermelho.

– Pois é, acho que as minhas roupas não são quentes o bastante para o norte.

– Deixa eu pegar um cobertor para você – ofereceu ele, então me deixou parada no meio da sala enquanto revirava um baú.

– Oi. – Acenei para os amigos de Sam. – Já que claramente o Sam não sabe fazer apresentações, eu sou a Percy.

– Ah, desculpa – disse Sam, me entregando uma colchinha de retalhos multicolorida. – Este é o Finn. – Apontou para o garoto de cabelo preto despenteado e óculos redondos. Finn era quase tão alto quanto Sam. – E este é o Jordie. – Jordie tinha pele escura e cabelo curto. Era mais baixo que os outros dois, mas não tão magrelo. Os três estavam de jeans e moletom.

– A famosa Percy. Muito prazer – disse Finn, sorrindo.

Então eles sabem que eu existo.

– A garota da pulseira. – Jordie deu um sorriso malicioso. – Agora dá pra entender por que o Sam nunca marca coisas com a gente no verão.

– Porque eu sou obviamente mais interessante? – brinquei e me enrodilhei na poltrona de couro enquanto Finn e Jordie se jogavam de volta no sofá e pegavam os controles. Sam sentou no braço da poltrona.

– Exatamente – confirmou ele.

– Três atualizações? – perguntei.

Sam colocou o cabelo para trás e gesticulou para a TV.

– Videogame novo. – E para o seu peito. – Moletom novo. – Ele apontou para uma pilha de patins de hóquei. – Fizemos um rinque no lago. Você vai adorar. – Ele fez uma pausa e arrumou o cobertor no meu colo. – Temos roupas de inverno a mais, se quiser, pode pegar emprestado. Sua vez.

– Hum – comecei, como se não tivesse planejado o que ia dizer a ele. – Ganhei um notebook de Natal. Minha mãe trouxe uma máquina de café espresso para cá, então, se você quiser mergulhar na arte do *latte*, nós podemos te ajudar. E – me segurei para não sorrir – fui aceita na oficina de escritores.

O rosto dele se iluminou, uma explosão de olhos azuis e dentes brancos.

– Isso é maravilhoso! Não que eu esteja surpreso, mas mesmo assim. É demais! Aposto que foi concorrido.

Sorri para ele.

– Ei, parabéns – Finn disse do sofá, me saudando.

– Pois é – Jordie entrou na conversa. – Sam falou pra gente sobre o seu conto. Ele não parava de falar disso, na verdade.

Ergui as sobrancelhas, me sentindo leve como uma pluma.

– Eu te disse que achava muito bom – confirmou Sam. Ele indicou com a cabeça o pacote grande no meu colo. – Isso é para mim?

– Não – respondi, inocente. – É para o Jordie e o Finn.

– Ela manda bem. – Jordie apontou o indicador para mim antes de voltar ao jogo.

– É uma bobeira – acrescentei baixinho, olhando para os amigos de Sam. Ele seguiu meu olhar.

– Também tenho uma coisa pra você – disse ele, e vi Jordie dar uma cotovelada em Finn.

– Tem?

– Está lá em cima. Pessoal, a gente volta daqui a um segundo – Sam anunciou, e subimos para o andar principal. Ele apontou para a escada que levava ao segundo andar. – No meu quarto.

Eu só tinha ido ao quarto de Sam algumas vezes. Era um espaço aconchegante com paredes azul-marinho e carpete espesso. Sam o mantinha arrumado – a cama era forrada com um edredom xadrez azul e não havia pilhas de roupas no chão ou papéis espalhados na escrivaninha. Ao lado da cama havia uma estante cheia de histórias em quadrinhos, livros de biologia de sebos e coleções completas de J. R. R. Tolkien e *Harry Potter*. Um pôster grande preto e branco apresentando o esboço anatômico de um coração, com etiquetas indicando as várias partes, estava pendurado na parede.

Havia uma nova foto em um porta-retratos em cima de sua escrivaninha. Larguei o presente e o peguei. Era uma foto minha e de Sam no meu primeiro verão no lago. A gente estava sentado na ponta da doca deles, com toalhas nos ombros, cabelo molhado, os dois apertando os olhos para o sol, um sorriso quase imperceptível no rosto de Sam e os dentes à mostra no meu.

– Essa foto ficou boa.

– Que bom que você acha isso – respondeu ele, abrindo a gaveta de cima e me entregando um presentinho embrulhado em papel pardo e amarrado com uma fita vermelha. Abri o pacote cuidadosamente, enfiando a fita no bolso da minha calça de moletom. Dentro tinha um porta-retrato de estanho com a mesma foto. – Assim você pode levar o lago para casa.

– Obrigada. – Eu o abracei e então gemi. – Não quero mesmo te dar o que trouxe. O seu é tão atencioso. O meu é... uma bobagem.

– Eu gosto de bobagens. – Sam encolheu os ombros e pegou o presente, que estava sobre a escrivaninha. Mordi o lábio enquanto ele rasgava o papel e examinava o homem pelado na tampa do jogo *Operando*. O cabelo caiu sobre a testa, tornando difícil ler sua expressão, quando ele me deu uma de suas encaradas ilegíveis.

– Porque você quer ser médico, né? – expliquei.

– Sim, eu entendi. Eu sou um gênio, lembra? – Ele sorriu. – Com certeza é o melhor presente que eu ganhei esse ano.

Soltei o ar, aliviada.

– Jura por ela?

Sam deu um puxão na minha pulseira, enganchando-a entre o polegar e o indicador.

– Eu juro. – Mas então seu rosto ficou enrugado. – Não quero que isso pareça estranho, mas acho que às vezes você fica preocupada demais com o que as outras pessoas estão pensando. – Ele esfregou a nuca e baixou a cabeça para que seu rosto ficasse na altura do meu.

Murmurei algo incoerente. Eu sabia que ele tinha razão, mas não gostava que me visse assim.

– O que estou tentando dizer é que não importa o que as outras pessoas acham de você, porque, se elas não gostam de você, são claramente idiotas.

Sam estava tão perto que eu conseguia distinguir as manchas mais escuras no azul de seus olhos.

– Mas você não é as outras pessoas – sussurrei. Os olhos deles voaram para minha boca, e me inclinei um pouco mais para perto. – Eu ligo para o que você acha.

– Às vezes eu acho que ninguém me entende como você – disse ele, o rosado das bochechas ficando escarlate. – Você sente isso também? – Minha boca estava seca e eu passei a língua pelo lábio superior. Seu olhar seguiu o caminho dela, e dava para ouvi-lo engolir em seco.

– Sim – respondi, colocando uma mão trêmula no pulso dele, certa de que Sam iria diminuir o espaço entre nós.

Mas então ele piscou como se tivesse se lembrado de alguma coisa importante, se endireitou e disse:

– Eu nunca quero estragar isso.

7

AGORA

Sam e eu vamos andando até o Tavern depois de terminar nossos sorvetes e, quando chegamos à porta dos fundos, ficamos parados olhando um para o outro, constrangidos, sem saber como nos despedir.

– Foi tão legal te ver – digo a ele, mexendo na barra do meu vestido e odiando como minha voz soa falsa. Sam deve perceber também, porque ergue as sobrancelhas e recua a cabeça de leve. – Eu ia tentar dar um pulo na loja de bebidas antes que feche – invento. – Tem uma garrafa de vinho esperando por mim. É meio que... muita coisa estar de volta aqui. – Estremeço.

Por que foi que eu disse isso? Fiquei perto de Sam uma hora inteira e a trava de repente saiu voando e deixou minha língua solta?

Sam passa a mão no rosto e depois no cabelo.

– Por que você não entra para a gente tomar um drinque? Doze anos é bastante tempo para colocar em dia. – Não tenho como não perceber que ele já calculou o tempo.

Me ajeito. Não tem nada que eu queira mais do que ficar com Sam, simplesmente ficar perto de Sam, mas preciso ficar sozinha para descobrir o que vou dizer a ele. Quero conversar sobre a última vez que nos vimos. Dizer o quanto estou arrependida. Contar por que eu fiz o que fiz. Abrir o jogo. Mas não pretendo tocar nesse assunto esta noite. Não estou preparada. Seria como entrar na principal batalha da minha vida sem armadura.

Olho ao redor da rua lateral tranquila.

– Vamos lá, Percy. Você vai economizar.

– Tudo bem – concordo. Entro na cozinha escura atrás dele e, quando Sam acende as luzes, meus olhos deslizam pelo declive das suas costas até a curva da sua bunda, o que é um grande erro, porque é uma bunda incrível. É nesse exato momento que Sam se vira, me flagrando com o olhar de cobiça bem ali.

– Para o bar? – pergunto, fingindo não ter notado. Passo encostando nele pelas portas da sala de jantar, acendendo as luzes do salão principal. Com o dedo ainda no interruptor, absorvo o ambiente. Tenho que piscar algumas vezes para processar o que vejo, porque não acredito que tenha mudado tão pouco. Tábuas de pinus cobrem as paredes e o teto; o piso é de algum tipo de madeira mais firme, talvez bordo. Dá a impressão de que você está em um chalé aconchegante, apesar do tamanho razoável do salão. Fotos antigas de Barry's Bay estão pregadas nas paredes junto com machados e serras velhos, assim como pinturas de artistas locais, incluindo algumas do próprio Tavern. A lareira de pedra continua onde sempre esteve, e a mesma foto de família está sobre a lareira no mesmo lugar. Sigo até lá enquanto Sam pega dois copos da prateleira atrás do bar.

É um porta-retrato com uma fotografia dos Florek na frente do Tavern, que eu sei que foi tirada no dia de abertura do restaurante. Os pais de Sam com sorrisos enormes. O pai dele, Chris, é mais alto que Sue e está com um braço em volta do ombro dela, segurando-a firme junto de si. Charlie, criancinha, segura sua outra mão. Sue está segurando Sam bebê; ele parece ter uns oito meses, o cabelo tão claro que chega quase a ser branco, e seus braços e pernas exibindo dobrinhas deliciosas. Olhei para essa foto inúmeras vezes quando era adolescente. Toco o rosto de Sue agora. Na fotografia, ela é mais nova do que eu.

– Sempre amei essa foto – comento, ainda a examinando. Ouço o som do líquido sendo vertido nos copos e me viro para ver Sam, *Sam adulto*, me observando com uma expressão sofrida.

Caminho até o bar e coloco as mãos no balcão, me sentando de frente para ele. Sam me entrega um copo com uma quantidade generosa de uísque.

– Você está bem? – pergunto.

– Você estava certa mais cedo – diz ele, a voz áspera como cascalho. – É muita coisa você estar aqui. É como se eu tivesse levado um soco no coração. – Seguro minha respiração. Sam ergue o copo até a boca e joga a cabeça para trás para beber.

De repente estou mil graus mais quente e hiperconsciente das minhas axilas transpirando e de como minha franja está colada na testa. Provavelmente está parecendo que a vaca lambeu. Tento tirá-la do rosto.

– Sam... – começo, depois paro, sem ter certeza das palavras que vêm a seguir.

Não quero fazer isso agora. Ainda não.

Levo meu copo à boca e tomo um bom gole.

O olhar de Sam é persistente. Eu me acostumei com sua capacidade de manter contato visual depois que o conheci. E, à medida que fomos ficando mais velhos, esse olhar azul fervia o meu sangue, mas neste momento a pressão é esmagadora. E eu sei, *eu sei*, que não devia achá-lo atraente agora, mas a expressão sombria e a mandíbula definida estão me desmantelando. Ele é inegavelmente bonito, mesmo quando é meio intenso. Talvez sobretudo quando está assim.

Viro o resto do uísque e arquejo, porque queima. Sam está esperando que eu diga alguma coisa, e nunca fui capaz de escapar dele. Só não estou pronta para abrir nossas feridas agora, não antes de saber se vamos sobreviver a elas uma segunda vez.

Olho para meu copo vazio.

– Passei doze anos pensando no que ia dizer se te visse de novo. – Faço uma careta diante da minha honestidade. Paro um pouco, contando até quatro para inspirar e depois até quatro para expirar. – Senti tanto a sua falta. – Minha voz estremece, mas eu continuo. – Quero melhorar. Quero acertar as coisas. Mas não sei o que dizer para fazer isso agora. Por favor, me dá mais um pouquinho de tempo.

Continuo olhando para meu copo vazio. Estou com as duas mãos em volta dele para que Sam não possa vê-las tremendo. Então, ouço o estalo suave da rolha da garrafa. Ergo a cabeça, com os olhos arregalados de receio. Mas os dele estão brandos agora, até um pouco tristes.

– Tome outra bebida, Percy – Sam oferece gentilmente, enchendo o copo. – A gente não precisa falar sobre isso agora.

Eu assinto e respiro fundo, agradecida.

– *Na zdrowie*[1] – diz ele, batendo seu copo no meu e levando-o à boca, esperando eu fazer o mesmo. Juntos, viramos nossas bebidas.

---

1   Saúde, em polonês. [N.E.]

O telefone vibra no bolso de Sam. Não é a primeira vez que toca esta noite. Ele dá uma olhada na tela e volta a enfiá-lo no bolso do short.

– Você precisa atender? – pergunto, pensando em Chantal e sentindo uma pontada de culpa. – Eu não ligo.

– Não, dá para esperar. Vou desligar o celular. – Sam ergue a garrafa de uísque. – Mais um?

– Por que não? – Tento abrir um sorriso.

Ele serve mais e então dá a volta no bar e se senta na banqueta ao meu lado.

– A gente tem que ir devagar com isso, provavelmente. – Sam inclina o copo.

Ajeito a franja com os dedos, em parte porque estou nervosa e em parte na esperança de deixá-la de algum modo apresentável.

– Você jurou que nunca mais teria franja – diz ele, me olhando de lado.

Eu me viro na banqueta para encará-lo.

– Esta – declaro – é a minha franja da separação! – E, *uau*, já estou bêbada?

– Sua o quê? – pergunta Sam, se virando para me encarar com um sorriso torto e roçando a perna na minha ao fazer isso. Olho para baixo onde as duas pernas estão enganchadas, e logo volto para seu rosto.

– Sabe? A franja da separação. – Tento articular o mais claramente possível. Ele parece confuso. – As mulheres mudam o cabelo quando levam um pé na bunda. Ou quando dão um pé na bunda. Ou às vezes simplesmente quando precisam recomeçar do zero. A franja é tipo o Ano-Novo do cabelo.

– Entendi – Sam fala devagar, e é claro que o que ele quer dizer é *Não entendi mesmo* e *Que porra é essa?* Só que um sorriso dança em sua boca. Tento não me concentrar no pequeno vinco no meio do lábio inferior dele. Bebida e Sam são uma combinação perigosa, percebo, porque minhas bochechas estão pegando fogo e tudo em que consigo pensar é que quero sorver aquele vinco.

– Então, foi você que terminou ou o cara que terminou com você?

– Ele terminou comigo. Faz bem pouco tempo. – Eu me esforço para me concentrar em seus olhos.

– Ah, merda. Desculpa, Percy. – Sam abaixa a cabeça para ficar na minha altura, de modo que está bem linha dos meus olhos. *Ai, meu Deus*, será que ele percebeu que eu estava olhando para sua boca? Eu me obrigo a encontrar seus olhos. Sam está com uma expressão austera esquisita. Meu rosto está queimando. Dá para sentir as gotas de suor se formando no buço.

– Não, está tudo bem – eu o tranquilizo, tentando enxugar o suor discretamente. – Não foi *tão* sério. A gente não ficou muito tempo junto. Quer dizer, foram sete meses. Para mim é bastante... o máximo de tempo até hoje, na verdade. Mas, tipo, não é muito para a maioria dos adultos.

Ah, que ótimo, agora estou divagando. E talvez falando enrolado?

– De qualquer modo, está tudo bem. Ele não era o cara certo.

– Ah – responde Sam, e, quando olho, ele parece mais relaxado. – Ele não curte terror?

– Você lembra disso? – O contentamento faz os dedos dos meus pés formigarem.

– Claro – Sam retruca, com uma honestidade franca e desarmante. Abro um sorriso, um sorriso enorme, abobado, regado a uísque. – Quem é submetido a anos de filmes de terror horríveis não esquece. – Este é o Sam clássico, provocador, mas sempre meigo e jamais cruel.

– Oi?! Você *amava* os meus filmes! – Dou um soco brincalhão no braço dele e, *meu Deus*, o bíceps parece de concreto. Balanço o punho, olhando para Sam com descrença. Ele está com um sorrisinho estampado no rosto como se soubesse *exatamente* o que estou pensando. Tomo um gole do uísque para quebrar a tensão, que está fechando o cerco.

– De qualquer forma, não. Sebastian definitivamente *não gostava* de filmes de terror – concluo, e então volto a pensar a respeito. – Na verdade eu não sei. Nunca perguntei. E a gente nunca assistiu junto, então como vou saber? Talvez ele até adorasse. – Deixo de lado a parte de não ter contado a ninguém com quem saí sobre essa minha paixão singular. A parte de eu nem sequer assistir mais a filmes de terror. Para Sam, minha paixão por terror clássico provavelmente era meu fato biográfico essencial. Para mim, porém, era um detalhe íntimo demais para revelar para qualquer um dos homens com quem saí. E, mais precisamente, depois daquele primeiro verão no lago, associei esse tipo de filme a Sam. Assistir agora seria doloroso demais.

– Está de brincadeira. – Sam parece claramente confuso. Eu balanço a cabeça.

– Bem, você está certa – murmura. – Ele sem dúvida não é o cara para você.

– E você? – pergunto. – Ainda lê livros de anatomia por diversão?

Seus olhos se arregalam, e acho que suas bochechas ficaram mais coradas sob a barba por fazer. Não era minha intenção trazer à tona essa lembrança em particular. Das suas mãos e sua boca em mim no quarto dele.

– Eu não... – começo, mas ele interrompe.

– Acho que meus dias de leitura de livros didáticos já ficaram para trás – responde Sam, me oferecendo uma saída. Mas depois acrescenta: – Calma, Percy. Você está com cara de que foi flagrada vendo pornô.

Solto um som de alívio a meio caminho entre uma risada e um suspiro.

Terminamos nossas bebidas em um silêncio feliz. Sam serve mais. Agora já está escuro do lado de fora, e não faço ideia de quanto tempo faz que estamos aqui.

– A gente vai se arrepender disso amanhã – reclamo, mas é mentira. Eu toleraria uma ressaca de dois dias se isso quisesse dizer que passaria mais uma hora com Sam.

– Você ainda tem contato com a Delilah? – pergunta ele, e eu quase engasgo com minha bebida. Faz anos que não falo com Delilah. A gente é amiga no Facebook, então eu sei que ela é uma espécie de fera da área de relações-públicas na política em Ottawa, mas cortei relações com ela não muito tempo depois de estragar tudo com Sam. Minhas duas maiores amizades: por água abaixo em poucos meses. Ambas por culpa minha.

Passo o dedo na borda do meu copo.

– A gente se afastou depois de entrarmos na universidade – digo. A verdade desse fato ainda machuca, embora não seja a história toda, muito longe disso. Encaro Sam para ver se ele consegue perceber.

Ele se ajeita na banqueta, parecendo desconfortável, e toma um bom gole.

– Que pena. Vocês duas ficaram bem próximas por um tempo naquela época.

– Nós ficamos – concordo. – Na verdade – acrescento, olhando para Sam –, provavelmente você a viu mais do que eu, já que os dois estudaram na Queen's.

Ele coça o lado do rosto.

– É um campus grande, mas, sim, eu cruzei com ela uma ou duas vezes. – A voz de Sam é áspera.

– Ela ia se divertir em ver como você ficou – minha boca idiota de uísque deixa escapar. Baixo os olhos para minha bebida.

– Ah, é? – Sam encosta o joelho no meu. – E como foi que eu fiquei?

– Convencido, pelo jeito – murmuro, apertando os olhos para meu copo, porque de algum modo parece haver dois.

Ele ri, depois se inclina para mim e sussurra no meu ouvido:

– Você ficou bem arrogante também.

* * *

Sam se recosta e me examina.

– Posso te falar uma coisa? – pergunta, as palavras se embolando um pouco.

– Claro – engasgo.

Os olhos dele estão levemente desfocados, mas ele os cola nos meus.

– Tinha uma loja incrível de livros e filmes usados em Kingston quando eu era estudante de medicina – começa Sam. – Eles tinham uma seção imensa de terror... todo aquele troço bom que você adorava. Mas outros filmes também. Uns filmes obscuros que eu achei que você talvez não tivesse assistido. Eu passava *muito* tempo lá, só olhando. Me lembrava você. – Ele balança a cabeça, nostálgico. – O dono era um cara mal-humorado tatuado e bigodudo. Um dia ele ficou muito puto comigo porque eu estava toda hora lá e nunca comprava nada, então peguei *Uma noite alucinante* e joguei no balcão. Depois continuei voltando lá, e é claro, sempre tinha que comprar alguma coisa. Acabei comprando *Carrie, a estranha*, *Psicose*, *O exorcista* e todos aqueles filmes terríveis da série *Halloween* – revela. Sam faz uma pausa, examinando meu rosto. – Só que eu nunca assisti esses DVDs. Meus colegas de quarto me achavam louco por ter todos aqueles filmes e não os assistir. Mas eu simplesmente não conseguia. Parecia errado fazer isso sem você.

Isso me abala.

Eu tinha passado horas, dias, anos inteiros me perguntando se Sam sentia minha falta como eu sentia a dele. Em certos aspectos, parecia que eu estava sonhando e não vivendo aquilo. Nos meses seguintes ao nosso rompimento, deixei incontáveis recados no telefone do quarto da faculdade dele, mandei mensagens de texto sem parar e enviei um monte de e-mails tentando saber como ele estava, dizendo que sentia sua falta e perguntando se a gente podia, por favor, conversar. Sam não respondeu uma única vez. Em maio, outra pessoa atendeu o telefone – um aluno novo tinha se mudado para o quarto. Cheguei a pensar em dirigir até Barry's Bay, contar tudo para Sam, implorar por perdão, mas achei que ele provavelmente tinha apagado meu nome e todas as lembranças nossas da sua mente àquela altura.

Sempre houve uma pequena parte cheia de esperança enterrada dentro de mim que sentia que Sam *talvez flagrasse* sua mente pensando em mim às vezes, em *nós*. Ele era tudo para mim, e eu sei que era assim com ele também. Ouvi-lo falar sobre a loja de filmes mexe, só um pouquinho, naquela lasca de esperança escondida tão fundo.

– Eu também não assisto mais – admito, sussurrando.

– Não?

– Não. – Pigarreio. – Pela mesma razão.

Estamos olhando um para o outro, sem piscar. O aperto no meu peito é quase insuportável. É quase impossível ignorar a tentação de me inclinar para Sam, de mostrar para ele o que significa para mim com minhas mãos, minha boca e minha língua. Mas eu sei que isso não seria justo. Meu coração é uma debandada de animais em fuga do zoológico, mas continuo parada, esperando sua resposta.

E então Sam sorri e seus olhos azuis lampejam. Dá para sentir o que está por vir antes que ele fale, e já estou sorrindo.

Eu conheço você, penso.

– Quer dizer que você finalmente começou a ter bom gosto para filmes?

O comentário espertinho dispersa o peso que paira sobre nós, e caímos na gargalhada. Claramente o efeito do uísque está completo agora, porque minhas gargalhadas são quebradas por soluços enquanto lágrimas escorrem pelo meu rosto. Coloco a mão no joelho de Sam para me equilibrar, sem me dar conta de que o toquei. Ainda estamos gargalhando, e estou respirando fundo para tentar me acalmar, quando a voz de uma mulher abafa nossa explosão.

– Sam?

Ergo o rosto e Sam se volta para as portas da cozinha, minha mão escorregando de seu joelho quando ele se move. Na porta está uma loira alta. Ela parece ter mais ou menos a nossa idade, mas está vestida impecavelmente com uma calça estilo marinheiro branca e uma blusa de seda sem mangas da mesma cor. Ela é magra e de aparência impecável, o cabelo preso para trás em um coque baixo na base do pescoço alongado. De repente adquiro plena consciência de como meu vestido vermelho está amassado e de como meu cabelo deve estar desgrenhado.

– Desculpe interromper – diz ela, vindo em nossa direção, segurando firme as chaves do carro em uma mão. Sua expressão é fria, e mais sinto do que a vejo me avaliando porque estou olhando para Sam, confusa.

– Tentei te ligar várias vezes – informa, os olhos castanhos oscilando entre nós dois. Conheci algumas primas de Sam quando éramos jovens e estou tentando reconhecer essa mulher entre elas.

– Droga, foi mal. – Ele embola as palavras de seu pedido de desculpas. – A gente se perdeu um pouco na hora.

Ela aperta os lábios.

– Não vai nos apresentar? – pergunta a mulher, gesticulando para mim. Ela é clara como os Florek, mas sem dúvida não é acolhedora como eles.

Sam se vira e abre um sorriso torto que não se estende ao olhar.

– Percy, esta é a Taylor.

– Prima? – pergunto, mas é Taylor quem responde por ele.

– Namorada.

* * *

Sam está me apresentando para Taylor. Sua namorada. Não sua prima.

Sam tem namorada.

É claro que ele tem namorada!

Como eu não tinha cogitado isso? Sam é um médico bonitão. É alto, tem aqueles olhos, e o cabelo bagunçado está funcionando a favor dele. Tenho certeza de que qualquer superfície definida que ele esteja escondendo sob a camiseta me faria chorar. O Sam que eu conhecia também era gentil, engraçado e brilhante – esperto demais, na verdade. E ele é tão mais do que tudo isso. Ele é o Sam.

Taylor está parada diante de nós, com as mãos na cintura, parecendo saudável, elegante e imponente em seu look todo branco enquanto continuo sentada boquiaberta. Mas que pessoa normal se veste toda de branco sem ficar com algum tipo de mancha, afinal? Aliás, quem usa calça comprida e blusa de seda combinando em uma noite de quinta-feira em Barry's Bay? Em *qualquer* noite em Barry's Bay? Quero esguichar um vidro de ketchup nela.

– Taylor, *esta* é a Percy – diz Sam, como se já tivesse mencionado meu nome antes, mas Taylor olha para ele inexpressiva. – Lembra? Eu te falei sobre a Percy – alfineta. – Ela tinha um chalé ao lado da nossa casa. A gente passava um tempão junto quando era adolescente.

Passava um tempão? Passava?!

– Que fofo – responde Taylor, com cara de quem não vê fofice nenhuma no *tempão que passávamos juntos* quando éramos adolescentes. – Então vocês dois estão colocando o papo em dia? – Ela dirige a pergunta para Sam, mas seus olhos se voltam para mim, e dá para ver a avaliação que está fazendo: é uma ameaça ou não? Meu vestido está amassado e possivelmente molhado de suor. Tem uma mancha de sorvete no meu peito. E não existe possibilidade alguma de eu não estar fedendo a uísque. Seus ombros relaxam um pouco. Ela acha que não tem motivo para se preocupar.

Sam está respondendo alguma coisa para Taylor, mas não faço ideia do que é, porque de repente estou me sentindo enjoada a ponto de precisar me segurar no balcão.

Preciso de ar.

Começo a respirar fundo. *Inspiiiiro, um, dois, três, quatro* e *expiiiro, um, dois, três, quatro.* O uísque, que era aconchegante e adocicado há alguns momentos, agora tem gosto rançoso e azedo na minha boca. Vomitar é uma possibilidade bastante real.

– Você está bem, Percy? – pergunta Sam, e percebo que estou contando em voz alta. Ele e Taylor me encaram.

– Arram – murmuro firme. – Mas acho que o uísque está batendo. Acho melhor embora. Foi um prazer te conhecer, Taylor. – Desço da banqueta e dou um passo adiante. Meu pé enrosca na perna da banqueta de Sam. Tropeço bem na frente de Taylor, que, a propósito, cheira como um maldito jardim de rosas.

– Percy. – Sam agarra meu braço, e eu fecho os olhos por um momento para me equilibrar. – Você não pode dirigir. – Eu me viro para ele, e sua expressão é a de quem sente pena de mim. Odeio isso.

– Está tudo bem – garanto. – Não, quero dizer, eu sei que não posso dirigir. Mas tudo bem, porque eu não vim de carro. Eu vim a pé pra cá.

– A pé? Onde você está? A gente te dá uma carona – oferece Sam.

A gente.

A gente.

A gente.

Olho para Taylor, que não está tendo êxito em esconder sua irritação. Mas, de novo, se eu encontrasse meu namorado médico bonitão bêbado com uma mulher estranha e desastrada que achava que eu era prima dele, também ficaria irritada. E, se esse namorado fosse o Sam, irritação não chegaria nem perto. Eu estaria cogitando um homicídio.

– Claramente vocês dois precisam de alguém para dirigir – diz Taylor. – Vamos. Meu carro está lá nos fundos.

Sigo Taylor e Sam. Dá para imaginá-los juntos em um encontro – ambos altos, em forma e escandalosamente bonitos. Ela poderia ser uma bailarina, com seu corpo esguio e o cabelo naquele coque arrumado. Ele tem o porte de um nadador – ombros largos, quadris estreitos, pernas musculosas, mas não grandalhonas. Suas panturrilhas parecem ter sido talhadas em mármore. Ele provavelmente ainda corre. Eles provavelmente correm juntos. Eles provavelmente correm juntos e depois se jogam no tipo de sexo suado pós-corrida em que as pessoas felizes se jogam.

Taylor abre caminho pela porta da cozinha, e Sam segura a porta para que eu passe. Espero ele trancar tudo enquanto Taylor entra em seu BMW branco. Percebo que a bolsa e seus sapatos – loafers – também são brancos. Essa mulher provavelmente caga branco.

– Você está bem? – pergunta ele, baixinho.

Estou bêbada demais para pensar em como responder à pergunta com uma mentira convincente, então abro um sorriso fraco para Sam antes de caminhar para o carro.

Sento no banco de trás, me sentindo como uma criança e uma vela, e também bastante zonza.

– Então, como vocês dois se conheceram? – pergunto, ainda que *não* queira *mesmo* saber a resposta.

Qual é o meu problema?

– Em um *bar*, por incrível que pareça – responde Taylor, dando uma olhada para mim pelo retrovisor que me diz que ela não passa muito tempo pegando caras depois de algumas cervejas. A ideia de Sam solto no mundo, em bares, atrás de mulheres para conhecer, é tão terrível que preciso de um momento para me recompor. – Faz, o quê, dois anos e meio que a gente se conhece, Sam?

Dois anos. Dois anos é sério.

– Aham – oferece Sam como resposta.

– E o que você faz, Taylor? – pergunto, logo mudando de assunto. Sam olha por sobre o ombro, me lançando um olhar esquisito, que eu acho que significa *Que porra é essa?* Opto por ignorá-lo.

– Sou advogada. Promotora.

– Vocês estão de brincadeira comigo – guincho. Não sei se foi Sam ou o álcool que acabou tão completamente com meu filtro. – Uma advogada e um médico? Isso devia ser ilegal. Vocês dois estão tirando toda a riqueza e beleza do resto de nós.

Ah, estou muito, mas muito bêbada.

Sam cai na gargalhada. Mas Taylor, que claramente não está feliz com meu senso de humor embriagado, continua quieta, me olhando intrigada pelo retrovisor.

O caminho é curto, e em menos de cinco minutos estamos no hotel. Indico o quarto 106, e Taylor estaciona na frente. Agradeço a carona com uma voz animada (que possivelmente soa desvairada) e, sem a menor graciosidade, saio cambaleando do carro e me arrasto até a porta, pegando minha chave na bolsa.

– Percy! – grita Sam atrás de mim, e fecho os olhos por um instante antes de me virar, todo o peso da humilhação sobre meus ombros. Quero me arrastar até a cama e nunca mais acordar. Ele abaixou o vidro do carro e está debruçado sobre seu antebraço musculoso, que está apoiado na borda. Nós nos olhamos por um segundo.

– O quê? – digo, com a voz inexpressiva. Cansei de fingir ser a Percy animada.

– A gente se vê logo, tá?

– Tá bom – respondo e me viro de volta para a porta. Depois que consegui destrancá-la, percebo os faróis se movendo, mas não olho para trás para ver o carro se afastar. Em vez disso, corro para o banheiro e afundo o rosto no vaso sanitário.

* * *

Deito na cama piscando para o teto. Sei que não é cedinho, porque o sol está alto. Não movi o pescoço para olhar para o relógio porque não quero acordar a dor de cabeça bestial que espreita minhas têmporas. O gosto que sinto na boca é o de quem passou a noite lambendo o chão de um bar de beira de estrada. Mas ainda assim eu sorrio para mim mesma.

Encontrei Sam.

E eu senti. A atração entre nós. Aquela que estava lá desde que tínhamos treze anos, aquela que só se fortaleceu conforme ficamos mais velhos. Aquela que tentei negar doze anos atrás.

Não acabei com ela. Só nos separei. Eu posso consertar as coisas.

E então ela brota de terninho branco em meio à névoa da minha ressaca: Taylor. *Blé.* Encontro um prazerzinho cruel no nome dela. Taylor é um daqueles nomes da moda antigos e que agora soam datados e prosaicos. Minha mãe diria que é *medíocre*.

Faz, o quê, dois anos e meio que a gente se conhece, Sam?

Franzo o nariz ao lembrar da casualidade forçada de Taylor. Eu ficaria chocada se ela não soubesse até mesmo há quantos segundos eles estão juntos.

Sam tem namorada. Uma namorada bonita, bem-sucedida e presumivelmente inteligente. Alguém de quem é provável que eu fosse gostar em outras circunstâncias.

Preciso de uma distração.

Arrisco tombar a cabeça em direção ao relógio e fico aliviada pela dor de cabeça latejante não ficar pior. Avisto duas embalagens roxas de chocolate na cama ao meu lado e lembro de ter pegado a guloseima no frigobar depois de vomitar. São 10h23. Eu resmungo. É melhor me levantar. Tirei o dia de folga, então não tenho que trabalhar, mas preciso tomar banho. Até *eu* consigo sentir meu cheiro. Taylor provavelmente já acorda de terninho impecavelmente passado. Ela sempre deve ter um chocolate 75% cacau de loja sustentável na gaveta da cozinha e come um único quadradinho em ocasiões especiais. Por mais que eu conviva com designers de interiores e arquitetos pretensiosos, ou possa recomendar um novo restaurante da moda que tenha de fato boa comida e atendimento, ou passar a noite de salto alto sem demonstrar sofrimento, sempre vou estar uma bagunça por baixo de tudo.

Em geral, consigo trabalhar bem para preservar esse meu lado oculto. Mas de vez em quando ele emerge, como quando chamei o melhor amigo barbudo de Sebastian, aparentemente um progressista, de *o pior tipo de misógino* durante um jantar porque ele não parava de olhar para a barriga da garçonete que estava nos atendendo e me perguntou se eu ia começar a trabalhar meio período ou ia parar de vez depois que tivesse filhos. Sebastian olhou para mim passado, já que nunca tinha me visto explodir daquele jeito, e eu me desculpei pelo surto, botando a culpa no vinho.

Ainda usando o vestido de verão de ontem, saio da cama e sigo para o banheiro. Estou zonza, mas não enjoada. Abro o cinto, tiro o vestido pela cabeça, baixo a calcinha e entro no chuveiro quente. O sabonete e a água desanuviam meu cérebro, e penso em ir à praia depois do café. Sam e eu nunca nadávamos na praia quando éramos adolescentes. Uma ou duas vezes nós vagamos pelo parque próximo com os amigos dele, mas a praia era reservada para os jovens da cidade que não moravam perto do lago. Eu sei que lá não tem doca nem canoa, mas estou desesperada para nadar.

Depois do banho, tiro o excesso de água do cabelo com uma toalha e o penteio. Arrisco dar uma olhada no meu celular.

Há outra mensagem de texto de Chantal: "ME LIGA".

Mas, em vez disso, respondo: "Oi! Não dá pra falar agora. Não precisa vir pra cá. Estou bem. Trombei com o Sam ontem".

Dá para imaginá-la revirando os olhos com minha resposta. Eu sei que provavelmente não estou escondendo nada dela, e me sinto culpada por não telefonar, mas estar aqui e ter visto Sam ontem é tão surreal que não consigo imaginar ter que colocar isso em palavras.

Aperto enviar e depois visto minha roupa de banho, um biquíni vermelho vivo que raramente tenho a oportunidade de usar, e um short jeans. Estou prestes a colocar uma camiseta antes de seguir para o restaurante do hotel quando alguém bate na porta. Eu congelo. É cedo demais para a arrumadeira.

– Sou eu, Percy – diz uma voz grave e áspera do lado de fora.

Destranco a porta. Sam está parado ali com o cabelo úmido e a barba feita. Ele está de jeans e camiseta branca, um copo de café e um saco de papel na mão. É a fantasia de qualquer mulher heterossexual de ressaca bem na entrada do meu quarto. Ele estende os dois e dá uma olhada em mim, diminuindo a velocidade sobre a parte de cima do biquíni de um ombro só que estou usando. Seus olhos azuis estão de algum modo mais brilhantes hoje.

– Está a fim de ir para o lago?

* * *

– O que você está fazendo aqui? – pergunto, pegando o café e o saco. – Deixa pra lá, pouco importa por quê. Você é meu herói.

Sam ri.

– Eu disse que a gente se veria logo. Achei que me perdoaria por ter feito você beber demais se eu aparecesse com comida, e eu sei que você não gosta de doce no café da manhã. Pelo menos não gostava.

– Sim, ainda não gosto – confirmo, enfiando o nariz no saco de papel. – Croissant de presunto e queijo?

– Brie e *prosciutto*... do novo café da cidade – responde ele. – E um *latte*. Barry's Bay ficou chique.

– Percebi um ar mais refinado ontem. – Sorrio, dando um gole. – A Taylor não vai ligar se eu for para a casa de vocês? Ela pode se sentir desconfortável, já que a gente *passava um tempão junto* antigamente. – E *esse* é o problema de encontrar Sam antes de ter tido tempo de descobrir como vou conversar com ele, ou pelo menos antes de tomar café. As palavras me vêm à mente e depois saem da boca sem delay. Era assim na nossa época e claramente não mudou, não importa quanto eu tenha envelhecido, não importa o tipo de mulher de sucesso que me tornei. Pareço mesquinha, infantil e ciumenta.

Sam esfrega a nuca e olha por sobre o ombro, pensando. Nos dois segundos que leva para ele voltar a olhar para mim, já derreti, virando uma poça pegajosa de vergonha, e voltei a me reerguer no que espero ser uma pessoa aparentemente normal.

– Meu lance com a Taylor... – Eu o interrompo com um aceno frenético de cabeça antes que ele termine a frase. Não quero saber sobre o lance dele com a Taylor.

– Não precisa explicar.

Ele me encara inexpressivo, piscando só uma vez antes de apertar os lábios e assentir com a cabeça – um acordo para seguirmos em frente.

– De qualquer modo, aconteceu alguma coisa urgente com um caso em que Taylor está trabalhando e ela teve que voltar para Kingston hoje cedo.

– Mas o enterro é amanhã. – As palavras irrompem, revestidas densamente de julgamento. Sam, com razão, parece surpreendido com meu tom.

– Conhecendo a Taylor, ela vai dar um jeito de voltar. – É uma resposta estranha, mas deixo passar.

– Vamos? – pergunta ele, indicando com o polegar por sobre o ombro uma caminhonete vermelha que eu ainda não tinha notado.

Olho para ele em choque. Não tem nada em Sam que combine com uma picape vermelha, a não ser ter nascido e crescido na zona rural de Ontário.

– Eu sei – diz ele. – É da minha mãe, e comecei a usar quando me mudei para cá. É muito mais prático que o meu carro.

– Morando em Barry's Bay. Dirigindo uma caminhonete. Você mudou, Sam Florek – declaro solenemente.

– Você ficaria surpresa de saber como eu mudei pouco, Persephone Fraser – responde ele, com um sorriso torto que faz queimar partes minhas que não deveriam.

Eu me viro, desconcertada, e enfio minha toalha e uma muda de roupa em uma bolsa de praia. Sam a pega da minha mão e joga na caçamba da caminhonete antes de me ajudar a subir. Assim que batemos as portas, o cheiro denso de café se mistura com o aroma de limpeza do sabonete de Sam.

Quando ele liga o motor, minha mente dispara. Preciso de uma estratégia, urgente. Eu disse a Sam ontem à noite que explicaria o acontecimento de tantos anos atrás, mas isso foi antes de conhecer Taylor. Ele seguiu em frente. Está num relacionamento de longo prazo. Devo desculpas a Sam, mas não preciso jogar meus erros do passado em cima dele para fazer isso. Preciso?

– Você está quieta – ele comenta enquanto saímos da cidade rumo ao lago.

– Acho que estou nervosa – digo honestamente. – Não volto lá desde que a gente vendeu a casa.

– Aquele Dia de Ação de Graças? – Sam olha para mim, e eu assinto.

O silêncio recai sobre nós. Eu costumava girar minha pulseira quando ficava ansiosa. Agora balanço freneticamente a perna.

Quando viramos na Bare Rock Lane, abro a janela e respiro fundo.

– Meu Deus, como eu senti falta desse cheiro – sussurro. Sam coloca sua mão enorme em cima do meu joelho, para que minha perna pare de balançar, e aperta suavemente antes de voltar a mão para o volante e entrar na garagem.

8
VERÃO, QUINZE ANOS ATRÁS

Meus pés faziam barulho sobre o cascalho da entrada, o ar estava denso com o orvalho e havia um cheiro refrescante de musgo, cogumelo e terra úmida. Sam tinha começado a correr na primavera e estava determinado a me converter à sua causa. Tinha feito todo um planejamento para iniciantes para que a gente começasse hoje, na minha primeira manhã no chalé. Fui instruída a tomar um café leve no máximo até as sete e encontrá-lo na porta da minha garagem às oito.

Parei quando o vi.

Ele estava se alongando, de costas para mim, com fones de ouvido, puxando um braço sobre a cabeça e se inclinando na diagonal. Aos quinze anos, o corpo de Sam era quase estranho para mim. De algum modo ele havia crescido pelo menos mais quinze centímetros desde a última vez que tínhamos nos encontrado, nas férias de Natal. Eu tinha notado isso na noite anterior, quando Sam e Charlie foram nos ajudar a descarregar o carro (*É oficialmente uma tradição anual*, ouvi Charlie dizer para o meu pai.) Mas não tive tempo de examinar Sam adequadamente antes que ele e Charlie tivessem que ir embora se aprontar para seus turnos no Tavern. Sam estava trabalhando na cozinha três noites por semana naquele verão, e eu já estava apavorada com o tempo que passaríamos longe. Agora, a barra de sua camiseta preta de corrida se ergueu e exibiu uma fatia de pele bronzeada. Percebi, hipnotizada, um rubor subindo pelo meu pescoço.

Seu cabelo continuava o mesmo espesso emaranhado, e ele ainda usava a pulseira da amizade no braço esquerdo, mas devia ter mais de um metro e oitenta agora, as pernas se alongando quase infinitamente para além da barra de sua bermuda. Quase tão improvável quanto a altura de Sam era o fato de, eu não sabia como, ele estar também mais encorpado. Seus ombros, braços e pernas estavam mais cheios, e a bunda... bem, não podia mais ser confundida com um frisbee.

Cutuquei o ombro dele.

– Meu Deus, Percy – disse Sam, se voltando para mim e tirando os fones.

– Bom dia pra você também, desconhecido. – Envolvi meus braços na sua cintura. – Seis meses é tempo demais – sussurrei, com o rosto em seu peito. Ele me apertou forte.

– Você está com cheiro de verão – comentou Sam, depois colocou as mãos nos meus braços e deu um passo para trás. Seu olhar passeou sobre minha silhueta coberta de lycra. – Está parecendo uma corredora.

Isso tinha sido obra dele. Eu tinha uma gaveta cheia de roupas de ginástica com base na lista de itens que Sam sugerira. Nessa manhã havia vestido um short e uma regata, e um top por baixo, peça que ele embaraçosamente incluíra em sua lista, e uma das calcinhas fio dental de algodão que Delilah me dera antes de seguir para as férias com sua mãe na Europa, o que Sam não incluíra. Meu cabelo, agora bem abaixo dos ombros, estava preso num rabo de cavalo espesso e alto.

– Fingir até conseguir, né?

Ele murmurou qualquer coisa e depois ficou sério enquanto me guiava em uma série de alongamentos. Durante meu primeiro agachamento, ficou atrás de mim e posicionou as mãos nos meus quadris. Quase caí para trás com o toque.

Quando eu já estava bem aquecida, Sam passou a mão no cabelo e esmiuçou o plano:

– Tudo bem, vamos começar com o básico. Para aprender a correr, o mais importante é... – Ele não terminou a frase, esperando que eu a completasse.

– Ter bons tênis? – arrisquei, olhando para meus Nikes novinhos. Ele balançou a cabeça, decepcionado.

– Você não leu o artigo "Do sofá para os cinco quilômetros" que eu te mandei? – Sam achou o texto em uma revista de corrida, junto com algum tipo de gráfico complicado sobre tempo e distância. Eu li isso... uma vez... meio que li.

– Para aprender a correr, o mais importante é andar – disse ele, com as mãos na cintura. Segurei uma risada. Esse jeito mandão era inteiramente novo, meio adorável e sem dúvida engraçado. – Então, vamos passar a primeira semana com três quilômetros de ida e volta, aumentando a distância a cada dia até que você esteja correndo os três quilômetros completos até o fim da semana. Você vai descansar dois dias por semana, e no fim da segunda semana deve estar correndo cinco quilômetros inteiros.

Eu mal tinha entendido uma palavra do que ele dissera, mas cinco quilômetros parecia bastante coisa.

– Até onde você costuma ir?

– Vou até a cidade e volto. São mais ou menos doze quilômetros. – Meu queixo caiu. – Fui aumentando aos poucos. Você também vai.

– Não. De jeito nenhum! – apelei. – Tem ladeira demais!

– Calma. Vamos começar aos pouquinhos. – Sam indicou a estrada e começou a andar. – Vamos lá. Vamos caminhar os primeiros cinco minutos. – Olhei para ele incerta, mas peguei o ritmo para sincronizar com o dele.

Se o infernal dia anual do atletismo da minha escola primária já não tivesse deixado isso bastante óbvio anos atrás, seria agora: eu não era uma corredora nata. Dez minutos depois, estava limpando o suor do rosto e tentando ignorar como meus pulmões e minhas coxas ardiam.

– Três atualizações? – perguntou Sam, nem de longe com falta de ar.

Fiz uma careta.

– Nada de conversa.

Ele diminuiu o passo depois disso. No meio do caminho, tirei a blusa, limpei o rosto com ela e a enfiei na parte de trás do meu short. Percorremos o último trecho do caminho, minhas pernas tão trêmulas como as de um filhote de cervo.

– Eu não sabia que você suava desse jeito – disse Sam quando me enxuguei de novo com a blusa.

– Não sabia que você era masoquista desse jeito. – A coisa de correr já não era tão adorável.

– A oficina de escrita melhorou mesmo o seu vocabulário. – Dava para ouvir o riso em sua voz. Dei uma batida no peito dele.

A entrada da garagem dos Florek era antes da nossa, e eu segui por ela.

– Preciso pular no lago tipo neste instante – anunciei, contornando a casa e descendo a colina para a água com Sam junto de mim, um sorriso torto no rosto.

– Não sei no que você acha tanta graça – balbuciei, sem fôlego.

– Não estou rindo. – Ele ergueu as mãos.

Tirei os tênis e meias assim que chegamos ao cais, depois tirei o short e joguei de lado.

– Nossa! – Sam gritou atrás de mim. Eu me virei.

– O quê? – Lancei no mesmo instante em que me dei conta de que estava usando uma calcinha fio dental cor-de-rosa e que Sam estava olhando para minha bunda extremamente exposta. Eu estava com calor demais e irritada demais para ligar.

– Algum problema? – perguntei, e seus olhos se voltaram na hora para os meus, depois para minha bunda, e então de novo para meu rosto. Sam murmurou um *porra* baixinho e olhou para o alto. Estava com as duas mãos na frente da virilha. Minhas sobrancelhas se ergueram. Sem saber o que fazer, desci correndo pelo cais e pulei na água, mergulhei e prendi a respiração lá embaixo o máximo que consegui.

– Você vai entrar? – gritei de volta para ele quando subi para respirar, com um sorriso petulante estampado no rosto. – A água pode te dar uma refrescada.

– Vou precisar que você olhe para o outro lado – gritou Sam de volta, ainda se escondendo.

– E se eu não olhar? – Nadei para mais perto.

– Vamos lá, Percy. Por favor. – Ele parecia realmente estar sofrendo, o que foi bem-feito por ter me submetido ao seu treino. Mas por dentro eu estava em êxtase. Nadei para o lado para dar espaço a Sam enquanto ele pulava. Estávamos a cerca de um metro e oitenta de distância, de cachorrinho na água, olhando um para o outro.

– Desculpa. – Ele se aproximou um pouco. – Foi só uma reação corporal.

Reação corporal?

– Entendi – respondi, mais do que um pouco desapontada. – Garota seminua igual a ereção. Biologia básica.

Depois de nadar, Sam não olhou quando subi para o cais. Deitei de costas, esperando o sol me secar, minhas mãos formando uma almofada atrás da cabeça. Sam se esparramou ao meu lado na mesma posição, seu short pingando.

Inclinei a cabeça em direção a ele e disse:

– Acho que vou deixar um biquíni extra aqui para a próxima vez.

* * *

Deixei um dos meus biquínis na casa dos Florek, junto com uma toalha, para que eu pudesse dar um mergulho no lago assim que a gente voltasse da tortura que Sam chamava de corrida. Ele jurou que eu ia passar a adorar, mas, no fim da nossa segunda semana, a única coisa que tinha passado a acontecer era eu ficar salpicada de sardas no nariz e no peito.

Tínhamos acabado de voltar de cinco quilômetros lentos e eu peguei meu biquíni no varal, acenei para Sue, que estava capinando o jardim, e dei um pulo no banheiro para me trocar enquanto Sam fazia o mesmo no quarto dele. Tirei a roupa suada e amarrei o biquíni de lacinho que minha mãe havia enfim aprovado, amarelo com margaridas brancas, depois fui para a cozinha esperar Sam. Eu estava bebendo um copo de água ao lado da pia quando alguém pigarreou atrás de mim.

– Bom dia, flor do dia! – Charlie estava encostado na porta usando calça de moletom e camisa nenhuma, seu uniforme padrão. Não que eu me importasse. Charlie estava bem malhado para um garoto de dezessete anos.

– Não são nem nove horas – arfei, ainda sem fôlego. – O que você está fazendo acordado?

– Boa pergunta – interveio Sam, chegando à cozinha. Ele pegou o copo da minha mão e voltou a enchê-lo. Enquanto Sam bebia, Charlie me olhou de cima a baixo sem constrangimento, se demorando no meu peito. Quando seu olhar voltou para meu rosto, as sobrancelhas dele se juntaram sobre os olhos verdes.

– Você está parecendo um tomate, Pers – constatou, depois se virou para Sam. – Por que você continua obrigando ela a fazer a sua aeróbica? É a nossa família que tem coração ruim, não a dela.

Sam colocou o cabelo para trás.

– Não estou obrigando ninguém. Estou, Percy? – Ele olhou para mim em busca de apoio, e eu me encolhi.

– Não... tecnicamente, você não está me *obrigando*... – Parei de falar quando Sam enrugou o rosto.

– Mas você não gosta – completou Charlie, apertando os olhos para mim.

– Eu gosto de como me sinto depois, quando acaba – falei, tentando encontrar algo positivo para dizer.

Charlie apanhou uma maçã da fruteira sobre a mesa da cozinha e deu uma bela mordida.

– Você devia experimentar natação, Pers – recomendou, com a boca cheia.

– A gente nada todo dia – retrucou Sam, no tom monótono que ele reservava para quando o irmão o estava irritando.

– Não, tipo natação de longa distância de verdade. Cruzar o lago – esclareceu Charlie.

Sam olhou para mim, e tentei não parecer animada demais. Não sabia dizer o número de vezes que tinha olhado para a margem oposta e me perguntado se conseguiria atravessar. Parecia incrível.

– Deve ser interessante – ponderei.

– Eu posso te ajudar a treinar se você quiser – ofereceu Charlie.

Mas, antes que eu pudesse responder, Sam interrompeu:

– Não, não precisamos.

Charlie me olhou de novo, lentamente.

– Você vai precisar de uma roupa de banho diferente.

* * *

Treinar natação era muito mais divertido do que correr. Também era muito mais difícil do que eu imaginei que seria. Sam me encontrava no chalé todas as manhãs depois de ir correr, e nós voltávamos andando juntos para ele poder trocar de roupa em casa. Inventamos uma rotina de aquecimento, que envolvia uma série de alongamentos no cais e idas e voltas a partir da canoa. Às vezes Sam nadava ao meu lado, dando dicas sobre as minhas braçadas, mas em geral ele ficava boiando em um macarrão de piscina.

Charlie também estava certo sobre o biquíni. Já no meu primeiro aquecimento, tive que ficar o tempo todo arrumando a parte de cima para não deixar que nada pulasse para fora. Naquela tarde, Sam nos levou no barquinho até o cais da cidade e fomos andando até a Stedmans. Era meio armazém, meio loja de um e noventa e nove, e tinha um pouco de tudo, mas não dava para garantir que eles iam ter o que você estava procurando.

Por sorte, havia uma prateleira de biquínis bem na frente. Alguns tinham aquelas sainhas de velhas, mas também tinha um punhado de maiôs simples vermelho-cereja. Práticos, baratos e razoavelmente bonitos: o achado perfeito na Stedmans. Sam conseguiu achar um óculos de natação na seção de esportes, e eu paguei os dois com uma das notas de cinquenta do meu pai. Gastamos o resto em sorvete no Dairy Bar – baunilha com pasta de amendoim para Sam e algodão-doce para mim –, voltamos caminhando para o cais e sentamos em um banco junto da água para terminar as casquinhas. Estávamos olhando para a água calados quando Sam se inclinou e passou a língua no meu sorvete, onde estava derretendo em riachinhos de rosa e azul.

– Não entendo como você pode gostar tanto disso... Tem gosto de açúcar – criticou Sam, antes de perceber o choque no meu rosto.

– O que foi isso? – perguntei. Minha voz saiu uma oitava acima do normal.

– Experimentei o seu sorvete – disse ele. Tudo bem, eu sabia que era óbvio, mas, com a corrente que senti zunindo na minha pele, ele poderia muito bem ter lambido o lóbulo da minha orelha.

* * *

À medida que eu ia cada vez mais longe, Sam remava junto de mim para o caso de eu ter problemas e para me proteger de outros barcos. Quando sugeri que ele ligasse o motor para relaxar, Sam desdenhou de mim, dizendo que eu não precisava de gasolina nos pulmões para nadar. Eu treinava todo dia, determinada a chegar ao outro lado do lago até o fim de agosto.

Na semana anterior à grande travessia, esperei na cozinha dos Florek que Sam vestisse a sunga, enquanto ajudava Sue a tirar a louça da máquina de lavar.

– Ele te contou que todo dia de manhã antes de correr está levantando os pesos que eram do pai dele? – Sue perguntou enquanto colocava dois copos em cima do armário. Balancei a cabeça.

– Ele está firme nessa coisa de ficar em forma, né?

Sue murmurou.

– Acho que Sam quer garantir que consegue te tirar da água se precisar – brincou ela, apertando meu ombro.

Na manhã da travessia, fui até o lago, minha mãe e meu pai atrás levando canecas de café e uma câmera antiga. Quando Sam desceu para o cais, eu estava zanzando descalça, segurando minha toalha e meus óculos de natação.

– Hoje é o dia. Como você está? – perguntou Sam do barco quando botei os pés no cais.

– Bem, pra dizer a verdade. Eu vou conseguir. – Sorri e joguei minha toalha para dentro com ele.

– Bom, bom – ele murmurou, procurando alguma coisa no barco. Ele parecia... nervoso.

– Como *você* está? – perguntei.

Sam olhou para mim e torceu o nariz.

– Eu sei que você vai se sair muito bem, mas tenho que admitir, estou meio preocupado que alguma coisa dê errado.

Eu nunca tinha visto Sam parecer em pânico antes. Mas hoje ele estava em pânico. Entrei no barco.

– A água está calma, você sabe fazer massagem cardíaca, tem um colete salva-vidas extra e uma boia, e tem um apito no barco para pedir ajuda, não que você vá precisar, já que temos uma plateia. – Apontei para onde meus pais tinham se juntado a Charlie e Sue no cais e acenei para eles.

– Estamos torcendo por você, Percy – gritou Sue.

– E – continuei – eu sou uma excelente nadadora. Não tem nada com que se preocupar. – Sam respirou fundo. Ele parecia um pouco pálido. Enganchei a pulseira dele com o meu dedo. – Eu juro, tá?

– Tem razão – suspirou ele. – Só não esqueça de fazer uma pausa se precisar... Você sempre pode boiar um pouco.

Dei um tapinha no ombro dele.

– Vamos, então?

– Vamos – respondeu Sam. – Eu te desejaria boa sorte, mas você não vai precisar.

Assim que entrei na água, coloquei os óculos, ergui o polegar para Sam e depois voltei minha atenção para a margem oposta – uma prainha de pedras era meu destino. Respirei fundo três vezes, depois tomei impulso do fundo do lago com os pés e saí num crawl estável, os braços e pés trabalhando juntos para me impulsionar para a frente. Não dei braçadas apressadas e logo o ritmo ficou quase automático, o corpo tomando conta da mente. Dava para ver a lateral do barco quando eu erguia a cabeça para respirar, mas não prestei muita atenção. Eu estava conseguindo! Estava atravessando o lago a nado. O meu lago. Com Sam junto de mim. Uma onda de orgulho correu pelo meu corpo, me dando energia e me distraindo da queimação nas pernas e da dor no pescoço. Continuei, desacelerando quando precisava recuperar o fôlego.

Passei a nadar peito vários minutos para aliviar a tensão crescente nos ombros, depois retomei o crawl. Às vezes conseguia ouvir Sam torcendo por mim, mas não fazia ideia do que ele estava dizendo. De vez em quando eu erguia um polegar em sua direção para que ele soubesse que eu estava bem.

Quanto mais perto eu chegava, parecia que meus membros iam ficando mais rígidos. A dor no pescoço e nos ombros ficou intensa, e lutei para continuar me concentrando na respiração. Apertei o maxilar para aguentar a dor, mas não parei. Eu sabia que não faria isso. Eu ia conseguir. E, quando consegui, ergui o corpo na costa arenosa, joguei os óculos de lado e deitei com a cabeça nas mãos, as pernas ainda na água, com os pulmões ardendo. Nem ouvi Sam parar o barco na praia – só o notei quando ele estava agachado ao meu lado com a mão nas minhas costas.

– Percy, você está bem? – Ele me sacudiu de leve, mas eu não conseguia me mexer. Era como se sobre meu corpo estivesse aquele cobertor de chumbo que fazem você usar no exame de raio X. A voz de Sam de repente estava bem no meu ouvido. – Percy? Percy? Me fala se você está bem. – Virei a cabeça para ele e abri um olho. Sam estava a centímetros de distância, o rosto enrugado de preocupação.

– Mmm – gemi. – Preciso deitar aqui.

Ele soltou um suspiro enorme, e sua expressão se transformou em alegria.

– Percy, você conseguiu! Você conseguiu mesmo! Foi incrível! – As palavras continuavam saindo da boca dele, e eu lutava para entendê-las. Sentia que estava delirando. – Não dá pra acreditar que você só continuou indo e indo, sem parar. Você parecia uma máquina! – Sam estava com o maior sorriso no rosto. Ele parecia ficar cada vez mais bonito, como se estivesse crescendo em si mesmo, e, quando sorria daquele jeito, era de desarmar completamente. *Ele é bonito*. Eu me flagrei sorrindo por me dar conta.

– Você acabou de falar que eu sou bonito? – perguntou Sam, rindo.

Ai, meu Deus, eu devo ter falado isso em voz alta.

– Você deve mesmo estar meio fora do ar. – Ele tirou a camiseta e deitou ao meu lado com a metade inferior do corpo na água, a mão nas minhas costas. Sam cheirava a sol e suor. Fechei os olhos e respirei fundo.

– Eu também gosto do seu cheiro – sussurrei, mas desta vez ele não respondeu.

Depois de uns cinco minutos ou umas cinco horas, Sam anunciou que talvez fosse melhor a gente voltar para que ninguém se preocupasse. Rastejei lentamente até ficar com as mãos e os joelhos no chão e, com a ajuda de Sam, consegui entrar no barco, minhas pernas moles como se estivessem cheias de gelatina de água do lago.

– Bebe isso. – Ele me passou um Gatorade azul e me embrulhou em uma toalha. Depois que tomei alguns goles, outro sorriso surgiu em seu rosto. – Estou tão orgulhoso de você.

– Eu falei para você que ela era nadadora – Charlie disse a Sam enquanto ele me içava para fora do barco, dando um apertão no meu ombro.

– Ela é mesmo – respondeu Sam. O sorriso parecia permanentemente estampado no seu rosto, muito maior e mais aberto do que o meio sorriso torto que Sam costumava dar. Havia uma linha

111

de montagem de abraços para eu encarar quando saí do barco. Primeiro minha mãe (*Você estava ótima, querida*), depois meu pai (*Não sabia que você tinha esse talento, gatinha*) e, por fim, Sue, que me apertou mais forte do que todo mundo. Eu era uns dois centímetros mais alta que ela agora, e ela parecia macia e pequena. Sue segurou minhas mãos quando nos afastamos.

– Você é uma garota incrível, sabia? – Seus olhos azuis pálidos enrugaram nos cantos. – Vamos te abastecer com um pouco de comida. Vou fazer o café da manhã.

Até hoje acho que nunca comi tanto bacon quanto naquela manhã. Meus pais voltaram para o chalé, mas Sue fez comida suficiente para alimentar dez pessoas. Ela preparava bacon à moda canadense e o comum, e os garotos assistiam fascinados enquanto eu devorava pedaço atrás de pedaço, junto com ovos mexidos, torradas e tomate frito.

No fim da refeição, Sue olhou nos olhos de cada um de nós e disse:

– Estou tão impressionada com todos vocês neste verão. Vocês estão crescendo de verdade. Charlie, você tem ajudado tanto na cozinha e, Sam, estou tão agradecida por você estar trabalhando comigo agora também. Não sei o que faria sem os meus meninos – ela disse isso com total convicção, sua voz firme apesar da emoção.

– Você provavelmente ia acorrentar algum outro pobre adolescente na máquina de lavar louça – respondeu Charlie.

Sue riu.

– Sem dúvida. O trabalho duro é bom para a alma. E, Percy, – continuou ela – o que você fez hoje requer muita dedicação, sem contar aquele prêmio de escrita que você ganhou. Estou tão orgulhosa que é como se você fosse minha filha. – Ela deu um tapinha na minha mão, depois voltou a comer seu café da manhã, como se não tivesse acabado de fazer o maior elogio que eu já recebera de um adulto. Quando olhei para Sam, ele estava radiante.

Era o final perfeito para o verão.

Oi, Percy,

Eu sei que o Dia de Ação de Graças foi só no fim de semana passado (ainda com muito nojo de como a Delilah ficou babando em cima do Charlie, a propósito), mas adivinha só? A minha mãe vai deixar eu tirar a véspera de Ano-Novo de folga, pra que a gente possa passar junto.

Sam

Sam,

A Delilah acha o Charlie gato, mas não se preocupe, ela está a fim do melhor amigo do primo dela. Ela está até me enchendo para ir a um encontro duplo com eles, então provavelmente ela vai esquecer o Charlie de vez. Ciúme?

Minha mãe achou um conjunto de fondue velho em uma venda de garagem e vai fazer um jantar de Ano-Novo temático dos anos setenta. Tomara que você goste de queijo derretido.

Percy

Percy,

Que tipo de pessoa horrível não gosta de queijo derretido?

Não é desse jeito que eu gosto da Delilah, se é isso que você está querendo dizer. Você já conhece o primo dela?

Sam

Sam,

Ainda não conheço o primo da Delilah. Ele está no último ano igual ao Charlie, mas é de outra escola. O nome dele é Buckley!!! Mas todo mundo chama ele de Mason porque é o sobrenome, e acho que ele não gosta de Buckley. Quem ia gostar?

Contagem regressiva para o Ano-Novo!

Percy

Como prometido, minha mãe apostou tudo no réveillon dos anos setenta. Ela fez fondue e salada caesar, e nós quatro sentamos no chão perto do fogo afundando pedaços de pão crocante na gosma amarela, ouvindo os álbuns de Joni Mitchell e Fleetwood Mac no velho toca-discos do meu pai que minha mãe tinha mandado consertar de presente de Natal.

– Isso na verdade é meio nojento, todo mundo enfiando o garfo de novo no queijo – comentei, e minha mãe me lançou um olhar.

– Mas está bom demais – disse Sam, balançando um pedaço de pão escorrendo queijo na minha cara.

– Eu não poderia concordar mais com você, Sam – meu pai respondeu, arrancando o pão do garfo de Sam e colocando-o na boca.

Minha mãe serviu bolo de cenoura de sobremesa, e depois jogamos pôquer com palitos de fósforo até Sam levar todo mundo à falência.

– Não sei se fico perturbado ou impressionado com um garoto de quinze anos ficar com uma cara tão neutra – comentou meu pai quando entregou seu último palito de fósforo para Sam.

À meia-noite minha mãe deixou Sam e eu tomarmos uma taça de champanhe, e as bolhas deixaram minhas mãos e meu rosto quentes. Pouco tempo depois, meus pais arrumaram o sofá para

Sam com lençóis enfiados ao redor das almofadas, serviram o resto do champanhe nas nossas taças e foram para a cama.

Sam e eu sentamos de frente um para o outro nas duas pontas opostas do sofá, o cobertor sobre nossas pernas. Eu estava baqueada por ter que voltar para a cidade dali a dois dias e queria ficar acordada a noite inteira conversando. Ele cutucou minha perna com o pé debaixo do cobertor.

– Você não vai me contar como foi a saída com o Buckley? – A gente não tinha conversado sobre o primo de Delilah, Mason, desde que eu o mencionara em um e-mail, esperando que isso instigasse Sam a confessar seu amor. Não funcionou como eu tinha planejado, e pensei que Sam tivesse esquecido o assunto.

A verdade é que Delilah e eu tínhamos saído algumas vezes com Mason e seu amigo, Patel. Sobrenomes em vez de primeiros nomes parecia ser uma moda no círculo deles – os dois estudavam em uma escola particular para meninos não muito longe de onde eu morava e jogavam no mesmo time de hóquei.

Fiquei surpresa por Delilah sair com alguém tão tranquilo e de fala mansa como Patel, mas ele tinha uns olhos castanhos enormes e um sorriso maior ainda.

– Dá pra ver que ele é profundo – explicou ela quando perguntei a respeito. – Os goleiros são sexy, e aposto que ele beija muito bem.

Mason era obcecado por hóquei e por cultivar músculos para o hóquei e deixar o cabelo escuro crescer para que encaracolasse bem quando saísse do capacete de hóquei. Ele tinha olhos azuis como Delilah e era bonito como Delilah, e acho que provavelmente sabia disso assim como Delilah, mas ele era um cara bem legal, para dizer a verdade. Eu só não pensava nele o tempo todo como pensava em Sam.

– É Mason – corrigi Sam. – E não tem muito para contar.

– Vamos começar com o básico: você gosta do Buckley? – Ele sorriu.

Chutei o pé de Sam, depois dei de ombros.

– Ele é legal.

– Só legal? Parece sério. – Depois de um momento, ele perguntou: – Você não acha que ele é meio velho demais para você?

– Mason vai fazer dezoito anos daqui a algumas semanas, e eu vou fazer dezesseis em fevereiro. Além do mais, a gente só saiu duas vezes.

– Você não me contou da segunda.

Era para eu contar a Sam sobre outros meninos? Ele não conversava comigo sobre meninas.

– Eu pensei que você não ia ligar, e não é como se ele fosse meu namorado ou algo assim – retruquei, na defensiva.

– Mas ele quer ser. – Não era uma pergunta.

– Não tenho certeza. Acho que os meninos não pensam em mim desse jeito.

– De que jeito, Percy? – Será que Sam estava me provocando? Ou ele não sabia o que eu queria dizer? Minha cabeça estava turva de confusão e champanhe.

– Eles não têm interesse em me beijar. – Baixei os olhos para nossas pernas.

Ele me cutucou com o pé de novo.

– Não é verdade. E, só para constar, eu ligo.

* * *

Sam estava certo: Mason estava interessado. Delilah e eu fomos a dois jogos de hóquei dele e de Patel em janeiro. Sentamos nas arquibancadas segurando copos de isopor de chocolate quente ruim para manter nossas mãos aquecidas na arena gelada. Em cada jogo, Mason acenava para mim do gelo antes de se posicionar na lateral direita para lançar o disco.

Dava para entender por que ele adorava hóquei: Mason era de longe o melhor jogador do time. Cada vez que marcava um gol, ele olhava para mim nas arquibancadas com um grande sorriso no rosto. Depois do segundo jogo, Delilah e eu esperamos os dois do lado de fora do vestiário para todos irmos comer uma pizza. Mason saiu, o cabelo molhado cheirando a xampu, uma enorme bolsa de ginástica no ombro. Ele estava de jeans e com uma blusa de gola careca justa nas mangas compridas e no peito. Era mais musculoso do que Charlie, e eu tinha que admitir que era bem gostoso. Quando Patel e Delilah seguiram na frente, Mason me puxou junto de uma porta, disse que me achava bonita e me deu um selinho de leve na boca. Eu disse *Obrigada* e sorri para ele um pouco atordoada, sem saber o que viria a seguir ou o que ele esperava de mim.

– Eu gosto de você porque você é original. – Mason riu.

Delilah e eu fomos convidadas para a festa de aniversário de dezoito anos de Mason, que aconteceria em um hotel chique em Yorkville no fim do mês, com direito a DJ, sushi bar e uma lista de convidados de cento e vinte pessoas. Delilah fez questão de que praticamente todas as meninas do nosso ano soubessem que a gente ia, e nós recebemos delas o grau de respeito apropriado.

Na noite da festa, nos arrumamos na casa da Delilah – enrolamos o cabelo com babyliss e passamos rímel e gloss –, mas, quando coloquei meu vestido, um vestido vermelho sensual que ia até o chão e que Delilah tinha dito que realçava *meu corpo criminoso*, ela soltou um horrorizado *De jeito nenhum! Você não pode ir com isso!*

– Do que você está falando? – Olhei para baixo, para minhas sapatilhas douradas, confusa.

– Essa calcinha de vó! Por acaso eu não te ensinei nada? Você não tem uma fio dental?

Olhei para ela, desacreditada.

– Não aqui!

– Você não tem jeito – suspirou Delilah, e me jogou a menor calcinha vermelha que eu já tinha visto.

– Acho que a minha mãe não ia gostar disso – apontei, segurando a fio dental.

– Bem, ela também não ia ficar feliz com essa calcinha marcando o vestido, pode acreditar – rebateu Delilah.

Tirei minha calcinha de vó e entrei na fio dental.

– Muito melhor! – Delilah deu uma apertadinha na minha bunda. – O Mason não vai conseguir ficar com as mãos longe disso.

A ideia me deixou nervosa.

Os pais de Delilah nos levaram de carro para o hotel, entregaram a ela uma nota de cinquenta para voltarmos para casa de táxi e nos deixaram na recepção para entrarmos.

– Achei que não teria tantos adultos aqui – sussurrei para minha amiga, olhando pelo salão de baile. Mais da metade dos convidados era de meia-idade ou mais velho.

– Meu tio é meio que um figurão na Bay Street. Alguma coisa relacionada com o mercado de ações – sussurrou ela de volta.

Dançamos com umas garotas mais velhas enquanto os caras assistiam sentados em cadeiras com capas. Às oito horas, o pai de Mason, um homem alto, de cabelo branco e de aparência suave, que Delilah contou estar *quase se separando da esposa número dois*, propôs um brinde ao filho e, depois, para inveja da multidão, atirou um molho de chaves para ele. Todo mundo seguiu para o lado de fora, se amontoando por causa do frio, e contemplamos o Audi novo de Mason que estava estacionado na entrada.

– Eu o levo para casa hoje para você – o pai dele disse, dando uma piscadela, e entregou a Mason um cantil. Em menos de vinte minutos os outros adultos já tinham saído de fininho.

Quando a flauta que indicava uma balada de Celine Dion transbordou dos alto-falantes, Mason apontou para mim e depois para si mesmo, sorrindo. Fui até lá e ele colocou as mãos na minha cintura enquanto pousei as minhas nos ombros de seu paletó preto. Balançamos para lá e para cá, girando, e Mason se inclinou, encostando a boca no meu ouvido.

– Você está linda hoje, Percy. – Olhei nos seus olhos, que eram azuis, mas de um azul mais escuro e turvo que os de Sam, e ele me puxou para junto de si de modo que minha bochecha pousou no alto do seu peito. – Não consigo parar de pensar em você – sussurrou.

Depois que a música terminou, ele me puxou para o corredor, onde Delilah, Patel, três outros rapazes e uma menina mais velha se juntaram a nós. Um dos caras, que se apresentou como Daniels, nos mostrou brevemente debaixo do paletó uma garrafa do que ele disse ser vodca.

– Será que devemos transferir a nossa colaboração? – disse ele, erguendo as sobrancelhas e colocando o braço em volta da garota, que se chamava Ashleigh.

Todos os meninos estavam hospedados em quartos no hotel, e nos reunimos na sala da suíte de Mason e Patel. Daniels se sentou em uma poltrona com Ashleigh no colo, Delilah e Patel pegaram o sofá, e os dois caras sentaram no chão, deixando uma cadeira para Mason e eu. Sentei-me empoleirada bem na borda, mas Mason me puxou para seu colo e passou um braço em volta, descansando-o no meu quadril. Daniels passou para cada um de nós um copo de vodca com gelo. Tinha cheiro de acetona e queimou minha boca mesmo antes de eu dar um golinho.

– Não beba se você não gostar – Mason sussurrou no meu ouvido para que ninguém ouvisse. Sorri agradecida e virei o conteúdo do meu copo no dele. – Para mim funciona. – Ele sorriu de volta. Seu polegar se movia para a frente e para trás no meu quadril enquanto o grupo falava sobre o carro novo dele e a temporada de hóquei. Foi bem calmo, considerando que éramos um grupo de adolescentes sem ninguém olhando com uma garrafa de bebida, e notei que, além de Daniels, que estava sovando a bunda de Ashleigh como se fosse uma massa de pizza, ninguém tinha voltado a se servir. Às onze horas os outros já tinham ido cada um para seu quarto, e Delilah e eu levantamos para colocar nossos casacos.

– Antes de você ir, Percy, tem uma coisa que eu quero te mostrar – disse Mason, passando as mãos no cabelo e parecendo meio nervoso.

– É, aposto que tem – murmurou Patel, e Delilah bateu no braço dele.

Mason me guiou por um corredor curto até um quarto elegante, todo cinza acastanhado e marrom, com uma cama kingsize com cabeceira de camurça. Ele fechou a porta atrás de nós e abriu o armário de correr, se ajoelhou e digitou uma senha em um pequeno cofre. Quando se levantou, estava segurando uma caixinha azul-turquesa.

– O que é isso? – perguntei. – Não é *o meu* aniversário.

– Eu sei. – Ele se aproximou. – Eu ia guardar para quando você fizesse dezesseis, mas não aguentei esperar. Abre. – Os olhos dele se moveram com expectativa pelo meu rosto. Ergui a tampa e me deparei com um saquinho de veludo azul-turquesa. Dentro havia uma pulseira de prata com um fecho grandalhão e moderno.

– Eu estava pensando se você não queria ser minha namorada – disse Mason e sorriu –, e que talvez você precisasse de alguma coisa um pouco mais especial do que isso aqui. – Ele ergueu o braço em que estava minha pulseira da amizade. Eu não tinha imaginado que isso ia acontecer.

– É linda... hum... nossa! Não sei direito o que dizer! – gaguejei. Mason colocou a pulseira em mim.

– Você pode pensar com calma, mas quero que você saiba que eu gosto de verdade de você. – Ele colocou as mãos nos meus quadris e me puxou para perto dele, então me beijou. Seus lábios eram macios enquanto se moviam delicadamente sobre minha boca. Mason recuou o suficiente para conseguir olhar nos meus olhos. – Você é tão inteligente, engraçada e bonita. E nem tem noção disso. – Me beijou de novo, mais forte desta vez, e eu fechei os olhos. Imagens de Sam passaram pela minha cabeça, e, quando Mason passou a língua sobre os meus lábios, meus joelhos pareciam que iam ceder, e eu agarrei seus bíceps. Ele deu uma série de beijos ligeiros no canto da minha boca, depois no meu nariz, e então de novo na minha boca, e voltou a passar a língua nos meus lábios. Desta vez eu me abri, e imaginei que era a língua de Sam que girava na minha. Mason gemeu e levou as mãos para minha bunda, pressionando-a no meu quadril. Eu recuei.

– Tenho que ir, senão vamos voltar tarde para a casa da Delilah.

Mason não protestou, só voltou a correr as mãos pelas minhas costas e me deu outro beijo rápido, depois me deu a mão.

Junto da minha pulseira bordada, a de prata parecia espalhafatosa, e eu a tirei antes que minha mãe fosse me buscar na manhã seguinte, para que não fizesse perguntas. Delilah ficou surpresa com o presente, que ela qualificou de *exagerado*, mas não achou que isso significasse que Mason queria deixar as coisas mais oficiais.

– É claro que ele gosta de você, Percy. Você é um peixão. E os seus peitos cresceram *mesmo* este ano – ela sussurrou. – Continue de leve com o Mason. Dá pra perceber que você não gosta dele do jeito que gosta do menino do verão, mas talvez dê pra encarar isso como um treino para o caso de Sam aparecer.

Mandei um e-mail para Sam assim que cheguei em casa.

Oi, Sam,

Tenho pensado mais no meu novo conto. O que você acha
de um lago assombrado por uma jovem que afundou
no gelo no inverno, deixando a irmã gêmea para trás?
Quando a irmã já é adolescente, ela volta ao lago para um
acampamento e vê uma silhueta estranha na floresta, que
revela ser sua gêmea morta que está tentando matá-la
para não ficar sozinha. Pode ser assustador e, quem sabe,
meio triste. Considerações?

Outra coisa: Delilah e eu fomos à festa de aniversário de
Mason ontem, e ele perguntou se eu quero namorar com
ele. Eu sei que você não vai ficar surpreso, já que adivinhou
isso no Ano-Novo, mas eu fiquei. O que você acha que eu
devo fazer?

Percy

Percy,

Ainda acho que um lago cheio de peixes zumbis é o
caminho certo. Brincadeirinha. Garota morta assustadora é
sem dúvida a melhor ideia até agora. Você vai dar às irmãs
nomes de gêmeos detestáveis, como Lilah e Layla, ou
Jessica e Bessica?

Eu já te perguntei isso, mas acho que é o momento de
perguntar de novo: você gosta do Buckley?

Sam

121

Sam,

Por que não pensei em Jessica e Bessica antes? Genial!!!

O Mason na verdade é um cara bem legal, mas eu gosto mais de outra pessoa.

Percy

Percy,

Acho que você já tem a resposta.

Sam

9

AGORA

Ficamos sentados na caminhonete olhando para a casa dos Florek. Pelo menos eu fico olhando para a casa. Sam está me observando.

– Está incrível – digo. E está mesmo. O gramado está verde e aparado, os canteiros estão bem-arrumados e florescendo, e as paredes e o madeiramento da casa estão recém-pintados. A cesta de basquete ainda está pendurada na garagem. Há vasos de cerâmica de gerânios vermelho vivo na varanda. Provavelmente o próprio Sam os plantou. A ideia me deixa bamba.

– Obrigado – diz Sam. – Tenho tentado manter as coisas em ordem. Minha mãe odiaria ver o jardim tomado por ervas daninhas. – Ele faz uma pausa e depois acrescenta: – Mas também tem sido bom para me distrair.

– Como você tem lidado com tudo isso além do restaurante e do trabalho? – pergunto, me virando para encará-lo, indicando a casa com a mão. – É uma propriedade enorme para uma pessoa só fazer a manutenção. – Meu Deus, como a Sue fazia isso? Ainda mais criando dois filhos *e* tocando o Tavern?

Sam passa a mão nas bochechas lisas. Fazer a barba só tornava as maçãs do rosto dele mais proeminentes, a mandíbula mais angulosa.

– Acho que não durmo muito – alega ele. – Não fique com essa cara de horrorizada. Eu me acostumei a ficar acordado por bastante tempo quando era residente. De qualquer modo, sou grato por ter tido alguma coisa para fazer. Eu teria enlouquecido se tivesse ficado sentado sem fazer nada no ano passado.

A culpa se contorce no meu coração. Odeio que Sam tenha feito isso sozinho. Sem mim.

– O Charlie não ajuda muito?

– Não. Ele se ofereceu para voltar, mas está ocupado em Toronto. – Tombo a cabeça, sem conseguir acompanhar. – Charlie trabalha no ramo financeiro, na Bay Street – explica Sam. – Estava perto de receber uma promoção legal... falei para ele ficar na cidade.

– Eu não fazia ideia – murmuro. – Acho que o chefe consegue fazê-lo usar camisa. A sua mãe não conseguia.

Sam ri.

– Com absoluta certeza ele usa terno e tudo.

Pigarreio e faço a pergunta que passei a manhã toda remoendo:

– E a Taylor? Ela mora em Kingston?

– Sim, o escritório dela é lá. Ela não é exatamente uma menina de Barry's Bay.

– Nem percebi – murmuro, olhando pela janela. Consigo ver Sam sorrindo pelo canto do olho antes de sair da caminhonete e dar a volta até o meu lado. Ele abre a porta e me oferece a mão para descer.

– Eu sei sair de uma caminhonete, tá? – reclamo, dando a mão para ele mesmo assim.

– Bem, você ficou muito tempo sem aparecer, engomadinha da cidade. – Sam sorri enquanto eu saio. Ele está com um braço na porta da caminhonete e o outro ao longo da lateral, me prendendo junto do seu corpo. O rosto dele fica sério. – O Charlie deve chegar mais tarde – diz, me olhando de perto. – Ele foi para o restaurante hoje de manhã ajudar Julien com algumas coisas de última hora para amanhã.

– Vai ser ótimo vê-lo de novo. – Sorrio, mas minha boca ficou seca. – E o Julien. Ainda está lá, hein? – Julien Chen era o chef de longa data do Tavern. Ele era paciente, sucinto e engraçado, meio que um irmão mais velho de Sam e Charlie.

– Julien ainda está lá. Ele ajudou muito minha mãe e eu. Ele a levava para a quimioterapia quando eu fazia turnos no hospital, e, quando ela ficou lá nos últimos meses, Julien passou quase tanto tempo com ela quanto eu. Está sendo muito difícil para ele.

– Posso imaginar – digo. – Você já pensou se ele e sua mãe... sabe? – A ideia não tinha passado pela minha cabeça quando eu era adolescente, mas, à medida que fui ficando mais velha, pensei que isso poderia explicar por que um homem jovem e solteiro, cujas habilidades culinárias iam muito além de cozinhar pierogis e fritar salsichas, teria vivido em uma cidade pequena por tanto tempo.

– Não sei. – Sam passa a mão no cabelo. – Sempre me perguntei por que ele ficou tanto tempo nesta cidade. Julien não planejava passar a vida aqui... era só um emprego de verão para ele. Acho que tinha sonhos grandes de abrir o próprio negócio na cidade. Minha mãe disse que ele ficou por causa de mim e do Charlie. Mas nos últimos dois anos eu me perguntei se não era por ela.

Ele volta a olhar para mim com um sorriso triste, e, sem dizer uma palavra, nós dois contornamos a lateral da casa e seguimos para o lago. Parece instintivo, como se eu tivesse descido esta colina há apenas alguns dias, em vez de mais de uma década atrás. O antigo barco a remo está amarrado em um lado do cais, um motor novo preso à popa, e a canoa flutua para fora do cais exatamente como antes. Minha garganta está apertada, mas todo o meu corpo relaxa com a vista. Fecho os olhos quando chegamos ao cais e respiro.

– Nós não tiramos o Banana Boat da garagem este ano – diz Sam, e meus olhos se arregalam.

– Vocês ainda têm? – Eu me maravilho.

– Está na garagem. – Sam sorri, mostrando rapidamente os dentes brancos entre os lábios macios. Caminhamos até o final do cais e eu paro antes de olhar para a margem. Há uma lancha branca presa a uma doca nova e maior, onde costumava ficar a nossa.

– Seu chalé parece praticamente o mesmo visto da água – comenta Sam. – Mas eles fizeram outro quarto nos fundos. São quatro pessoas na família... as crianças devem ter uns oito e dez anos agora. A gente deixa eles virem nadando para usar a canoa.

Tenho uma sensação esquisita olhando para a água, a canoa e a margem oposta. É tudo tão familiar, como se eu estivesse vendo um antigo vídeo de família, só que as pessoas parecem desfocadas e só consigo perceber suas silhuetas vagas onde antes nós estávamos. Sinto falta dessas pessoas – e da menina que eu era.

– Percy? – Só escuto Sam quando ele coloca a mão no meu ombro. Ele está me olhando de um jeito engraçado, e dou conta de que algumas lágrimas conseguiram se esgueirar de suas celas. Eu as seco e tento sorrir.

– Desculpa... É como se eu tivesse sido transportada de volta no tempo por um segundo.

125

– Dá pra entender. – Sam fica quieto e cruza os braços junto do peito. – Falando em voltar no tempo... você acha que ainda consegue? – Ele indica o outro lado do lago.

– Cruzar a nado? – brinco.

– Foi isso que eu pensei. Com certeza está muito velha e fora de forma agora para isso – diz ele, com um *tsc*.

– Está me tirando? – A boca de Sam se ergue de um lado. – Você me trouxe aqui para falar mal da minha idade e do meu corpo? Isso é baixaria, até para você, doutor Florek. – O outro lado de sua boca se ergue.

– Seu corpo parece bom daqui. – Sam me olha de cima a baixo.

– Seu pervertido. – E tento reprimir um sorriso sem êxito. – Está parecendo o seu irmão. – Meus olhos se arregalam com o que acabei de dizer, mas ele não parece notar.

– Faz muito tempo – continua Sam. – Só estou dizendo que a gente não é mais tão ligeiro quanto antes.

– Ligeiro? Quem diz *ligeiro*? Você tem o quê, 75 anos? – provoco. – E fale por você, velhinho. Eu sou ligeira até demais. Nem todo mundo ficou molenga. – Cutuco a barriga dele, tão dura que é como se tivesse porcentagem negativa de gordura corporal. Ele sorri para mim com malícia. Estreito os olhos, então examino a margem oposta.

– E se eu conseguir atravessar o lago a nado? O que eu ganho?

– Além do direito de ficar se achando? Hum... – Sam esfrega o queixo, e eu encaro os tendões serpenteando pelo seu antebraço. – Te dou um presente.

– Um presente?

– Um presente muito bom. Você sabe que eu sou excelente com presentes. – É verdade: Sam dava os melhores presentes. Uma vez ele me mandou pelo correio um exemplar desgastado do livro de memórias de Stephen King, *Sobre a escrita*. Não era uma ocasião especial, mas ele o embrulhara e escrevera um bilhetinho na contracapa: *Encontrei no sebo e achei que estava esperando você.*

– Humilde como sempre, Sam. Alguma ideia de qual seria esse presente excelente?

– Absolutamente nenhuma.

Não consigo conter a risada barulhenta nem o sorriso largo no meu rosto.

– Bem, nesse caso – digo, desabotoando o short –, como eu poderia negar? – Sam fica boquiaberto. Ele não achou que eu iria topar. – É melhor você ainda saber remar.

* * *

Tiro a camiseta e fico parada com as mãos na cintura. A boca de Sam ainda está aberta, e, embora meu biquíni não seja pequeno, de repente me sinto extremamente exposta. Não tenho problemas com o meu corpo. Tá, sim, eu tenho muitos problemas, mas eu os reconheço como inseguranças e não tendo a me preocupar muito com a barriga flácida ou com as coxas esburacadas. A relação com meu corpo é uma das poucas saudáveis que mantenho com alguém. Faço aulas comuns de *spinning* e treino musculação algumas vezes por semana, mas é principalmente porque consigo lidar melhor com meu estresse quando me exercito. Não sou tão firme quanto as mulheres insuportáveis que fazem *spinning* de shortinho curto e top, mas esse não é o objetivo. Estou mais ou menos em forma – tem só algumas áreas flácidas em lugares que gosto de pensar que tudo bem ter flacidez. O olhar de Sam desce para o meu peito e volta para o meu rosto.

– Eu consigo remar – ele garante, um cintilar suspeito em seus olhos. Também tira a camiseta e a joga no deque. Desta vez sou eu que estou de boca aberta.

– Está de brincadeira? – grito, batendo em seu tronco, meu filtro verbal completamente ausente. O Sam de dezoito anos estava em ótima forma, mas o Sam adulto simplesmente tem um tanquinho. A pele dele é dourada, assim como os pelos salpicados no peito largo. Eles vão ficando mais escuros à medida que formam a linha do umbigo seguindo para baixo da calça jeans. Seus ombros e braços são musculosos, mas não de um jeito grosso e esquisito.

Sam se abaixa para tirar as meias e os tênis, depois ergue as pernas do jeans de modo que seus tornozelos e a parte inferior das panturrilhas fiquem de fora.

– Eu sei, fiquei molenga – diz ele, os olhos azuis cintilando como o sol na água.

Reservo a Sam meu olhar mais indiferente.

– Não tenho certeza se é necessário ficar sem camisa.

– Tem sol. Vai estar calor no barco. – Ele dá de ombros.

– Você é fogo. – Franzo o cenho. – Vou presumir que eles não são apenas decorativos – aponto para seus braços –, e que você vai conseguir acompanhar o meu ritmo.

– Vou dar o meu melhor – Sam responde enquanto entra no barco.

Giro os ombros para trás e depois faço um círculo com os braços para soltá-los. *Mas o que é que estou fazendo?* Não é como se eu tivesse continuado com a natação. Sam se afasta do cais, vira o barco com os remos de modo que a proa fique voltada para a outra margem e espera que eu mergulhe. Fico parada na beirada do cais, observando-o, os pés descalços apoiados no banco diante dele. Olho para a água na minha frente e de novo para ele. Não tenho certeza se é o déjà-vu que me bate ou o peso de estar parada neste exato lugar enquanto Sam está naquele mesmo barco, mas minhas mãos estão tremendo.

– Quantos anos a gente tem? – grito.

Leva um tempinho para ele responder.

– Quinze?

Examino a praia de pedras do outro lado do lago. A adrenalina dispara sob minha pele. Respiro fundo pelo nariz e mergulho. Um soluço vibra por mim enquanto nado debaixo da água fria. Não faço ideia se estou chorando quando emerjo e começo a nadar devagar.

Dá para ver a borda do barco quando viro a cabeça para respirar, e tento me concentrar no fato de que Sam está de novo do meu lado, e não em todos os anos em que ele não esteve. Não demora muito para meus ombros ficarem tensos, cheios de nós, e minhas pernas começarem a queimar, mas continuo batendo as pernas e cortando a água com os braços.

Estou em um ritmo despreocupado quando uma cãibra se apossa do meu dedão do pé. Diminuo a velocidade e curvo os dedos para aliviar o músculo, mas uma dor agonizante dispara pela panturrilha. Tento continuar batendo a perna, mas o espasmo piora e tenho que parar de nadar. Cerro os dentes tentando nadar cachorrinho e uivo quando a cãibra não passa. Mal consigo ouvir Sam gritando até ver a lateral do barco bem ao meu lado.

– Você está bem? – Ele parece apavorado. Balanço a cabeça, e então sinto suas mãos debaixo das minhas axilas, me içando da água. Minha barriga raspa na lateral do barco quando ele me puxa para dentro, com as mãos na minha cintura e depois embaixo da minha bunda. Caio em cima dele, uma pilha encharcada de membros.

Estou deitada com a cabeça no seu peito nu, tentando recuperar o fôlego. A dor diminui se eu fico parada, mas, quando mexo o dedão, ela corta minha perna de novo, e eu chio.

Só então me dou conta de que as mãos de Sam apertam meus quadris. Estou totalmente encostada nele, minha testa, meu nariz, meu peito, minha barriga – tudo o que quero fazer é passar a língua no peito quente dele e esfregar os quadris no seu jeans para aliviar o que está acontecendo entre minhas coxas. É completamente inapropriado, considerando a intensidade da dor que estou sentindo.

– Você está bem, Percy? – A voz dele está tensa.

– Cãibra – respiro no seu peito. – No dedo do pé e na panturrilha. Dói se eu mexer.

– Qual perna?

– Esquerda. – Sinto a mão de Sam descer pela minha coxa, até a panturrilha, até o músculo. Arrepios surgem onde estão seus dedos, e um estremecimento me percorre. Ele para por um segundo, e ergo o rosto para encará-lo. Seus olhos estão arregalados e sombrios.

– Desculpa – sussurro. Sam balança a cabeça tão de leve que quase não dá para perceber.

– Ajuda a fazer o músculo relaxar – explica ele, envolvendo a mão inteira sobre minha panturrilha, aplicando pressão, depois fazendo círculos lentos, sovando de leve. Meu coração está batendo tão disparado que me pergunto se ele consegue sentir isso também. Baixo as pálpebras e involuntariamente fecho bem as pernas. Sam deve sentir o movimento, porque sua mão esquerda aperta mais forte meu quadril. Dá para sentir sua respiração na minha testa.

– Melhorou? – A pergunta sai ríspida. Movo minha perna ligeiramente, e realmente melhorou.

– Sim. – Me impulsiono para levantar, mas agora estou constrangedoramente montada nele no fundo do barco. O peito de Sam está escorregadio por causa da água. Começo a tentar enxugar, mas ele coloca a mão no meu pulso. Sam está olhando para mim, as pálpebras pesadas.

– Você é fogo – diz ele, devolvendo as palavras que eu tinha dito há pouco. O ar entre nós fica tenso como um elástico. Respiro fundo, e o olhar de Sam segue a curva do meu peito, e sim, meus mamilos estão obscenos debaixo do biquíni. Para ser justa, estou com frio e molhada.

Sam engole em seco e encara meus olhos de novo. Já vi esse olhar antes, tempestuoso, concentrado e completamente intenso, como se fosse possível eu cair em seus olhos e nunca mais sair. Os dedos dele se movem levemente na parte de trás do meu quadril, bem abaixo do cós do meu biquíni. Sua outra mão corre para cima e para baixo na parte posterior da minha coxa. *O que está acontecendo?*

Taylor, eu penso. *Sam está com Taylor*. A mão de Sam abandona minha coxa e ele esfrega o polegar sobre os vincos entre meus olhos, desfazendo o franzido das linhas de expressão, depois desce pelo meu rosto e abarca minhas bochechas.

– Você ainda é a mulher mais bonita que eu conheço – diz ele, e soa como uma lixa grossa. Pisco para Sam. Suas palavras são confusas e maravilhosas, e sinto um pequeno barato e muita excitação. Mas eu sei que a gente não devia estar fazendo isso. Eu não devia querer isso. Ele contorna meus lábios com o polegar, e os dedos da outra mão afundam ainda mais na carne na parte de trás do meu quadril.

– Não é uma boa ideia – falo com dificuldade.

Seus olhos se movem rapidamente pelo meu rosto, e Sam se ergue embaixo de mim de modo que eu sento em seu colo. Ele descansa a testa na minha e fecha os olhos, respirando fundo. *Ele está tremendo?* Acho que está tremendo. Levo as mãos para seus ombros e as passo para cima e para baixo em seus braços.

– Ei, está tudo bem. Hábitos antigos, né? – digo, tentando deixar o clima mais leve, só que meu coração está berrando comigo. – Por que a gente não volta e dá um mergulho para refrescar? – proponho, olhando em volta, vendo agora que não tinha chegado nem à metade do lago.

Quando olho de novo para Sam, sua mandíbula está cerrada como se ele estivesse tentando decidir alguma coisa, mas diz simplesmente:

– Tá, tudo bem.

* * *

Sam vai para casa se trocar quando voltamos do nosso passeio de barco muito curto e muito tranquilo. Da água, tive um rápido vislumbre do meu antigo chalé, um flashback dos meus pais sentados no deque com taças de vinho gelado. Agora estou sentada na beirada do cais com os pés na água esperando Sam, repassando o que acabou de acontecer, me arrastando no momento em que os dedos dele deslizaram de leve por baixo do meu biquíni. Meus quadris ainda estão formigando onde suas mãos os seguraram. No passado eu já quis Sam de todas as maneiras possíveis – isso não mudou. E, se ele tivesse continuado, eu também teria. Sinto vergonha disso, mas essa é a verdade. Eu me conheço. Meu autocontrole fica congelado quando estou perto dele. Me pergunto se essa seria uma boa premissa para um livro; uma mulher sem autocontrole. Sorrio para mim mesma – faz muito tempo que não devaneio sobre histórias.

Ouço os passos de Sam atrás de mim e olho por sobre o ombro. Ele está vestindo um calção de banho coral que fica incrível em sua pele bronzeada, segurando duas toalhas e uma garrafa de água.

– No que você está pensando? – Sam põe as toalhas no chão do cais e senta do meu lado, seu ombro encostando no meu, e me passa a garrafa.

– Só uma ideia para um conto.

– Você ainda escreve esse tipo de coisa?

– Não – admito. – Eu na verdade não escrevo mais nada.

– Você devia – diz ele, delicadamente, depois de um momento. – Você era boa mesmo. Tenho certeza de que ainda tenho um exemplar autografado de *Sangue novo* na gaveta da escrivaninha do meu antigo quarto.

Eu o encaro de olhos arregalados.

– Não tem nada.

– Sim. Eu sei que tenho. Continua lá. – Sam deve enxergar a pergunta estampada no meu rosto, porque responde sem que eu fale nada. – Faz um ano que estou ficando no quarto... olhei minhas coisas faz um tempo.

– Não acredito que você ainda tem aquilo. Acho que nem eu tenho um exemplar. – Estou descrente.

– Bem, você não vai ficar com o meu. – Ele sorri. – Não sei se ainda lembra... tem uma dedicatória para mim.

– Mas é claro – murmuro enquanto minha mente se deixa levar pela nostalgia. Eu queria que Sue estivesse aqui. Ela ia ter adorado ver minha versão de trinta anos tentar atravessar o lago a nado sem ter treinado absolutamente nada.

A pergunta sai da minha garganta assim que passa pela minha cabeça:

– A sua mãe me odiava? – Eu me volto para Sam e o vejo pensando em como responder. Ele fica em silêncio por um bom tempo.

– Não, ela não odiava você, Percy – diz ele por fim. – Ela estava preocupada com o motivo de a gente ter parado de se falar tão de repente. Ela fez muitas perguntas. Para algumas eu tinha resposta, para outras não. E, não sei, acho que ela também ficou magoada. – Seus olhos azuis se fixam em mim. – Minha mãe te amava. Você era como da família. – Aperto os lábios, com força, e volto meu rosto para o alto.

A hora é esta, penso. *A hora de contar a ele.*

Mas então Sam volta a falar.

– Aliás, eu também não.

– Você não o quê? – Olho para ele.

– Eu não odeio você – ele responde simplesmente.

Eu não sabia como precisava ouvir essas palavras até que elas saíssem da boca de Sam. Meu lábio inferior começa a tremer e eu o mordo, me concentrando na textura dos meus dentes. Minha coragem desapareceu. Estou frágil como uma palha seca.

– Obrigada – digo quando tenho certeza de que minha voz não vai vacilar.

Sam me dá uma batidinha de leve com o ombro.

– Vamos? – Ele inclina a cabeça em direção à canoa. – Talvez a gente consiga arrumar mais umas sardas para esse seu nariz.

Solto uma risada nervosa. Sam se levanta primeiro, depois estende a mão, me puxando para cima.

– Eu poderia dizer antecipadamente que sinto muito, Percy, mas sei que não é verdade – dispara ele, sorrindo, e, antes que eu possa perguntar do que é que está falando, Sam me ergue como um saco de farinha e me joga dentro da água.

10
VERÃO, CATORZE ANOS ATRÁS

Foi fácil convencer Sue a me deixar trabalhar no Tavern. Já com meus pais foi necessário mais persuasão. Eles não entendiam por que eu queria passar as noites no restaurante se não precisava de dinheiro. Expliquei que queria ganhar meu próprio dinheiro e, erro de principiante, que queria ficar perto de Sam. Considerando o tempo que já passávamos juntos, eles julgaram essa informação perturbadora e, como eram uma dupla de ph.Ds astutos, aproveitaram o trajeto de carro até Barry's Bay no início do verão para fazer uma intervenção.

Eu deveria saber que alguma coisa estava acontecendo quando meu pai voltou da parada para o banheiro com um pacote de vinte Timbits, minidounuts (um deleite raro), na mão, carregados de cobertura de chocolate (minha favorita), e deixou a caixa inteira sob minha responsabilidade. (Bandeira vermelha! Bandeira vermelha!)

Era tão raro meus pais me darem sermão. Eles se atrapalhavam, constrangidos. O daquela vez foi clássico:

Pai: – Persephone, você sabe o quanto a gente gosta do Sam. Ele é...

Mãe: – Ele é um garoto adorável. Não posso imaginar como foi para Sue criar aqueles dois meninos sozinha, mas ela fez um trabalho impressionante.

Pai: – Isso. Bem, sim. Ele é um menino ótimo. E estamos felizes que você tenha um amigo no chalé, gatinha. É importante expandir seus círculos sociais além da classe média alta de Toronto.

Mãe: – Não que tenha alguma coisa de errado com o nosso círculo. Sabe, os pais da Delilah dizem que Buckley Mason é um jovem bem promissor.

Pai: – Embora eu não saiba nada sobre jogadores de hóquei.

Mãe: – A questão é que estamos preocupados por você estar passando tempo demais com Sam. Vocês são praticamente gêmeos siameses, e agora com essa coisa do restaurante... A gente não quer que você...

Pai: – ... fique apegada demais sendo tão jovem.

Deixei claro para meus pais que Sam era meu melhor amigo, que ele me entendia como ninguém e que sempre estaria na minha vida, então era melhor que eles se acostumassem. Argumentei sobre como ter um emprego me ensinaria a ser mais responsável. Omiti a parte do crush não correspondido.

Trabalhar no restaurante era como fazer parte de uma dança supercoreografada, todos os artistas cooperando para executar uma sequência quase impecável que parecia muito mais fácil do que era. Sue era uma ótima chefe. Ela era direta, mas não condescendente nem esquentada. Ela ria com facilidade, conhecia pelo menos metade dos clientes pelo nome e lidava facilmente com a casa lotada.

Julien tocava os bastidores com uma autoridade tácita e uma cara feia que era capaz de te deixar gelada mesmo no inferno da cozinha. Ele era mais novo do que Sue, talvez tivesse trinta e poucos, mas seu casco era duro de anos carregando porcos e barris de pilsner polonesa. Eu morria de medo dele até ouvi-lo brincando com Charlie em sua pausa para fumar depois da loucura do jantar:

– Ainda bem que você vai logo pra universidade. Só faltam umas três meninas pra você ter rodado a cidade inteira.

Qualquer um que zoasse com a cara de Charlie tinha meu apreço.

Charlie e Julien cuidavam dos fogões, das grelhas e das fritadeiras juntos. Eles tinham um jeito silencioso de se comunicar, trabalhando nas comandas com um sistema que Julien aprendera com o pai de Charlie. Foi perturbador, no início, ver como Charlie era no restaurante, suado e sério, a testa franzida de concentração. De vez em quando eu chamava sua atenção, e ele me dava um sorriso rápido, mas, com a mesma rapidez, voltava a se concentrar na comida.

Sam, por ser o mais novo dos rapazes, era relegado à lava-louças e a tirar os pedidos. Ele passava os papeizinhos para Julien, que berrava a série de pratos, e Sam juntava os suprimentos necessários, correndo para cima e para baixo até os corredores do porão quando necessário.

A melhor parte de tudo era que Sue tinha colocado Sam e eu nos mesmos turnos: noites de quinta, sexta e sábado. Eu gostava de encontrar seu olhar quando levava de volta os pratos sujos e de como o vapor da cozinha deixava seu cabelo ondulado completamente cacheado. E eu gostava de limpar tudo no fim da noite com ele, ainda que as habilidades de Sam na lavagem de louça muitas vezes significasse rodar duas vezes a mesma leva de talheres na máquina. Mas eu gostava disso também: Sam era perfeito em quase tudo, menos com a louça.

* * *

Era um verão seco, com proibições de fogueiras em todo o condado, e eu era uma bolinha bem enrolada de energia sexual adolescente frustrada. Sam me encontrava quando voltava de suas corridas matinais, e íamos nadar como no ano anterior, e no caminho até sua casa eu não conseguia parar de olhar para o jeito como a camiseta ficava colada na sua barriga ou as gotas de suor escorriam pela sua testa e pescoço.

Agora que estava com dezesseis anos, Sam tinha autorização para dirigir o Banana Boat, e nós fomos nele até o cais da cidade tomar sorvete no início de uma noite de julho. Sentamos em um banco perto da água para terminar nossas casquinhas, discutindo os méritos de dissecar animais nas aulas de biologia, quando Sam se inclinou e passou a língua pelas bordas do meu sorvete, pegando as gotas rosa e azuis. Ele tinha feito o mesmo no verão anterior, e isso era a coisa mais sexy que eu já tinha visto.

– Você tem as papilas gustativas de uma criança de cinco anos – observou, enquanto eu o encarava de olhos arregalados.

– Você *passou a língua* no meu sorvete.

– Sim... qual é o problema? – Ele franziu a testa.

– Tipo a sua língua. Você tem que parar de fazer isso.

– Por quê? Está com medo de o seu namorado ficar bravo ou algo assim? – Ele parecia meio irritado. Tinha sido Delilah quem me convencera a continuar saindo com Mason, dizendo que não tinha por que ficar esperando meu menino do verão se tocar. Mas eu explicara a Sam em várias ocasiões que Mason não era meu namorado, que a gente estava saindo, mas não era sério. Nem Sam nem Mason pareciam entender a distinção.

– Pela milésima vez, o Mason não é meu namorado.

– Mas vocês se beijam – rebateu Sam.

– É, a gente se beija. Mas não é grande coisa – respondi, sem saber para onde ele estava indo.

Sam deu uma mordida na casquinha e olhou para mim.

– Você acharia ruim se eu dissesse que beijei alguém?

Meu coração explodiu em minúsculas partículas.

– Você beijou alguém? – sussurrei.

Dava para ver que Sam estava nervoso porque ele desviou o olhar, voltando-o para a baía.

– Beijei. Maeve O'Conor, no baile de fim de ano da escola.

Eu odiava Maeve O'Conor. Eu queria matar Maeve O'Conor.

– Maeve é um nome bonito – engasguei.

Os olhos azuis dele voltaram a encontrar os meus, e ele tirou o cabelo do rosto.

– Não foi nada de mais.

* * *

Havia grandes expectativas para o feriado nacional daquele verão. Pela primeira vez minha mãe e meu pai iam me deixar sozinha no chalé. Também ia cair no fim de semana que eu tinha escolhido para atravessar o lago a nado mais uma vez. Meus pais não queriam perder minha façanha esportiva, agora anual, mas iam a uma festa no condado de Prince Edward, onde um reitor da universidade tinha comprado uma fazenda para transformar em uma pequena vinícola. Era um evento a que não poderiam deixar de ir e quase o único assunto sobre o qual conseguiam falar até se despedirem no sábado de manhã.

O ar estava úmido, prometendo uma chuva que provavelmente não cairia se a primeira metade do verão valesse como alguma indicação. A grama ao redor da casa dos Florek tinha ficado marrom fazia muito tempo, mas Sue estava determinada a manter os canteiros de flores em ordem. Ela estava chegando ao restaurante mais cedo do que o habitual para fazer porções extras de pierogis para as multidões do fim de semana prolongado, e Sam, Charlie e eu ficamos encarregados de regar todos os jardins naquele calor escaldante antes de irmos para nossos turnos.

Como na maioria dos fins de tarde, fomos de Banana Boat até o cais da cidade e seguimos a pé para o restaurante. Eu usava minha roupa de sempre – saia jeans escura e blusa sem mangas – e estava melada de suor quando chegamos lá. Joguei água fria no rosto no banheiro e fiz um novo rabo de cavalo, abaixando os fios que tinham ficado arrepiados com a umidade, depois passei um pouco de rímel e de gloss labial cor-de-rosa, o que resumia toda a minha rotina de maquiagem.

Todas as mesas estavam ocupadas desde o momento em que abrimos as portas, e, quando os últimos clientes foram servidos, Sue estava exausta. Julien disse que ela estava com uma cara péssima e a forçou a ir embora enquanto o restante de nós fechava o restaurante.

– É como se eu tivesse sido fervida em caldo de pierogi a noite toda – eu disse a Charlie e Sam quando terminei, me juntando a eles do lado de fora nos fundos, onde sempre esperavam por mim, sentados encostados na parede, assim que terminavam na cozinha. Entreguei as gorjetas para eles.

– Nadei cachorrinho no caldo de pierogi a noite toda – resmungou Charlie, levantando para enfiar o dinheiro no bolso e esticando a camiseta para me mostrar como ela estava molhada. – Você não tem do que reclamar. Vou dar um mergulho no lago assim que a gente chegar em casa.

Ele não estava brincando. Amarramos o barco e ele pulou no cais, desabotoou o short e tirou a camiseta. Sue tinha deixado a luz da varanda acesa, mas a água estava escura, o luar de um brilho pálido o bastante só para que eu distinguisse a bunda exposta de Charlie quando ele abaixou a cueca e pulou no lago.

– Merda, Charlie – reclamou Sam quando sua cabeça emergiu. – Avisa a gente antes.

– Só estou fazendo um favor à Percy. – Ele riu. – Vocês não vão pular?

Eu já tinha nadado pelada em noites muito quentes quando não conseguia pegar no sono, mas nunca quando havia alguém por perto. Eu estava cheirando a repolho e a salsicha, e minhas roupas estavam coladas no corpo. Um mergulho parecia maravilhoso.

– Eu vou – anunciei, desabotoando a blusa, ignorando os nós na barriga. – Virem para o outro lado enquanto eu tiro a roupa.

Soltei minha blusa no deque. Charlie nadou mais para longe, e eu dei uma olhada para trás e flagrei Sam olhando para mim, de sutiã de algodão branco.

– Desculpa – murmurou ele, então se virou, tirando a própria camiseta.

Baixei minha saia, tirei a calcinha, desabotoei o sutiã e mergulhei na água. Sam pulou segundos depois, um lampejo de membros brancos. Mantivemos distância um do outro, mas dei braçadas para ainda mais longe e virei de costas, abrindo os braços e as pernas, boiando sob o céu aberto. Meus pés formigaram de alívio. A água girava ao redor, e meus olhos foram ficando pesados. Por fim, alguém jogou água em mim, e Charlie disse:

– Acho que é hora de levar a Percy para a cama.

Ele correu para casa de cueca e voltou com toalhas, e Sam me acompanhou até minha casa pelo caminho.

– Pronta para nadar amanhã? – perguntou ele quando chegamos ao pé da escada.

Murmurei em resposta:

– Talvez você tenha que ligar para me acordar.

Dei boa-noite, subi a escada para o chalé e me esparramei pelada na cama.

* * *

O som de alguém batendo na porta me acordou de repente. Olhei para o relógio: 8h01.

– Teria sido bom dar uma ligada – resmunguei depois que vesti um robe de algodão e desci a escada até a porta. Sam abriu um meio sorriso culpado, e fiz sinal para ele entrar.

– Imaginei que um despertador humano seria mais eficaz. Você parecia muito cansada ontem. – Sam deu de ombros. Estava usando um calção de banho e um moletom de capuz. O cabelo castanho-claro caiu rolando no rosto dele.

– Sabe, para um cara tão meticuloso, seu cabelo está extremamente bagunçado. – Fiz uma careta.

– Alguém está de mau humor hoje – disse Sam, tirando os tênis.

– Acabei de acordar e preciso muito fazer xixi. – Segui para o banheiro. – Tem cereal no armário e bagels na cesta de pão, se você ainda não tiver comido.

O telefone começou a tocar bem no meio do xixi.

– Se importa de atender? – gritei para Sam. – Provavelmente é a minha mãe ou o meu pai.

Quando saí, ele estava segurando o fone na minha direção.

– Alô?

– Percy, é o Mason. – Meus olhos pularam na hora para os de Sam.

– Ei. Achei que você não acordasse tão cedo assim – respondi quando Sam se virou e se ocupou com a torradeira. Não dava para ter privacidade no térreo do chalé, e Sam ia ouvir cada palavra.

– É hoje que você vai nadar, né? Eu queria te desejar boa sorte.

Mason telefonava para o chalé uma vez por semana para conversar. Se ele não fizesse isso, acho que teria esquecido dele quase completamente, assim como esquecia quase tudo relacionado à minha vida na cidade quando estava no lago.

– É, sim, obrigada. Parece que está meio nublado lá fora – respondi, espiando pela janela –, mas pelo jeito não tem vento, então acho que vou ficar bem.

– Quem foi que atendeu o telefone?

– Ah, é o Sam. – Sam olhou por sobre o ombro. Eu já tinha falado dele para Mason, e ele sabia que a gente era amigo. Só não tinha dito que Sam era meu *melhor* amigo ou que eu estava nutrindo um crush nada insignificante por ele. – Ele fica de olho em mim enquanto eu nado, lembra? – Sam apontou para si mesmo dizendo *Quem, eu?,* e contive uma risada.

– Ele chega cedo na sua casa. – Não foi uma acusação. Mason tinha muita autoconfiança para ter ciúme.

– Sim. – Dei um riso nervoso. – Ele queria me obrigar a acordar. Ontem à noite foi pesado.

– Bem, então não vou te prender. Só queria dar um alô antes de você ir nadar. E – Mason pigarreou – eu queria dizer também que estou sentindo a sua falta. Não vejo a hora de você voltar.

Quero ficar com você, Percy. – Eu observava Sam passar cream cheese em um bagel. Os antebraços dele eram grossos e cobertos de pelos finos e claros que brilhavam ao sol. Ele parecia grande em nossa cozinha pequena. Não tinha sobrado nenhum rastro do garoto desajeitado de treze anos que eu conhecera três anos antes.

– Eu também – devolvi, me sentindo culpada pela mentira que tinha saído da minha boca. Não sentia falta nenhuma de Mason.

Quando desliguei, Sam me entregou o bagel em um prato.

Agradeci e sentei em uma banqueta, mastigando enquanto ele preparava um para si. Quando terminou, Sam ficou do outro lado do balcão e deu uma mordida no seu café da manhã, me observando enquanto comia.

– Era o famoso Buckley? – perguntou, de boca cheia.

Olhei para ele impassível.

– Mason.

– Ele telefona muito?

Dei uma grande mordida no meu bagel para embromar.

– Toda semana – falei depois de um minuto. – É até bom que ele ligue, senão eu poderia esquecer que ele existe.

Sam parou no meio da mordida, as sobrancelhas erguidas de surpresa.

– Que cara é essa? – perguntei.

Ele engoliu e pigarreou antes de responder.

– Nada. É que parece que você não está muito a fim dele.

– Não é que eu não goste dele... ele é um querido.

– Bom, Percy. Era esperado – apontou Sam, com uma pitada de irritação.

– Eu sei. Não é essa a questão. – Olhei para meu bagel pela metade. – Eu já te disse... eu gosto mais de outra pessoa.

– O mesmo cara de quem você falou no e-mail? – perguntou Sam baixinho, enquanto mexia com o dedo nas sementes de gergelim espalhadas no meu prato. – Percy?

– Esse mesmo – respondi sem erguer o olhar.

– E ele sabe disso?

Olhei para Sam. Eu não conseguia dizer se ele sabia que a gente estava falando dele mesmo. Sua expressão era impassível.

– Não tenho certeza. Às vezes ele é difícil de entender.

Terminamos o café em silêncio, em seguida vesti um maiô com costas de nadador que minha mãe tinha comprado. Ela tinha decidido que nadar era o hobby perfeito e queria que eu fizesse um teste para a equipe de natação no outono. Eu estava pensando no assunto.

Não dava para falar que o dia estava bonito – tinha mormaço e o sol estava encoberto –, mas pelo menos o lago estava calmo.

– Você parece bem menos preocupado hoje do que no ano passado – comentei quando chegamos ao cais dos Florek.

– Para falar a verdade, tive pesadelos a semana inteira antes de você nadar – admitiu Sam. – Achei que você fosse se afogar e que eu não seria capaz de te salvar. Agora eu sei que você consegue sem muito esforço. – Ele chutou os sapatos e tirou a camiseta, largando tudo no cais. Sam girou os ombros para trás algumas vezes.

– E agora você tem tudo isso – comentei, apontando para seu tronco nu, as sombras brincando nos sulcos do peito e da barriga. Ele riu.

– Vou dar umas braçadas de aquecimento com você, depois vamos nessa?

– Você que manda, treinador.

Em algum momento enquanto estávamos na água, Sue e Charlie chegaram ao deque com cafés. Acenei para eles enquanto Sam ajeitava o barco. Então, erguemos os polegares um para o outro e seguimos.

Não foi fácil, mas também não foi tão difícil quanto no último verão. Não precisei trocar de estilo ou diminuir a velocidade – mantive braçadas constantes e rítmicas. Minhas pernas estavam cansadas, mas não parecia que iam me arrastar para o fundo do lago de tão pesadas, e meus ombros doíam, mas a dor não me consumia. Quando cheguei à margem, me sentei na parte rasa para recuperar o fôlego enquanto Sam estacionava o barco na praia.

– Sete minutos mais rápido que no ano passado! – anunciou ele, pulando para fora do barco, soltando uma sacola térmica na areia e sentando na água ao meu lado, sua pele melada de suor. – Acho que a sua mãe tem razão: você devia entrar para a equipe de natação. Nem precisou parar para recuperar o fôlego!

– Disse o cara que praticamente corre uma maratona todas as manhãs – arfei.

– Exatamente. – Sam sorriu. – Por isso mesmo eu sei. – Ele me passou uma garrafa de água gelada e eu bebi metade, entregando o resto para ele terminar. O vento estava começando a ficar mais forte e o ar estava com um cheiro denso.

– Parece que finalmente pode chover. – Observei a brisa dançar em meio às folhas de um álamo.

– É o que estão dizendo. Minha mãe falou que parece que vai cair uma tempestade daquelas. – Sam abraçou os joelhos. – Pena que ela precisa que eu trabalhe um turno extra, senão a gente podia fazer uma noite de cinema assustadora.

– *A bruxa de Blair*! – sugeri.

– Com certeza. Como a gente ainda não fez isso?

– Bem, eu já fiz, muitas vezes – falei.

– Óbvio.

– Mas nunca com você – acrescentei.

– Uma falha imperdoável – respondeu Sam.

– A maior. – Nós dois sorrimos.

Eu estava quase catatônica quando voltei para o chalé, a barriga estufada com um dos cafés da manhã épicos de Sue e o corpo completamente esgotado. Desmaiei no sofá e só acordei bem depois das cinco da tarde, o que significava que Sam já estaria no Tavern, enquanto eu estava na minha noite de folga. Meus pais me deixavam sozinha em casa o tempo todo na cidade, mas estavam sempre por perto no lago. Eu tinha caído no sono tão rápido na noite anterior que mal me dera conta de que eles não estavam lá. Agora não tinha certeza do que fazer sozinha.

Grogue, entrei no banheiro e joguei água no rosto, depois bebi o líquido gelado das mãos em concha. Segui para o lago com um caderno e sentei em uma das cadeiras pavão ao pé do cais. O vento tinha ficado cada vez mais forte desde a manhã e estava formando cristas de espuma sobre a água cinzenta. Rascunhei algumas ideias para meu próximo conto, mas logo as gotas de chuva começaram a cair nas páginas, e fui para dentro de casa.

Fiz cachorro-quente para o jantar e comi com um pouco de arroz e salada de feijão que minha mãe tinha deixado. Entediada, repassei nossa coleção de DVDs até achar *A bruxa de Blair*.

143

Foi uma escolha terrível. Eu tinha ficado com medo todas as vezes que assistira, e nunca havia assistido sozinha. Em um chalé. Na floresta. Em uma noite escura e de tempestade. No meio do filme, dei pause, tranquei as portas e fiz uma varredura na casa, olhando todos os armários, embaixo das camas e atrás da cortina do chuveiro. Assim que voltei a apertar o play, um estrondo forte de trovão sacudiu o chalé, e logo seguiu um relâmpago. A cada clarão eu esperava ver um rosto terrível pressionado contra o vidro da porta dos fundos. Quando o filme terminou, a tempestade havia passado, mas estava escuro e ainda chovendo, e eu estava totalmente apavorada.

Fiz pipoca e coloquei *Quem vê cara não vê coração,* na expectativa de uma distração cômica, mas nem John Candy e Macaulay Culkin conseguiram me acalmar. O vento não estava ajudando, lançando pedacinhos de casca e pequenos galhos no telhado em uma sinfonia de arranhões e baques. E, *nossa*, eu nunca tinha notado como o chalé estalava. Era pouco depois das onze da noite quando cedi e liguei para o número dos Florek.

O telefone mal tocou e Sam atendeu.

– Oi, desculpa ligar tão tarde, mas estou meio sem saber o que fazer aqui. O vento está fazendo uns barulhos estranhos, e eu acabei de assistir *A bruxa de Blair*, o que eu acho que foi bem idiota. Não vou conseguir de jeito nenhum dormir aqui sozinha hoje à noite. Posso ir aí?

– Você pode vir pra cima de mim. Você pode vir pra baixo de mim – a voz do outro lado se arrastou. – Pra onde você quiser, Pers.

– Charlie? – perguntei.

– O primeiro e único. Decepcionada?

– De jeito nenhum. Nunca estive mais excitada – eu disse, sem emoção alguma.

– Você é uma mulher cruel, Percy Fraser. Me deixa desligar a outra linha e eu chamo o Sam pra você.

Sam estava na porta em menos de cinco minutos, embaixo de um guarda-chuva. Agradeci por ele ter vindo e me desculpei por ser tão infantil.

– Não tem problema, Percy.

Então ele pegou a bolsa de lona onde eu tinha jogado minha escova de dentes e meu pijama.

Sam revirou os olhos quando perguntei se tinha levado uma lanterna, *porque quando foi que ele já precisou de lanterna*, e, assim que seguimos, dei o braço para ele, ficando o mais próximo possível. Quase gritei quando ouvi um farfalhar num arbusto e depois um galho estalando, e passei o braço livre ao redor da cintura de Sam, me colando junto dele.

– Deve ser só um guaxinim ou um porco-espinho. – Ele riu, mas continuei segurando nele com força até chegarmos à varanda.

– A gente tem que ficar quieto – sussurrou Sam quando entramos devagar. – Minha mãe já está dormindo. Noite agitada.

– Você não vai trancar? – Apontei para a porta atrás de nós enquanto Sam ia para a cozinha.

– A gente nunca tranca. Nem quando sai – respondeu ele. E então, vendo o mais absoluto terror nos meus olhos, voltou e girou o ferrolho.

O térreo estava na escuridão, e o leve som de Charlie assistindo TV no porão subia pela escada. Sam serviu dois copos de água, e eu examinei as sombras que enchiam as cavidades abaixo de suas maçãs do rosto. Eu não me lembrava de quando elas tinham ficado tão proeminentes.

– Vou ficar no sofá aqui embaixo e você pode dormir na minha cama – informou ele, me entregando um copo.

– Eu realmente não quero dormir sozinha – sussurrei. – A gente não pode dormir os dois no seu quarto?

Sam passou a mão no cabelo, pensando.

– Sim. A gente tem um colchão de ar em algum lugar no porão. Demora um pouco pra encher, mas eu vou buscar.

Já era tarde, e eu não queria fazer Sam sair mais do que já tinha feito, mas, quando sugeri que a gente dividisse a cama, ele gaguejou.

– Eu juro que não chuto enquanto estou dormindo – prometi. A mandíbula dele se contraiu e ele passou a mão no cabelo de novo.

– Tá, tudo bem – respondeu, nervoso. – Mas eu preciso tomar um banho. Estou fedendo a cebola e gordura de fritadeira.

* * *

Escovei os dentes no banheiro do térreo e vesti o short de algodão e a regata com que costumava dormir. Fiz uma trança grossa no cabelo e esperei Sam no quarto dele, que estava limpo e arrumado, mesmo que não tivesse planejado receber alguém. A nossa foto estava na mesa dele, e o *Operando* estava de pé no alto da estante ao lado de uma foto dele com o pai. Me ajoelhei para dar uma olhada melhor em seu conjunto de livros de Tolkien quando ele entrou, fechando a porta de leve.

– Nunca li – comentei, sem olhar para cima. Sam se agachou ao meu lado e pegou *O Hobbit*. Seu cabelo estava úmido e bem penteado, sem cair no rosto. Ele cheirava a sabonete.

– Tenho certeza de que você ia odiar, mas pode pegar emprestado. – Sam me entregou o livro. – Tem muitas canções.

– Hum... Vou tentar, obrigada. – A gente se levantou ao mesmo tempo, e Sam pairava sobre mim, de tão mais alto. Quando olhei, ele estava corando.

– É com essa camiseta que você dorme? – perguntou. Olhei para baixo, confusa. – É meio decotada daqui de cima – resmungou. A regata era branca de alcinhas finas e, pensando bem, mais para transparente. Um calor incontrolável subiu pelo meu peito e pescoço.

– Você poderia resolver esse problema não olhando para baixo – murmurei, embora uma parte de mim, uma parte grande e ávida, estivesse entusiasmada. Ele correu a mão no cabelo, bagunçando tudo.

– Sim, desculpa. Eles estavam só... bem aí.

Olhei para a calça e a camiseta aconchegantes. Parecia roupa demais para uma noite tão quente.

– É com isso que *você* dorme?

– Sim... no inverno é.

– Você sabe que a gente está bem no meio do verão, né?

Ele mexeu os pés. Então me dei conta de que Sam estava nervoso. Sam quase nunca ficava nervoso.

– Eu sei. Quando está quente, eu, hum – ele esfregou o pescoço –, eu durmo, sabe, de cueca.

– Ceeerto – murmurei. – Então hoje vai ser aquela suadeira.

Nós dois olhamos para a cama de solteiro.

– Não vai ser constrangedor, vai? – perguntei.

– Não – respondeu ele, sem confiança.

Sam virou o lençol azul-marinho e eu entrei. Eu não tinha certeza de qual era o protocolo ali. Eu devia ficar virada para a parede? Ou isso seria rude? Talvez eu devesse deitar de costas? Ainda não tinha me decidido quando Sam sentou ao meu lado, nossos corpos se encostando do ombro ao quadril. Dava para sentir o cheiro da sua pasta de dente de hortelã.

– Quer que eu deixe a luz acesa para você ler? – Ele olhou para o livro que eu continuava segurando.

– Estou bem cansada da natação hoje, pra dizer a verdade. – Entreguei o livro para Sam, e ele o colocou na mesa de cabeceira e desligou o abajur.

Decidi que deitar de costas era melhor, e subi um pouco o corpo para que minha cabeça ficasse no travesseiro. Sam fez o mesmo. Ficamos esmagados um junto do outro. Continuei deitada de olhos abertos por uns bons dez minutos, o coração acelerado e a pele crepitando em todos os lugares em que tocava na dele.

– Estou com calor demais – sussurrou Sam. Aparentemente nenhum dos dois estava dormindo.

– Então tira o moletom e a camiseta – sibilei. – Não tem problema. Eu já te vi de sunga. Não é muito diferente de uma boxer.

Ele hesitou alguns segundos, depois abaixou a calça e tirou a camiseta. Não dava para ter certeza, mas acho que ele dobrou tudo antes de colocar no chão. A gente ainda estava acordado quando Sam virou o rosto para mim, a respiração atingindo minha bochecha.

– Estou feliz que isso não seja constrangedor – comentou.

Desatei a rir. Ele tentou me abafar com a própria risada, mas isso só me fez rir ainda mais. Ele virou de lado, de frente para mim, colocando a mão na minha boca. Cada célula do meu corpo estacou.

– Você vai acordar a minha mãe e, pode acreditar, você não quer que isso aconteça – sussurrou ele. – Ela estava tão cansada que levou a taça de vinho para a cama com ela.

Sam tirou devagar a mão, e eu segurei a vontade de colocá-la de volta no meu rosto. Ficamos ali calados, ele virado para mim, até que falou.

147

– Percy? – perguntou, e eu virei de lado. Eu mal conseguia ver o contorno do corpo dele (as noites no norte tinham dado um novo significado à palavra *escuro*). – Lembra quando eu te falei sobre beijar a Maeve?

Meu coração apanhou um par de baquetas.

– Lembro – murmurei, sem saber se queria ouvir o que veio a seguir.

– Não significou nada. Quer dizer, eu não gosto dela desse jeito.

A pergunta saiu como um reflexo:

– Por que você beijou ela, então?

– A gente foi junto no baile de fim de ano e estava tocando a última música lenta da noite... e, não sei, parecia o movimento óbvio.

– Você convidou ela pro baile? – Ele me contara que tinha ido, mas não que tinha ido com alguém.

– Ela me convidou – esclareceu. – Eu sei que não te contei, mas achei que a gente não falava muito desse assunto. Eu não tinha certeza.

Processei isso por um segundo, então perguntei:

– E foi o seu primeiro beijo? – Sam estava quieto. – Não vai me contar? Você foi testemunha do meu.

– Não – ele respondeu.

– Não, não foi seu primeiro beijo, ou não, não vai me contar?

– Não foi meu primeiro beijo. Eu tenho dezesseis anos, Percy.

– Quando foi? – Minha voz estava rouca.

– Tem certeza de que quer saber? Porque você está meio estranha.

– Tenho – sibilei. Eu queria gritar. – Diz logo.

– Foi no ano passado... uma menina da escola. Ela me chamou para ir patinar, e me empurrou na área do pênalti e depois me beijou. Foi meio maluco.

– Parece meio psicopata.

– Sim, a gente não saiu mais. – Ele fez uma pausa. – Mas eu saí algumas vezes com a amiga da irmã do Jordie, Olivia. – *A irmã do Jordie é um ano mais velha que a gente*.

– E você beijou ela? – Minha voz saía apertada. Minha cabeça estava rodando. Três garotas. Sam tinha beijado três garotas. Sam tinha beijado uma garota do terceiro ano. Isso não devia ter me

148

surpreendido. Ele era gatinho, doce e inteligente, mas também era meu, meu, todo meu. A ideia de outra garota passando tempo com ele, principalmente beijando-o, me deixou enjoada.

– Hum, sim. A gente se beijou. – Sam hesitou. – E a gente deu uns amassos.

– Você deu *uns amassos* com uma menina do terceiro ano? – gritei.

– Sim, Percy. Não entendi a surpresa. – Ele parecia ofendido. – Você não dá uns amassos com o seu namorado?

Respirei fundo.

– Ele. Não. É. Meu. Namorado. – Eu estava gritando aos sussurros. Empurrei o ombro de Sam uma vez, depois de novo, e ele agarrou meu pulso, segurando-o junto de seu peito nu.

– E você não dá uns amassos com o seu não namorado?

– Eu preferia dar uns amassos com outra pessoa – soltei, imediatamente querendo absorver de volta as palavras para minha garganta.

– Quem? – perguntou Sam. Minha pele ficou tensa com a adrenalina, mas continuei de boca fechada. Ele apertou meu pulso de leve, e me perguntei se conseguia sentir a rapidez da minha pulsação. – Quem, Percy? – perguntou de novo. Eu gemi.

– Não me faça te falar – eu disse tão baixinho que não estava certa se tinha falado em voz alta, mas então senti seu hálito quente no meu rosto e seu nariz e sua testa encostados nos meus.

– Por favor, me diz – ele implorou suavemente. Sam estava me dominando, o cheiro de seu xampu, o cabelo úmido, o calor que vinha do seu corpo.

Engoli saliva, depois sussurrei:

– Acho que você sabe.

Sam ficou em silêncio, sua boca a centímetros da minha, mas seu polegar começou a se mover para cima e para baixo no meu pulso.

– Eu quero ter certeza – murmurou.

Fechei os olhos, respirei fundo e deixei as palavras saírem.

– Eu preferia beijar você.

Assim que a admissão saiu pela minha boca, os lábios de Sam estavam colados nos meus, pressionando com urgência. Era como pular de um penhasco e cair em mel morno. Com a mesma rapidez, ele se afastou e descansou a testa na minha, com a respiração rápida e curta.

– Assim? – sussurrou ele.

Balancei a cabeça.

– Mais.

Sam preencheu a distância entre nós, salpicando beijos nos meus lábios, doces e suaves, mas nem de longe o bastante, e, quando soltou meu pulso, coloquei a mão no seu cabelo, segurando-o mais para perto. Passei a língua em cima do vinco de seu lábio inferior, depois o sorvi na minha boca. Ele gemeu e de repente suas mãos estavam em todas as partes ao mesmo tempo, nas minhas costas, nos meus quadris, na minha barriga. E então sua língua encostou na minha, mentolada e provocante. Passei uma perna em torno da dele e arrastei nossos quadris, colando-os. Um som seco e desesperado vibrou do fundo da garganta de Sam, e ele agarrou a lateral do meu corpo, abrindo um pequeno espaço entre nós.

– Você está bem? – perguntei. Ele não respondeu. – Sam?

– Estou fazendo um sinal afirmativo com a cabeça – disse ele.

– Desculpa – sussurrei. – Eu me empolguei um pouco.

– Não se desculpe. Eu gostei. – Sam respirou fundo, então fez uma pausa antes de continuar: – Mas acho que é melhor a gente tentar dormir. Senão eu vou me deixar *levar*.

Sacudi a cabeça.

– Percy?

– Estou concordando com a cabeça.

E então ele me beijou de novo. A princípio lento, com a língua quente e a aspiração leve. Choraminguei, querendo mais, mais e mais, e desci as mãos pelas suas costas e no limite da sua cueca. Como resposta, ele agarrou minha bunda e me colou nele. Eu podia sentir sua excitação, e me pressionei contra ele. Sam prendeu a respiração e congelou.

– A gente precisa parar, Percy. – Antes que eu pudesse perguntar se tinha feito alguma coisa errada, ele disse, rouco: – Estou muito perto.

Exalei de alívio.

– Tá bom.

Ele acariciou meu rosto com a ponta dos dedos.

– Então... dormir?

– Ou alguma coisa assim. – Eu ri baixinho.

Por fim, me virei para a parede, com um sorriso no rosto. De alguma forma, caí no sono e, pouco antes de adormecer, ouvi Sam sussurrar:

– Também prefiro beijar você.

* * *

Alguma coisa me acordou de repente. Abri os olhos, sem ter certeza de onde estava, sentindo um peso sobre minha cintura. Pisquei para a parede algumas vezes antes de me lembrar.

Eu estava na cama do Sam.

Com o Sam.

Que tinha me beijado.

Que estava com o braço em volta de mim.

Duas batidas fortes na porta. Suspirei. A mão de Sam correu para cima da minha boca.

– Sam, são nove horas – chamou Sue. – Só queria ter certeza de que você não vai sair para dar uma corrida.

– Obrigado, mãe. Desço daqui a pouco – ele gritou de volta. Ficamos parados enquanto os passos dela se afastavam da porta, então Sam tirou a mão da minha boca, mantendo o braço solto em volta de mim. Voltei a me colar nele, e senti a ereção nas minhas costas.

– Desculpa – sussurrou ele. – Isso acontece quando eu acordo.

– Então eu não tenho nada a ver com isso? Isso pode ofender o meu ego.

– Desculpa.

– Para de pedir desculpa – sibilei.

– Certo, des... – Sam inclinou a cabeça em direção às minhas costas e balançou pra lá e pra cá. – Estou nervoso. – As palavras saíram abafadas na minha pele.

– Eu também – admiti. – Mas não ligo. É meio que legal.

– É?

– É. – Voltei a me colar nele.

Sam gemeu baixinho.

– Percy. – Ele afastou meu quadril dele. – A gente tem que tomar café com a minha mãe, e vou precisar de um minuto.

Sorri para mim mesma, depois me virei para olhá-lo. Seu cabelo estava mais bagunçado que o normal, e seus olhos azuis estavam caídos de sono. Ele estava fofo. Sam me examinava também, seus olhos se movendo para um lado e para o outro no meu rosto e rapidamente para minha regata.

– Bom dia – falei.

– Eu gosto dessa blusa. – Ele sorriu preguiçoso e passou o dedo pela alça.

– Tarado. – Eu ri, e Sam me beijou, forte, intenso e demorado, de modo que eu estava sem fôlego quando se afastou.

– A saideira – explicou ele, depois acrescentou: – Vou pegar um moletom para você. O Charlie não precisa curtir o seu pijama.

Desci atrás de Sam, usando um de seus moletons, que batia nas minhas coxas. Sue estava sentada em seu lugar à mesa da cozinha usando um robe floral, tomando café, o cabelo preso em um coque bagunçado no alto da cabeça, lendo um romance. Havia um leve sorriso em seus lábios. Que desapareceu assim que ela nos avistou parados na porta.

– A Percy dormiu aqui – explicou Sam. – Ela ligou depois que você foi dormir... Estava com medo depois de ter visto um filme de terror.

– Espero que não tenha problema, Sue. Eu não queria ficar sozinha.

Sue olhou de um para o outro.

– E onde foi que ela dormiu?

– Na minha cama – respondeu Sam. Eu teria mentido para meus pais e não admitido que um menino tinha dormido na minha cama. Mas Sam não era muito de mentir.

– Sam, faça duas tigelas de cereal – mandou Sue. Ele fez o que foi pedido, e me sentei diante dela, puxando uma conversa desconfortável sobre a viagem dos meus pais. Assim que Sam chegou à mesa, ela pigarreou.

– Percy, você sabe que sempre é bem-vinda aqui. E, Sam, você sabe que eu confio em você. Só que, considerando o tempo que vocês dois passam juntos, e agora que estão crescendo, acho que está na hora de a gente ter uma conversa séria.

Olhei para Sam; ele estava em choque. Eu torcia minha pulseira debaixo da mesa.

– Mãe, isso não é necessá... – Sue o interrompeu.

– Vocês são novos demais para isso – começou ela, olhando para nós dois. – Mas eu quero ter certeza de que, se alguma coisa acontecer com vocês dois... ou com qualquer outra pessoa – acrescentou, com a mão erguida, quando Sam tentou interromper –, vocês vão fazer com segurança e vão ser respeitosos um com o outro.

Olhei para meu cereal. Não havia nenhuma ressalva a ser feita.

– Percy, o Sam me disse que você está saindo com um garoto mais velho em Toronto.

Ergui os olhos para encarar os dela.

– Sim, meio que estou – murmurei.

Ela apertou os lábios, e a decepção bruxuleou nos seus olhos.

– Você gosta desse garoto?

– Mãe! – Sam estava vermelho de vergonha. Sue o colocou no lugar dele com um olhar, então se virou para mim. Dava para sentir os olhos de Sam em mim também.

– Ele é legal – lancei, mas Sue esperou por mais. – Tenho certeza de que ele gosta mais de mim do que eu dele.

Sue estendeu a mão e a pousou na minha, fixando os olhos em mim. Eu sabia de onde Sam tinha tirado isso.

– Não me surpreende. Você é uma menina gentil e inteligente. – Ela apertou minha mão, depois se inclinou para trás. Sue continuou, com a voz mais severa: – Não quero que você se sinta obrigada a fazer qualquer coisa que não deseje com qualquer garoto, não importa o quanto ele seja legal. Não tenha pressa. E, se alguém quiser apressar as coisas, quer dizer que não vale a pena se apressar por essa pessoa. Faz sentido?

Fiz que sim com a cabeça.

– Não escute merda de nenhum garoto. Nem dos meus filhos, está bem?

– Está bem – sussurrei.

– E você – prosseguiu ela, olhando para Sam. – Vale a pena esperar pelas melhores garotas. Confiança e amizade vêm primeiro, depois as outras coisas. Você só tem dezesseis, vai começar agora o décimo primeiro ano. E a vida, por sorte, é longa. – Sue sorriu triste. – Tá bom, chega de conversa de mãe. – Ela colocou as mãos em cima da mesa e a empurrou para se levantar.

– Ah! Mais uma coisa: se a Percy quiser dormir aqui de novo, você, meu filho querido, fica no sofá.

* * *

Meus pais voltaram assim como os dias quentes e secos, deixando o ar fino e empoeirado. Um pequeno incêndio na mata despontou no ponto rochoso do outro lado do chalé. Vimos fumaça subindo em vergalhões do matagal, e depois os velejadores pararem para ajudar a apagá-lo. Sam, Charlie e eu pegamos o Banana Boat e o ancoramos bem na margem. Fiquei esperando enquanto os meninos se juntavam à fila do balde de água. As chamas estavam só na altura do tornozelo, mas, quando Sam e Charlie voltaram para o barco depois que elas foram apagadas, os dois estavam tão cheios de si que dava para achar que tinham resgatado um neném de um prédio em chamas.

Sam e eu nadávamos, trabalhávamos e falávamos sobre praticamente tudo – sobre o fato de ele estar cansado da vida e do jeito de pensar de cidade pequena, sobre eu estar considerando tentar entrar na equipe de natação, as partes mais afiadas dos filmes *Jogos mortais* –, mas nunca conversamos sobre a noite em que nos beijamos. Eu não tinha certeza de como abordar o assunto. Estava esperando o momento perfeito.

Mason ligava para o telefone fixo do chalé de vez em quando, mas a gente só falava por alguns minutos até a conversa morrer. Depois de uma de nossas ligações, meu pai me olhou por cima dos óculos e disse:

– Toda vez que você fala com esse garoto, parece que está tentando ir ao banheiro depois de ter comido queijo demais. – *Nojento*.

Mas ele tinha razão. Eu só não queria terminar as coisas com Mason por telefone. Estava esperando até voltar para a cidade.

O tempo mudou na terceira semana de agosto. Uma camada de nuvens escuras e pesadas cobriu a província, suas barrigas estufadas encharcando tudo, desde Algonquin Park até Ottawa. As pessoas que passavam temporadas nos chalés fizeram as malas cedo e foram embora para a cidade. Uma névoa leve se instalou sobre o lago, fazendo tudo parecer preto e branco. Até as colinas verdes na margem oposta pareciam cinzentas, como se tivessem sido envoltas em gaze. Meu pai não era muito de fazer atividades ao ar livre e estava feliz com todo mundo lá dentro, mantendo o fogo aceso para prevenir a umidade. Minha mãe e eu nos aconchegamos no sofá. Eu trabalhava no meu conto enquanto ela lia meia dúzia de livros que estava pensando em adicionar ao currículo do curso de relações de gênero. Sam estava sentado à mesa trabalhando em um quebra-cabeça de mil peças de iscas de pesca com meu pai, que falava animado com ele sobre Hipócrates e a medicina grega antiga. Eu abstraía, mas Sam estava cativado. Assim como trabalhar no restaurante me dava um gostinho de liberdade em forma de salário, tive a sensação de que conversar com meu pai dava a Sam uma janela para um mundo maior de possibilidades. Acho que eu também dava isso a ele, de certa forma. Ele adorava quando eu falava sobre a cidade e os diferentes lugares que tinha visitado – os museus, os cinemas e as salas de concerto enormes.

Depois de seis dias de chuva forte, acordei com o sol brilhando através dos triângulos de vidro do meu quarto, os reflexos do lago sarapintando as paredes e o teto. Sam me levou para uma caminhada pelo mato, seguindo um leito de riacho que estivera seco durante toda a estação, mas agora borbulhava sobre as rochas e galhos em seu caminho. O tempo tinha esfriado depois da chuva, e eu estava de jeans e com meu velho moletom da Universidade de Toronto; Sam tinha colocado uma camisa xadrez de flanela, as mangas enroladas até os antebraços. O chão estava úmido ao pisar e cogumelos tinham brotado por toda a floresta, alguns com chapéus alegres amarelos e brancos e outros com topos achatados como panqueca.

– Aqui estamos nós – anunciou Sam depois de andarmos por uma mata fechada por cerca de quinze minutos. Olhei por sobre o ombro dele e vi que o declive suave que vínhamos subindo tinha se achatado, formando uma piscina. Uma árvore caída, coberta de musgo verde-esmeralda e líquen pálido, jazia no meio.

– Gosto de vir aqui na primavera, quando a neve acabou de derreter – disse ele. – Você não acreditaria como é alto o barulho de água correndo nesse riacho. – Sam subiu na árvore e chegou para o lado, dando um tapinha no espaço junto dele. Ginguei até que nós dois estávamos sentados com as pernas balançando sobre a lagoa.

– É lindo – falei. – Estou meio que esperando um gnomo ou uma fada aparecer ali. – Apontei para um toco de árvore grosso e apodrecido, com cogumelos marrons crescendo na base. Sam riu.

– Não acredito que vamos voltar para a cidade no fim de semana que vem – murmurei. – Não quero ir embora.

– Também não quero que você vá. – Ouvimos o murmúrio do riacho, espantando os mosquitos, até que Sam voltou a falar.

– Estive pensando – ele começou, a voz calma e vacilante, mas os olhos diretos.

Eu sabia o que estava por vir. Talvez estivesse esperando por isso. Baixei um pouco a cabeça para que meu cabelo escuro caísse nas laterais do rosto e examinei nossos pés.

– Sobre a gente. Eu estive pensando na gente – Sam continuou, então cutucou meu pé com o dele. Olhei para Sam. A umidade tinha feito seu cabelo encaracolar nas pontas. Dei um sorriso fraco.

– Não dá pra te dizer quantas vezes eu pensei em te beijar como naquela noite no meu quarto. – Ele abriu um sorriso tímido, e olhei para baixo de novo.

– Você acha que foi um erro, né?

– Não! Não é isso mesmo – Sam afirmou de pronto e colocou a mão em cima da minha, entrelaçando nossos dedos. – Foi incrível. Eu sei que vou falar uma coisa brega, mas foi a melhor noite da minha vida. Eu lembro dela o tempo todo.

– Eu também – sussurrei, olhando para os reflexos na água abaixo de nós.

– Você e eu temos uma coisa especial – ele começou. – Não tem mais ninguém com quem eu prefira passar o tempo do que com você. Não tem mais ninguém com quem eu prefira conversar do que com você. E não tem mais ninguém que eu prefira beijar do que você. – Sam parou por um instante, e meu estômago embrulhou. – Mas você é mais importante pra mim do que beijar. E eu fico com medo de que, se a gente apressar esse lado das coisas, vai estragar o resto.

– Então o que você está dizendo? – perguntei, olhando para ele. – Você quer que a gente seja só amigo?

Sam respirou fundo.

– Acho que não estou dizendo isso do jeito certo. – Ele parecia irritado consigo mesmo. – O que eu quero dizer é que você não é uma amiga qualquer para mim... você é minha melhor amiga. Mas a gente passa meses sem se ver, somos muito novos e eu nunca tive nenhum relacionamento antes. Não sei como é ter um relacionamento, e eu não quero estragar tudo entre nós. Eu quero ser tudo, Percy. Quando a gente estiver pronto.

Resisti aos meus olhos ardendo. Eu estava pronta. Eu queria tudo agora. Aos dezesseis anos, era isso que Sam significava para mim. Sabia disso na época, e acho que sabia desde aquela noite, três anos antes, quando Sam e eu sentamos no chão do meu quarto comendo Oreos e ele me pediu para fazer uma pulseira. Voltei os olhos para seu pulso.

Sam tirou meu cabelo do rosto, e eu fechei os olhos bem apertado.

– Pode olhar para mim, por favor?

Balancei a cabeça.

– Percy – implorou ele enquanto eu enxugava uma lágrima com a manga. – Não quero colocar uma pressão sobre nós dois com a qual a gente não possa lidar. Nós dois temos grandes planos... O segundo e o terceiro ano vão decidir em que faculdade a gente vai poder entrar e se eu vou conseguir uma bolsa. – Eu sabia o quanto as notas eram importantes para Sam, como a formação dele seria cara e como ele estava contando com um prêmio acadêmico para ajudar nas mensalidades.

– Então a gente simplesmente volta a ser amigo como se nada tivesse acontecido... mas e depois? A gente arranja outros namorados e namoradas? – Olhei para ele. Dava para ver a agonia e a preocupação no seu rosto, mas eu estava com raiva e vergonha, mesmo sabendo bem lá no fundo que o que Sam estava dizendo fazia sentido. Eu também não queria estragar as coisas. Só achava que a gente podia lidar com nós dois. Sam era o garoto mais maduro que eu conhecia. Ele era perfeito.

– Não vou atrás de outra namorada – continuou ele, o que me fez sentir um tiquinho melhor. – Mas percebi que seria um grande idiota se dissesse que acho que a gente não deveria ficar junto agora e depois eu pedisse para você não sair com ninguém.

– Você é um grande idiota de um jeito ou de outro. – Quis dizer isso de brincadeira, mas minha língua estava amarga.

– Você acha mesmo isso?

Balancei a cabeça negando, tentando sorrir.

– Acho que você é bem legal. – Minha voz saiu falhada.

O braço de Sam envolveu meus ombros, e ele apertou com força. Ele cheirava a amaciante de roupas e solo úmido e chuva.

– Jura por isso aqui? – perguntou Sam, as palavras abafadas pelo cabelo. Tateei sua pulseira às cegas e dei um puxão.

– Também acho que você é bem legal – ele sussurrou. – Você não faz ideia de quanto.

11

AGORA

Sam e eu estamos deitados na canoa, de olhos fechados para o sol. Estou flutuando em uma névoa – a das mãos dele nos meus quadris e dos dedos dele na minha panturrilha e a de *Você ainda é a mulher mais bonita que eu conheço* – quando um grito vem da margem.

– Mas que bela visão. – Eu me sento, protegendo o rosto. Charlie está parado de pé na colina. Da água dá para ver suas covinhas, e não posso deixar de sorrir de volta. Eu aceno. – Estão com fome, jovens? – ele pergunta. – Estava pensando em acender a churrasqueira.

Olho para Sam, que agora está sentado ao meu lado.

– Não preciso ficar para o churrasco – rebato. Sam passa os olhos pelo meu rosto.

– Não seja boba – diz ele. – Comer alguma coisa seria ótimo – ele grita de volta para Charlie. – A gente sobe em um segundo.

Charlie está no deque da frente cuidando da churrasqueira quando nos juntamos a ele. Estou com uma toalha nos ombros e Sam está esfregando outra no cabelo. Dou uma espiada nos músculos que sobem nas laterais do tronco de Charlie antes de ele se virar para nós. Quando o faz, seus olhos se iluminam como vaga-lumes. O cabelo dele é tão rente que é só um pouco mais comprido do que se tivesse passado máquina. Sua mandíbula quadrada parece feita de aço. É um contraste direto com a meiguice de suas covinhas e seus lindos lábios aveludados. Ele está descalço, de short verde-oliva e com uma camisa de linho branca, as mangas arregaçadas e os três botões abaixo da gola abertos. Ele não é tão alto quanto Sam e tem o porte de um bombeiro, não de um banqueiro. Ainda é bonito como um artista de cinema.

Aqueles meninos do verão cresceram excepcionalmente bem. O guincho de Delilah Mason soa nos meus ouvidos, e sua ausência me corrói.

Charlie olha para Sam antes de me abraçar forte, aparentemente sem se preocupar com meu biquíni molhado.

– Persephone Fraser – ele diz quando se afasta, balançando a cabeça. – Já estava na hora, porra.

Charlie prepara salsichas que trouxe do Tavern com pimentões grelhados, chucrute e mostarda, e uma salada grega que parece uma fotografia para uma revista de culinária. Tem alguma coisa diferente em Charlie. Ele está prestando mais atenção em Sam do que quando éramos novos. De vez em quando dá uma boa olhada no irmão como se estivesse verificando como ele está, e intercala o olhar entre nós dois como se fôssemos algum tipo de enigma que está tentando desvendar. Seus olhos ainda dançam como folhas primaveris à luz do sol, e ele sorri com facilidade, mas perdeu a leveza que tinha quando éramos mais jovens. Ele parece triste e talvez um pouco apreensivo, o que acho que faz sentido dadas as circunstâncias.

– Então, Charlie – digo com um sorriso enquanto comemos –, já conheci a Taylor. Me conte sobre a mulher com quem você está saindo este mês. – Parecia engraçado o suficiente na minha cabeça, mas Charlie está lançando um olhar tenso para Sam. Vejo Sam balançar a cabeça de leve, e a mandíbula de Charlie se flexiona.

– Você só pode estar de brincadeira – Charlie murmura.

Eles se olham em silêncio, então Charlie se vira para mim.

– Nada de namorada agora, Pers. Interessada? – Ele pisca, mas sua voz não tem emoção.

Meu rosto fica vermelho.

– Claro. Só me deixe tomar mais umas cinquenta dessas – respondo, pegando minha garrafa de cerveja vazia.

O rosto de Charlie se abre em um sorriso, um sorriso real.

– Você não mudou nem um pouquinho, sabia? É meio que assustador.

– Vou tomar isso como um elogio. – Ergo minha cerveja. – Alguém quer outra?

– Claro – responde Sam, mas ele ainda está lançando um olhar ferino para Charlie.

Recolho os pratos sujos, passo uma água e coloco no lava-louças. A casa é praticamente a mesma de quando eu era adolescente – as paredes foram pintadas e tem alguns móveis novos, mas é só isso. Ainda tem a cara da Sue. Ainda tem o *cheiro* da Sue. Pego mais três cervejas e, quando estou prestes a sair, ouço a voz alta de Charlie.

– Você não aprende, Sam! É a mesma merda de novo.

Sam murmura algo em tom severo e, quando Charlie volta a falar, está mais calmo. Não consigo entender o que ele diz, mas é óbvio que está chateado. Deixo as cervejas no balcão e vou para o banheiro. O que quer que esteja acontecendo, eu sei que não deveria ouvir. Jogo água no rosto, conto até trinta e volto para a cozinha. Charlie está pegando sua carteira em cima da geladeira.

– Já vai embora? – pergunto. – Eu disse alguma coisa errada?

Charlie dá a volta no balcão até onde estou.

– Não, você é perfeita, Pers. – Seus olhos verdes-claros correm pelo meu rosto, e me sinto um pouco alta. Ele coloca uma mecha de cabelo atrás da minha orelha. – Combinei de colocar a conversa em dia com uns velhos amigos. Não venho para cá tanto quanto gostaria.

– O Sam disse que você mora em Toronto. Você nunca me procurou.

Ele balança a cabeça.

– Achei que não seria uma boa ideia. – Ele olha por sobre o ombro para a porta de correr que leva ao deque. – Eu sei que parece que Sam está com tudo sob controle, mas não deixe aquele cabeção te enganar... ele é um idiota na maior parte do tempo.

– Isso que é irmão – respondo, sem ter certeza do que ele quer dizer. – Olha só, antes de você ir, eu queria agradecer por ter me ligado.

– Como eu disse, achei que você devia estar aqui. Parece certo. – Ele dá um passo em direção à porta, então se vira. – Te vejo amanhã, tá? Guardo um lugar para você.

– Ah – respondo, surpresa. – Não precisa. – Eu não devia sentar com a família Florek. Eu não sou da família. Talvez eu já tenha sido, só que não mais.

– Não seja boba. Além disso, seria bom estar com uma amiga. Sam vai ter a Taylor.

Pisco, abatida com a força com que essa frase me atinge, então aceno.

– Tá. É claro.

Charlie fecha a porta da frente atrás dele, e eu sigo para o deque com duas cervejas. É o início da noite agora, e o sol está

161

começando sua lenta descida no céu do oeste. Sam está de pé, com os antebraços no parapeito, olhando para a água.

– Você está bem? – pergunto, seguindo para junto dele e lhe entregando uma garrafa.

– Sim. Acredite ou não – diz Sam, olhando para mim de canto de olho –, Charlie e eu nos damos muito melhor do que antigamente. Mas ele ainda sabe me tirar do sério.

Terminamos nossas cervejas em silêncio. O sol está batendo nas colinas do outro lado do lago com uma luz dourada mágica. Solto um suspiro – essa sempre foi minha hora favorita do dia no chalé. Um barco cheio de adolescentes alegres passa zunindo, puxando um garoto em cima de esquis aquáticos. Alguns segundos depois, as ondas do lago batem na costa.

– Não tenho conseguido dormir – revela Sam, ainda olhando para a frente.

– Você comentou – respondo. – Faz sentido... você está passando por muita coisa agora.

– Estou acostumado a funcionar com muito pouco sono por causa do trabalho, mas sempre podia dar uma cochilada quando tinha chance. Agora fico ali esticado, completamente acordado, mesmo estando exausto. Você já ficou assim?

Eu me lembro de todas as noites em que ficava deitada na cama, pensando em Sam por horas a fio. Querendo saber onde ele estava. Imaginando com quem estava. Contando os anos e os dias desde a última vez que o tinha visto.

– Sim, já fiquei assim. – Olho para ele. O sol poente está beijando os pontos proeminentes das maçãs do seu rosto e a ponta de seus cílios.

– Eu culparia minha antiga cama, mas já faz um ano que estou dormindo nela.

– Espere um segundo. Ainda é a mesma cama? Deve ter metade do seu tamanho!

Sam ri de leve.

– Não é tão ruim. Pensei em mudar para o quarto da minha mãe uns meses atrás, quando ficou claro que ela não voltaria do hospital, mas a ideia só me deixou deprimido.

– E o quarto do Charlie? – Ele tinha uma cama de casal quando era adolescente.

– Está de brincadeira? Tenho plena consciência de quantas garotas ele levou para aquele quarto. Eu *com certeza* não ia conseguir dormir lá.

– Bem, eu imagino que os lençóis tenham sido lavados pelo menos uma vez na última década – digo, rindo e observando o rapaz no esqui aquático dar mais uma volta no lago. Dá para sentir Sam olhando para mim.

– No que você está pensando? – pergunto, sem tirar os olhos da água.

– Tenho uma ideia – diz Sam. – Vem comigo. – A voz dele é suave, um tom baixo.

Eu o sigo pela porta de correr, até a cozinha, e então ele abre a porta do porão, acendendo a luz da escadaria. Fica com o braço estendido para que eu desça primeiro. Sigo pela escada rangente e paro de repente quando chego ao patamar inferior.

Com exceção da TV de tela plana, o lugar é exatamente o mesmo. O mesmo sofá xadrez vermelho, a mesma poltrona de couro marrom, a mesma mesinha de centro, tudo exatamente no mesmo lugar. A colcha de retalhos está estendida no encosto do sofá, e o chão ainda é revestido com o carpete de sisal áspero. As mesmas fotos de família estão penduradas na parede. Sue e Chris no dia do casamento deles. Charlie neném. Sam neném com Charlie criança. Os meninos sentados em um banco de neve gigantesco, suas bochechas e narizes vermelhos de frio. Fotos constrangedoras da escola.

Sam está atrás de mim no patamar, e a proximidade dele faz a parte de trás do meu pescoço formigar.

– Estou numa máquina do tempo?

– Algo do tipo. – Ele me contorna e se agacha ao lado de uma grande caixa de papelão no canto da sala. – Não tenho certeza se você vai achar isso incrível ou se vai pensar que sou maluco.

– Pode ser os dois? – pergunto e me ajoelho ao lado dele.

– Sem dúvida os dois – concorda. Sam ergue o canto da tampa e faz uma pausa, seus olhos encontrando os meus. – Acho que comprei isso tudo pra você.

Ele destrava as quatro abas da tampa da caixa e a abre para que eu possa ver o interior. Olho de volta para Sam.

– São...

– Isso – ele diz antes de eu terminar minha pergunta.

– Deve ter dezenas.

– Noventa e três, para ser mais exato.

Começo a tirar os DVDs. Tem *Carrie, a estranha, O iluminado, Aliens: o resgate*. As versões japonesa e americana de *O chamado. Uma noite alucinante. Louca obsessão. Poltergeist. Pânico. O monstro da lagoa negra. O silêncio dos inocentes. A hora do pesadelo. O duende. Alien: o oitavo passageiro. Terra dos mortos. It: a coisa. A troca.*

– E você nunca assistiu?

– Eu disse que você ia me achar maluco.

Não é o que estou achando. Estou achando que talvez Sam tenha sentido minha falta tanto quanto eu senti a dele.

– Acho que passei um pouco de mim para você, Sam Florek.

– Você não tem ideia.

– Acho que tenho. – Seguro o primeiro e o segundo filmes da série *Halloween* e sorrio.

Ele ri e esfrega a testa.

– Sua vez de escolher – anuncia.

– Quer assistir um? – De alguma forma eu não tinha previsto isso.

– Sim, eu achei que a gente poderia. – Sam estreita os olhos.

– Tipo, agora mesmo? – Isso quase chega a parecer mais íntimo que o que aconteceu no barco mais cedo.

– Essa é a ideia. – Depois ele acrescenta: – Uma distração cairia bem.

– E você por acaso ainda tem algum aparelho onde a gente possa assistir essas coisas?

Sam aponta para o PlayStation. Faço um muxoxo. Parece que vamos mesmo assistir a um filme.

– Tem pipoca?

Ele sorri.

– É claro.

– Tá bom. Você vai fazer a pipoca e eu escolho um filme. – Dou a ordem com confiança, mas na verdade só preciso de um minuto sozinha, longe de Sam. Porque sinto que fui esfregada em um ralador de queijo.

Assim que ele sobe a escada, tiro meu celular do bolso de trás. Tem uma ligação perdida de Chantal e várias mensagens querendo saber como foi dar de cara com Sam. Eu me contraio, enfio o telefone de volta no bolso e então vasculho a caixa de DVDs.

Eu consigo, penso. Consigo ser amiga do Sam. Já não sei como fazer isso, mas estou determinada a não ir embora daqui na segunda-feira e nunca mais vê-lo. Mesmo que isso signifique lidar com o fato de ele estar em um relacionamento com outra pessoa. Mesmo que isso signifique ajudar a planejar a porra do casamento dele.

Estou na frente da TV segurando o filme atrás das costas quando Sam volta para o porão, com uma tigela grande de pipoca numa mão e mais duas cervejas na outra.

– Quer tentar adivinhar qual eu escolhi?

Sam coloca a tigela e as bebidas na mesinha de centro e me encara com as mãos na cintura. Seus olhos examinam meu rosto e depois ele dá um sorriso.

– Hein? – digo antes que ele fale.

– *Uma noite alucinante.*

– Não brinca. – Balanço o DVD. – Como assim você acertou?

Sam contorna a mesinha de centro até mim, e eu seguro o filme no alto da cabeça, como se estivesse brincando de fazer ele não conseguir pegar. Ele estica o braço oposto para pegar o filme da minha mão, roçando seu peito contra o meu ao fazer isso. Sam puxa o DVD, e meu braço vai junto, assim como a lateral do meu corpo, os dedos dele se sobrepondo aos meus. Estamos a poucos centímetros um do outro. Tudo fica desfocado, a não ser os detalhes do rosto dele. Dá para ver as manchas de azul mais escuro que circundam suas íris e sua olheira arroxeada. Olho para sua boca e me detenho no vinco que separa seu lábio inferior. *Amigos. Amigos. Amigos.*

– Hábitos antigos, né? – pergunta Sam, e soa como veludo.

– Ahn? – Pisco para ele.

– O filme. Você quer assistir por causa dos velhos tempos.

– Ah, sim – digo e solto o DVD.

– Você quis dizer mesmo aquilo que falou mais cedo? – pergunta Sam. – Que não quer saber sobre a Taylor e eu? Eu posso respeitar,

165

se não for algo sobre o que você queira conversar. Charlie tem outra opinião, mas... – Ele se afasta. – Percy?

Estou de olhos fechados, me preparando para o tranco. Já posso ouvir muito claro em minha mente ele contar que vão ficar noivos. Parece uma antecipação.

– Pode me contar – digo, olhando para Sam. – A gente pode conversar sobre isso... sobre ela.

Os ombros dele parecem relaxar um pouco, e ele faz um gesto para que eu me sente no sofá. Ele abre o DVD, baixa a luz e se senta também, colocando a pipoca entre nós. Estamos em nossos antigos lugares, encolhidos nas duas extremidade do sofá.

– Então, a gente está saindo há pouco mais de dois anos – Sam conta.

– Dois anos e meio – corrijo por alguma maldita razão desconhecida, e até na luz baixa posso ver o canto da boca dele subir um pouco.

– Certo. Mas o que acontece é que a gente não esteve junto esse tempo todo. Na verdade, a gente está separado tem, tipo, seis meses. E eu senti que era isso. Eu sabia que era isso, mas a Taylor tem esse jeito de convencer a gente a fazer alguma coisa. É provavelmente por isso que ela é uma ótima advogada. De qualquer forma, a gente voltou tem mais ou menos um mês, mas não estava dando certo. Não tem dado certo. – Ele faz uma pausa, passando a mão no cabelo. – Não quero que você ache que o que aconteceu mais cedo no barco... – Sam para e começa de novo. – O que estou tentando dizer é que a gente não está junto.

– E ela sabe disso? – pergunto. – Ontem à noite ela se apresentou como sua namorada – eu o lembro.

– Sim, e ela era – continua ele. – Mas agora ela não é. A gente terminou. Eu terminei com ela. Depois que nós deixamos você ontem.

– Ah. – É tudo o que consigo extrair do barulho que está girando em turbilhão na minha cabeça.

Foi por minha causa? Não pode ter sido por minha causa.

Por mais que eu queira me enfiar na vida de Sam como se os últimos doze anos não tivessem acontecido, como se eu não o tivesse traído completamente, eu sei que não mereço isso. Olho para a tigela de pipoca. Ele está esperando que eu diga mais alguma coisa, só que não consigo entender nenhuma das palavras que rodam na minha cabeça e transformá-las em uma frase.

– Ela vai estar lá amanhã – lembra Sam. No funeral, ele quer dizer. – Eu não queria que você ficasse com uma ideia errada. Só queria ser honesto. – Continuo com o rosto impassível para que ele não saiba que deu um golpe certeiro, atingindo em cheio meu ponto mais fraco. Ele continua falando. – Eu também queria garantir que você soubesse que eu não estava agindo de modo totalmente inapropriado antes. – Arrisco dar uma espiada nele. – Talvez um pouquinho fora da linha.

A boca dele se move, num sorriso unilateral, mas os olhos estão arregalados, esperando ser reconfortado. E é o mínimo que eu devo a Sam, então solto uma piada.

– Entendi. Você está obcecado por mim. – Só que que não soa engraçado quando sai da minha boca, não tem o sarcasmo que eu pretendia.

Ele pisca para mim. Se a TV não estivesse lançando uma luz azul no seu rosto, tenho certeza de que o veria enrubescer.

Abro a boca para me desculpar, mas ele pega o controle remoto.

– Vamos lá?

Durante o filme, continuo dando olhadas furtivas para Sam em vez de assistir. Cerca de uma hora depois, ele começa a bocejar. Muito. Passo a tigela de pipoca para a mesa de centro e puxo a almofada de trás de mim.

– Ei. – Cutuco o pé de Sam com o meu. – Por que você não dá uma esticada e fecha os olhos um pouco? – Ele me olha com as pálpebras pesadas. – Usa isso. – Passo a almofada para ele.

– Tá bom – concorda Sam. – Só um pouquinho. – Ele enfia o braço debaixo da almofada e deita de lado, suas pernas invadindo bastante o meu lado do sofá e seus pés esbarrando nos meus.

– Tudo bem se eu fizer isso? – sussurra.

– Claro – respondo, e puxo a manta sobre nossas pernas até a cintura. Me aconchego no sofá.

– Boa noite, Sam – sussurro.

– Só uns minutos – murmura ele.

E então cai no sono.

* * *

Sam e eu somos um emaranhado de membros quando acordo. Ainda estamos cada um em uma extremidade do sofá, mas minha perna está em cima da perna dele, e a mão dele segura um dos meus tornozelos. Meu pescoço está doendo, mas não quero me mexer. Quero ficar aqui o dia todo, com Sam dormindo profundamente, com um leve sorriso na boca. Mas o funeral começa às onze, e tem luz entrando pelas janelinhas do porão. É hora de acordar.

Eu me desenrosco de Sam e balanço seu ombro de leve. Ele geme com a perturbação, e eu sussurro seu nome. Ele pisca para mim, confuso, e em seguida um sorriso torto vai se abrindo devagar em sua boca.

– Ei – resmunga Sam.

– Ei. – Sorrio de volta. – Você dormiu.

– Eu dormi. – Ele esfrega o rosto.

– Não queria te acordar, mas achei que deveria, para você não precisar correr antes do funeral.

O sorriso de Sam desaparece, ele se senta e se inclina para a frente, os cotovelos nos joelhos e a cabeça apoiada nas mãos.

– Tem alguma coisa que eu possa fazer para ajudar? Eu posso ir para o Tavern arrumar as coisas ou... Não sei...

Sam se endireita e depois apoia a cabeça no encosto do sofá. Eu me sento de frente para ele, sobre minhas pernas cruzadas.

– Está tudo encaminhado. Julien vai estar no Tavern hoje de manhã para finalizar. Ele pediu para deixarmos ele sozinho até depois da cerimônia. – Sam aperta a ponta do nariz. – Mas obrigado. Talvez seja melhor eu te levar de volta ao hotel.

Sam faz um bule de café e serve para cada um de nós um copo para viagem. Tento puxar papo, mas ele dá respostas monossilábicas, então, depois que entramos na caminhonete, decido que é melhor ficar de boca calada. Não falamos durante o curto trajeto até o hotel, mas dá para ver a tensão na mandíbula de Sam. São quase oito horas quando paramos no estacionamento, que, exceto por alguns carros, está deserto. Destravo o cinto de segurança, mas não me mexo. Sei que alguma coisa está errada.

– Você está bem? – pergunto.

– Acredite ou não – ele diz, olhando pela janela da frente –, eu meio que esperava que o dia de hoje de algum modo não chegasse nunca.

Coloco a mão sobre a dele, esfregando o polegar para lá e para cá. Devagar, Sam vira a mão, e eu o observo entrelaçando seus dedos nos meus.

Ficamos ali sentados, sem dizer nada, e ergo os olhos para ele. Sam está com o olhar fixo no para-brisa, com lágrimas escorrendo pelo rosto. Eu me desloco no banco e me inclino junto dele, colocando nossas mãos entrelaçadas no meu colo e fechando a mão livre em torno das duas. O corpo dele balança com soluços silenciosos. Dou um beijo no seu ombro e aperto sua mão com mais força.

Meu instinto é dizer que vai ficar tudo bem, para acalmá-lo, mas deixo o pesar tomar conta de Sam. Espero junto com ele. Quando seu corpo está imóvel e sua respiração estável, recuo a cabeça e enxugo algumas de suas lágrimas restantes.

– Desculpa. – Ele murmura a palavra, quase um sussurro. Fixo meus olhos nos dele.

– Você não tem nada do que se desculpar.

– Fico pensando que tenho quase a mesma idade do meu pai quando ele morreu. Sempre esperei ter puxado os genes da minha mãe, que não fosse amaldiçoado com o coração fraco e a vida curta dele. Mas a minha mãe não tinha nem cinquenta anos quando ficou doente. – A voz dele falha e ele engole. – Não consigo acreditar em como sou egoísta por estar pensando nisso bem no dia do funeral dela. Mas eu não quero isso. É como se eu ainda nem tivesse começado a viver. Eu não quero morrer jovem.

– Você não vai. – Eu o interrompo, mas Sam continua.

– É provável que eu vá. Você nã...

Coloco a mão sobre a boca dele.

– Você não vai. – Digo de novo, firme. – Não permito. – Balanço a cabeça, sentindo meus olhos lacrimejarem.

Ele pisca uma vez, olha para minha mão tapando sua boca e depois volta para os meus olhos. Sam me encara por alguns bons segundos, e então seus olhos ficam sombrios, as pupilas pretas engolindo o azul. Não consigo me mexer. Ou não quero me mexer. Não tenho certeza do que acontece. Minhas duas mãos, uma segurando a de Sam e a outra sobre sua boca, parecem ter sido mergulhadas em gasolina e incendiadas. O peito dele sobe e desce em respirações rápidas. Não tenho certeza se sequer estou respirando.

Sam segura meu pulso, e acho que vai tirar minha mão da boca dele, mas não é isso que ele faz. Ele fecha os olhos. E então dá um beijo bem no meio da minha palma. Uma vez. E depois de novo.

Ele abre os olhos e os mantém nos meus enquanto beija a palma da minha mão mais uma vez e passa devagar a ponta da língua no meio da minha mão, de baixo para cima, fazendo uma onda derretida percorrer meu corpo e o meio das minhas pernas. O som do meu arquejo preenche o silêncio da caminhonete, e de repente Sam está me levantando e me colocando no colo, de modo que minhas coxas se encaixem nas dele, e eu agarro seus ombros para me equilibrar. As mãos dele correm para cima e para baixo na parte de trás das minhas pernas, seus dedos roçando a barra do meu short. Ele está olhando para mim com uma espécie de estarrecimento.

Não me dou conta de que estou mordendo o lábio até ele o soltar com o polegar. Sam coloca a mão na minha bochecha e eu me viro para ela, beijando sua palma. A outra mão sobe mais na parte de trás do meu short, deslizando por baixo do elástico da minha calcinha. Eu gemo na sua mão.

– Senti sua falta – ele esganiça. Um tipo de soluço dolorido sai de mim, e então a boca dele está na minha, levando o som para dentro dele, girando sua língua na minha. O gosto de Sam é de café e conforto e xarope de bordo quente. Ele desce para meu pescoço, deixando um rastro de beijos quentes até a mandíbula. Tombo a cabeça para trás para deixá-lo livre, arqueando em direção a Sam, mas o beijo para. E a boca dele está no meu mamilo, sorvendo a carne proeminente por cima da minha regata, mordendo de leve antes de chupar de novo. O barulho que deixo escapar é diferente de qualquer outro que já me ouvi fazer antes, e ele olha para mim com um meio sorriso arrogante no rosto.

Algo em mim estala, e subo a camiseta dele, traçando as mãos sobre as curvas firmes de sua barriga e de seu peito. Ele chega para o meio do assento e depois abre mais meus joelhos para que eu me sente colada. Esfrego os quadris na ereção debaixo de mim, ele sibila e agarra as laterais do meu corpo, me segurando. Meus olhos se voltam correndo para os dele.

– Não vou aguentar muito – Sam sussurra.

– Eu não quero que você aguente – digo de volta. Ele está com a respiração pesada. As bochechas estão úmidas de lágrimas, e eu beijo cada uma delas. As mãos dele vêm para os dois lados do meu rosto e ele puxa minha testa para encostar na dele, seu nariz se movendo junto do meu. Consigo sentir cada uma de suas exalações na minha boca. Sam passa o polegar no meu lábio de novo e então pressiona sua boca de leve na minha. Desço com as mãos por baixo de sua camiseta e subo pelas costas, tentando puxá-lo para mais perto, mas ele segura minha cabeça e dá beijos suaves na minha boca, observando como reajo a cada um. Um zumbido frustrado soa no fundo da minha garganta, porque não é nem de longe o suficiente. Ele ri de uma maneira suave, me fazendo sentir calafrios pelos braços. Tento ficar meio ajoelhada para que possa ter mais controle do beijo, mas as mãos de Sam voltam para meus quadris e me mantêm pressionada contra ele. As mãos dele estão debaixo da parte de trás do meu short, seus dedos investindo na minha bunda, e então Sam se impulsiona contra mim, e eu gemo. Um *ah, meu Deus* me escapa, e minhas coxas tremem quando ele roça os lábios no meu ouvido e sussurra:

– Talvez eu também não queira que você aguente.

A boca dele cobre a minha, seus dentes puxam meu lábio inferior e depois ele lambe o mesmo lugar. Quando sua língua se move dentro da minha boca, sinto a vibração de seu gemido e rebolo em cima de Sam de novo. Uma de suas mãos sai da minha bunda e segura meu peito em concha, depois desce a blusa, enganchando-o por baixo. Ele belisca meu mamilo, e eu o sinto duro entre as pernas.

– Porra, Percy – suspira Sam. – Você é tão gostosa. Você não faz ideia de quantas vezes eu pensei nisso. – As palavras envolvem meu coração, fazendo meu corpo derreter como manteiga quente.

– Eu faço sim – sussurro.

A boca segue para o meu pescoço e ele passa a língua de leve pela minha clavícula até a orelha, e eu me esfrego contra ele, tentando chegar ao auge do prazer.

– Eu faço sim – digo de novo. – Eu também penso em você.

A confissão escapa da minha boca, e Sam rosna e me esfrega nele, uma mão dentro do meu short, tirando meu peito do sutiã com a outra. Quando ele leva meu mamilo avidamente para a boca e olha nos meus olhos, o orgasmo começa a chegar rapidamente. Estou murmurando incoerente, uma mistura inarticulada de *Sam* e *continua* e *quase*. Ele me move mais rápido e mais forte sobre si mesmo e me chupa ainda mais no calor úmido de sua boca, e, quando seus dentes pressionam minha carne, como se um zíper subisse pela minha espinha, eu estremeço violentamente. A boca de Sam está de volta a minha, engolindo meus gemidos, sua língua se movendo ansiosa, até que meu corpo fica mole, e eu me inclino contra ele, pequenos tremores ainda marolando por mim.

– Eu quero você. Eu sempre te quis – murmura Sam enquanto ofego. Eu me inclino para trás, meu peito nu frio pela umidade da sua boca.

– Você é linda pra cacete.

Subo a mão pelas suas coxas, sobre o tecido fino de sua calça de moletom, até encontrar o volume duro de sua ereção. Beijo o vinco em seu lábio inferior, então o cubro com minha boca, chupando e mordendo enquanto movo a mão sob sua cintura e ao redor de seu comprimento quente. Movo a mão para a frente e para trás. Quando passo a língua pelo pescoço de Sam até a orelha, puxando o lóbulo com os dentes, sussurro *Você é o homem mais bonito que eu conheço*. Ele pega minha mão e a tira da sua calça, depois aperta meus quadris e me pressiona para baixo em cima dele, e sua pelve empina debaixo de mim. Um grito alto e estrangulado sai de sua boca. Seu orgasmo o corta em três ondas, e dou beijos em seu pescoço até que se dissipe. Eu me abraço a seu peito e ouço o som de sua respiração pesada. Os braços dele se dobram ao meu redor, e ficamos assim por vários minutos em silêncio.

No entanto, quando me sento para olhar para Sam, suas sobrancelhas estão franzidas.

– Eu te amava – ele sussurra.

– Eu sei – digo.

Olhos feridos perscrutam meu rosto.

– Você partiu meu coração...

– Eu sei disso também.

12
VERÃO, TREZE ANOS ATRÁS

– Sam Florek é uma droga de um maluco, não esqueça disso. – Delilah estava sentada na minha cama, as pernas brancas dobradas, fazendo um discurso motivacional enquanto eu arrumava as malas para o chalé. – Você é uma mulher de dezessete anos inteligente e sexy com um namorado gostoso demais, e não precisa de um babaca do interior que não te valoriza e te coloca pra baixo!

Delilah estava em uma fase anti-homem. Ela tinha terminado com Patel quando ele foi para a McGill, e mergulhou nos estudos. Colocou na cabeça que estava destinada a mudar o mundo e não deixaria nenhum cara ficar no seu caminho. As notas dela estavam melhores que as minhas. Ainda que ela e Patel tivessem agora *reatado de novo* no verão.

– Você sabe que é esquisito falar que o seu primo é gostoso demais, né? – apontei, enfiando os biquínis na minha mala lotada.

– Não é esquisito se eu só estiver afirmando um fato – respondeu ela. – Mas você está deixando a questão principal de lado: eu não quero que você se machuque de novo. Você é boa demais para o Sam.

– Isso não é verdade. – Eu podia ter passado os últimos dez meses me convencendo de que tinha superado ele e que Sam estava certo em querer manter nosso relacionamento puramente platônico, mas não acreditava nem por um segundo que fosse boa demais para ele. – E Sam não é um babaca – acrescentei.

Às vezes eu me perguntava se Sam tinha desistido das coisas no verão passado porque não queria ficar preso a mim quando tinha todos aqueles grandes planos de ir para a faculdade, virar médico e nunca mais olhar para trás. Ele não queria ficar preso a Barry's Bay, mas, no meu momento de maior ansiedade, pensei que talvez também não quisesse ficar preso a mim.

Eu tinha entrado para a equipe de natação, para satisfação da minha mãe, e me distraía treinando, escrevendo e assistindo aos jogos de hóquei de Mason, enquanto Sam passava o ano estudando ou trabalhando para economizar para a universidade. Ele mal fazia uma pausa. Eu tinha que convencê-lo a ir a alguma festa ou passar uma noite jogando videogame com Finn e Jordie. Ele nunca falava de garotas, mas eu sabia que não ia perder tempo namorando – não que eu ligasse. Tá bom, eu ligava. Ele ainda era meu melhor amigo. Mas isso era tudo. Melhor amigo. Nada além.

– Eu é que vou julgar isso de uma vez por todas quando a gente for pra lá – disse Delilah, mexendo na mala e tirando meu maiô da equipe. – Eu entendo que você queira nadar quando está no norte, mas, por favor, me diga que está levando alguma coisa um pouco mais empolgante do que isso. – Ela segurou o maiô azul--marinho no alto.

Eu sorri: Delilah não era nada além de previsível. Peguei um biquíni dourado de lacinho e joguei em cima dela.

– Feliz?

– Graças a Deus. Qual é o sentido de ficar todo esse tempo enfiada no cloro se você não vai ostentar os resultados?

– Algumas pessoas chamam isso de exercício. – Eu ri. – Sabe, faz bem para a saúde.

– Pfff... Como se você e Mason não ficassem deitados pelados falando de como seus corpos atléticos são gostosos – brincou Delilah.

– Mais uma vez, ele é seu primo.

Delilah e Patel tinham começado a transar havia um tempo, e ela presumia que a mesma coisa valesse para Mason e eu. Corrigi--la significaria ter uma conversa detalhada sobre o que exatamente estava acontecendo entre nós, o que eu preferia guardar para mim.

– Não posso evitar se o conjunto genético da família Mason é propenso a uma beleza extrema. – Ela jogou o cabelo por sobre o ombro.

Delilah não estava errada. Mesmo com o cabelo ruivo e a personalidade explosiva, ela parecia mais delicada do que eu, com curvas de montanha-russa irresistíveis para os garotos do nosso colégio, que sempre paravam na mesa onde estávamos almoçando para flertar. Ela dispensava todos eles com um gesto.

Juntei alguns cadernos e livros de bolso e os coloquei em cima das pilhas de roupas.

– Não vou conseguir fechar isso nunca – lamentei, tentando enfiar tudo na mala.

– Ótimo, então você vai ter que ficar aqui!

– Eu te vejo daqui a um mês, D. Vai passar voando. Me dá uma mãozinha?

Delilah empurrou a tampa arqueada da mala enquanto eu fechava o zíper.

– O Charlie ainda é gostoso como eu lembro? – Ela subiu e desceu as sobrancelhas. A versão de Delilah que odiava os homens era claramente bem sedenta.

Charlie começara a estudar na Western no outono, e eu não o via desde as férias de Natal.

– Ele não está feio – respondi a ela. – Mas você também vai poder julgar isso por si mesma.

Meus pais concordaram em me deixar convidar Mason, Delilah e Patel para o feriado nacional, que os dois iam passar no condado Prince Edward pelo segundo ano.

Mason tinha ficado em Toronto por causa da universidade, e tínhamos oficializado nosso namoro no outono. Eu estava esperando que Sam mudasse de ideia sobre nós, mas, quando o vi no Dia de Ação de Graças, foi como se a noite que passamos junto na cama dele nunca tivesse acontecido. No fim de semana seguinte, deixei Mason passar a mão em mim por baixo da minha saia no cinema.

– Espero que você comece a me chamar de namorado agora – sussurrou ele no meu ouvido, e eu concordei, me deleitando com a sensação de ser desejada.

Sam tinha notado a pulseira de prata no meu pulso assim que passou pela porta do chalé na véspera de Natal. Meus pais tinham convidado os Florek para tomar alguma coisa, e ele me puxou de lado e segurou meu braço, que estava com a pulseira da amizade e com a que Mason tinha me dado.

– Tem alguma atualização para mim, Percy? – perguntou ele, os olhos se estreitando. Não era exatamente como eu planejava contar a ele sobre o namoro, com nossos pais e Charlie por perto, mas não queria mentir para Sam.

– Pulseira prata não combina com a nossa – foi sua única resposta.

* * *

Naquele verão, a tensão entre Sam e Charlie ficou óbvia para mim quase no mesmo instante em que saí do carro. Os irmãos estavam parados na porta dos fundos da casa a um metro de distância um do outro.

– Você está mais linda do que nunca, Pers – disse Charlie, com os olhos em Sam, antes de me puxar para um longo abraço.

– Sutil – murmurou Sam.

Charlie ajudou a descarregar o carro, mas teve que sair mais cedo para se aprontar para o turno dele, me dando outro abraço demorado antes de partir.

– Para constar – murmurou ele no meu ouvido, de modo que ninguém mais pudesse ouvir –, meu irmão é idiota pra caramba.

– Qual é a do Charlie? – perguntei a Sam quando estávamos deitados na canoa naquela tarde.

– A gente não está exatamente de acordo sobre algumas coisas – ele respondeu vagamente.

Rolei de barriga para baixo e apoiei o rosto nas mãos.

– Que tal elaborar um pouco mais, doutor Florek?

– Ah, não. Não é nada.

Naquela noite, Sam me chamou para ir à casa dele depois do jantar. Apareci de moletom com uma cópia do meu último conto para ele.

– Trouxe lição de casa – anunciei quando ele abriu a porta, erguendo as folhas.

– Tenho uma coisa para você também. – Ele sorriu.

Eu o segui até seu quarto, tentando não pensar no que tinha acontecido da última vez que nós dois estivemos lá.

Sam puxou uma pilha de três livros meio gastos, amarrados com uma fita branca, da prateleira de cima de seu armário: *O bebê de Rosemary*, *Misery: louca obsessão* e *O conto da aia*.

– Passei meses atrás desses livros em vendas de garagem e no sebo – explicou, parecendo meio nervoso. – O da Atwood não é exatamente de terror, é uma distopia, mas nós lemos na aula de inglês e acho que você vai adorar. Peguei os outros dois porque achei que você ia gostar de ver as palavras que originaram alguns dos seus filmes preferidos.

177

– Uau. Sam, eles são incríveis.

– É? – Ele parecia inseguro. – Mas não são tão chiques quanto uma pulseira de prata.

Eu nem estava usando a pulseira. Aquilo era ciúme? Eu não sabia que Sam era inseguro quanto a dinheiro, mas talvez fosse isso.

– Não tão chiques, mas muito melhores – repliquei, e ele pareceu aliviado.

Entreguei a Sam a versão revisada do conto de fantasmas em que vinha brincando havia um tempo.

– Hora de ler? – perguntou ele, desabando na ponta da cama. Deu um tapinha ao lado para eu sentar.

– Vai ler na minha frente?

– Arram. – Sam não ergueu os olhos da página e levou o dedo indicador à boca para que eu me calasse.

Sentei na cama ao lado dele e mergulhei em *O conto da aia*. Cerca de meia hora depois, Sam colocou as páginas na cama e passou a mão no cabelo. Estava um pouco mais curto do que quando o tinha visto pela última vez. Ele parecia mais velho.

– Está muito bom, de verdade, Percy.

– Jura por ela? – perguntei, colocando o livro de lado.

– É claro. – Ele pareceu surpreso por eu ter perguntado e puxou minha pulseira, distraído. – Não tenho certeza se estou apavorado por causa da irmã morta ou se estou com pena dela... ou os dois.

– Sério? Era exatamente isso que eu queria!

– Sério. Vou ler de novo e fazer anotações, tá bem?

Estava mais do que bem. Sam era meu melhor leitor. Ele sempre tinha ideias para deixar os personagens mais consistentes ou perguntas que mostravam um buraco na lógica da história.

– Sim, por favor. A crítica da Delilah foi bastante Delilah e totalmente inútil, como sempre.

– Mais sexo?

– Exatamente. – Eu ri.

Um silêncio constrangedor recaiu sobre nós, e eu estava quebrando a cabeça para dizer alguma coisa que não fosse relacionada a sexo, mas Sam falou.

– Então, quando foi que a coisa ficou séria entre você e o Buckley? – perguntou ele, apertando os olhos para mim.

– Você nunca vai chamar ele de Mason?

– Provavelmente não – disse Sam, sem emoção.

– Bem, não tenho certeza se eu diria que as coisas ficaram *sérias*.

– Mas agora ele é seu namorado.

– Sim, é. – Brinquei com o buraco desfiado no joelho do meu jeans.

– Então acho que eu sei o básico: ele é primo da Delilah, joga hóquei, foi para uma – tremelique – escola particular só para garotos e agora está na Universidade de Toronto, compra joias que parecem caras para a namorada, tem um nome péssimo. – Fiquei surpresa com o quanto dos nossos e-mails ele se lembrava. – Mas você não me contou de fato como ele é.

– Mason é legal. – Dei de ombros e estudei a mulher de túnica vermelha na capa do livro. O que é que *ela* estava escondendo?

– Você mencionou. – Sam deu uma batida no meu joelho com o dele. – O que ele acha do que você escreve? – Ele cutucou as folhas na cama.

– Não sei, pra dizer a verdade – falei. – Não dei nada para ele ler. É meio pessoal, sabe?

– Pessoal demais para o seu namorado? – perguntou Sam, sorrindo.

– Você sabe o que eu quero dizer. – Eu o chutei. – Vou mostrar um conto para Mason em algum momento, mas é assustador que outras pessoas leiam o seu trabalho.

– Mas não é assustador quando eu leio? – Ele ergueu o olhar para mim com a cabeça ligeiramente abaixada.

– Bem, quando você lê na minha frente, é – fugi. – Mas não, eu confio em você.

Sam pareceu satisfeito com a resposta.

– Então, além do fato de que ele é legal, do que você gosta nele? – Não era uma pergunta sarcástica. Ele parecia genuinamente curioso.

Girei a pulseira bordada no pulso.

– Ele também gosta de mim – falei com sinceridade, e Sam não fez mais perguntas depois disso.

* * *

De vez em quando eu aprendia alguma coisa sobre Charlie que colocava toda a minha percepção dele em dúvida. Ele estava dirigindo uma velha e leal caminhonete azul que seu avô tinha lhe dado de presente, *por conta das minhas notas excelentes*, explicou. Eu ri quando Charlie me contou, presumindo que estivesse brincando, mas suas covinhas desapareceram. Fiz uma careta.

– Bolsa integral para a faculdade e tudo – acrescentou ele. – Não fique tão chocada.

Charlie ainda preferia ir de Banana Boat para o trabalho.

– Gosto de sentir o vento depois de passar a noite naquele inferno – explicou. – Além do mais – continuou com uma piscadela –, o barco é mais conveniente para dar um mergulho pelado em seguida. – E *esse* era o Charlie que eu conhecia.

Pular nua no lago depois dos nossos turnos logo se tornou um ritual. Presumi que Sue soubesse o que estava acontecendo – a gente não ficava exatamente sem fazer barulho –, e meus pais me viram entrar no chalé envolvida em uma toalha e com as roupas de trabalho na mão, mas ninguém parecia ligar muito. Eu via lampejos de partes do corpo, e isso nem *sempre* era por acidente, mas era sobretudo um jeito inocente de extravasar.

O rolo mais recente de Charlie, Anita, se juntava a nós de vez em quando. Ela era um pouco mais velha e tinha um chalé mais adiante no lago, mas sua presença não impedia Charlie de ultrapassar todo e qualquer limite que pudesse.

Estávamos nadando depois de um turno de quinta-feira. Charlie e Anita estavam bebendo cerveja no fim do cais, dentro da água, sussurrando, rindo e se beijando, enquanto Sam e eu boiávamos em macarrões mais longe.

– Você não acha que a Percy é uma gata? – perguntou Charlie, alto o bastante para nós ouvirmos.

– Eu já te disse que sim. – Anita deu uma risadinha. Dava para ver o alto de seus peitos pequenos emergindo da água, e senti o rosto esquentar.

– Ah é, eu devo ter esquecido – Charlie respondeu, dando um beijo em sua bochecha.

– Aposto que sim. – Sam riu, mas me senti desconfortável. Parecia que Charlie estava tramando alguma coisa.

Me aproximei de Sam e chutei sua perna, assustando-o. A gente estava perto o bastante agora, de modo que dava para ver como seu peito branco brilhava leitoso debaixo da água.

– Sabe, Pers – falou Charlie lentamente –, Anita e eu te achamos gostosa. Talvez você deva se juntar a nós qualquer dia.

Meu queixo caiu e eu senti o pé de Sam em volta do meu tornozelo.

– Deixa ela em paz, Charlie – repreendeu Anita. – Você está assustando a menina.

– Eu tenho namorado – respondi, tentando parecer entediada, mas apertando os cintos. Não parecia que Charlie tinha chegado ao auge ainda.

– Ah, é verdade – respondeu Charlie. – Um ricaço. O Sam me falou. É uma pena, ainda que eu não esteja surpreso. Uma garota bonita, inteligente e engraçada como você, isso sem falar que desenvolveu *bastante* o peitoral no ano passado.

– Charlie – Sam advertiu.

– O quê? É verdade. Não vai dizer que você não percebeu, Samuel – continuou ele. – Sério, Pers, não consigo imaginar qualquer cara que não ia estar se jogando para cima de você. – Na mosca.

– Vai se foder, Charlie – rebateu Sam, mas o irmão estava sussurrando alguma coisa para Anita, que olhava na minha direção soltando um *aaaaahhhhh* triste.

– *Ai, meu Deus.* – Eu não tinha me dado conta de que as palavras tinham saído da minha boca até que vi Sam olhando para mim.

– Você está bem? – sussurrou ele, mas não respondi.

Charlie e Anita estavam saindo da água, nenhum dos dois ávidos por se cobrir com uma toalha.

– A gente vai estar no porão – gritou Charlie enquanto eles caminhavam. – A oferta ainda está de pé, Pers.

– Percy? – Sam me cutucou com o pé. – Desculpa mesmo. Isso foi demais, até para o Charlie.

– Você contou pra ele? – sussurrei. – Sobre o verão passado? – Engoli o nó na garganta e encarei Sam, sem ligar para quanto de mim ele conseguia ou não ver.

– Contei, mas não tudo. É que ele meio que me encurralou depois da véspera de Natal na sua casa, depois que ele ouviu você falando sobre o Mason e a pulseira.

– Ótimo. Não foi o bastante ser rejeitada da primeira vez, agora seu irmão e a Anita também sabem. – Respirei fundo, sentindo as lágrimas irritarem meus olhos.

– Desculpa, Percy. Nunca achei que ele ia falar desse assunto. Não precisa ficar com vergonha, meu irmão acha que o idiota nessa história sou eu.

Olhei para o alto, e ele enrolou as duas pernas nas minhas, me puxando para mais perto.

– Ei – sussurrou Sam, colocando uma mão na minha cintura.

Fiquei rígida.

– O que você está fazendo? – perguntei.

– Só estou com muita vontade de te abraçar – disse ele, com a voz tensa. – Odeio que Charlie tenha te irritado. – Boiamos ali por um momento antes de ele voltar a falar. – Posso? – Havia um milhão de razões para eu dizer não, ou pelo menos duas boas: eu tinha namorado, e esse namorado não era o Sam.

– Tá bom – sussurrei.

– Vem aqui – disse ele. Nadamos para mais perto da margem até um ponto cego a partir da casa dele, onde a água batia no meio de seu peito e nos meus ombros. Olhamos um para o outro, talvez a meio metro de distância, até que Sam chegou mais perto e me envolveu com os braços. Ele estava quente e escorregadio, e dava para sentir seu coração bater impaciente junto do meu peito.

– O Charlie tem razão, sabe? Você é linda, inteligente e engraçada. – Eu me agarrei a ele com mais força. Suas mãos deslizavam para cima e para baixo nas minhas costas, e ele sussurrou: – E qualquer cara faria de tudo para ter você.

– Menos você – retruquei.

– Isso não é verdade – murmurou ele. Sam se inclinou e encostou a testa na minha, envolvendo meu rosto com as mãos. – Você está me deixando louco – disse.

Fechei os olhos. Era como se gelo escorresse pela minha espinha enquanto o fogo queimava no meio de mim. Eu amava Sam, mas aquilo não era justo. Talvez ele não soubesse o que queria, não soubesse como estava sendo cruel, mas eu não podia me deixar enganar enquanto ele se decidia.

– Você está me confundindo – desabafei, e o afastei. – É melhor eu ir para casa.

* * *

Mal dormi. Sam me deixou ir embora sem protestar – sem dizer absolutamente nada, na verdade. Pouco depois das duas da manhã, peguei o caderno que ele tinha me dado no meu aniversário de quinze anos, com a dedicatória *Para seu próximo conto brilhante*, abri em uma página em branco e escrevi *Sam Florek é uma droga de um maluco*, antes de começar a chorar lágrimas quentes e raivosas. Eu passara o ano inteiro tentando seguir em frente, e achei que *tinha* conseguido. Será que estava me enganando?

Sam não disse nada quando apareceu depois da corrida. Mal trocamos duas palavras naquela manhã. Foi só quando parei de nadar e subi na canoa para quem sabe tirar uma soneca que ele falou.

– Desculpe por ontem à noite. – Sam estava sentado do meu lado, com os pés na água.

De que parte exatamente ele estava arrependido? Estava arrependido de quase me beijar? Estava arrependido de me enrolar?

– Tá bom. – Mantive os olhos fechados e a bochecha encostada na madeira quente, a raiva subindo desde os dedos dos pés.

– Eu sei que você tem namorado, e foi uma investida idiota – continuou.

Sam não entendia. Eu me impulsionei para sentar ao lado dele. Seu rosto estava cheio de remorso.

– Sou eu que tenho que me preocupar se tenho namorado ou não – ironizei. – O que você precisa pensar, Sam, é que as suas ações e as suas palavras são contraditórias.

Ele respirou fundo.

– Tem razão, Percy. – Ele abaixou o rosto para que nossos olhos ficassem na mesma altura. – Você disse que eu estava te confundindo, e sinto muito por isso. Será que a gente pode simplesmente voltar para o jeito como as coisas eram antes?

– Não sei. *Você* pode? – Minha voz subiu uma oitava. – Porque eu passei o ano agindo como se as coisas estivessem normais entre nós. Você não me queria, e tudo bem. Estou com outra pessoa. Eu venho fingindo que nada aconteceu entre nós, porque foi isso que *você* quis. E acho que fiz um ótimo trabalho. – Levantei antes que Sam pudesse responder. – Vou para casa. Não dormi muito ontem e preciso tirar um cochilo antes de ir trabalhar à noite. Te vejo lá, tá bom? – Pulei da canoa e nadei em direção à margem sem esperar por uma despedida.

Havia nuvens agourentas no céu no final da tarde. Charlie e Sam foram me buscar na caminhonete e eu me espremi no meu lugar de sempre entre eles, sem vontade de papo furado com nenhum dos dois.

– Pensou melhor na minha oferta, Pers? – perguntou Charlie, com um sorriso com covinhas, seu olhar fixo em Sam.

– Quer saber, Charlie? – eu disse, estreitando os olhos. – Vai se danar. Você quer irritar o Sam, tudo bem. Mas me deixa fora disso. Você é velho demais para essa merda!

Charlie piscou para mim.

– Eu estava só brincando – murmurou.

– *Eu sei!* – gritei, batendo as mãos nas coxas. – E eu estou cheia disso.

– Tá bom, tá bom. Já entendi. Vou me comportar. – Ele saiu com a caminhonete da entrada da garagem, e nenhum de nós falou pelo resto do trajeto.

* * *

Estava chovendo na manhã seguinte quando Sam apareceu no chalé usando sua roupa de corrida, pingando.

– Sam, está parecendo que você se afogou – berrou meu pai quando abriu a porta para ele. A camiseta estava colada no seu corpo, enfatizando os músculos do peito e da barriga. Sam estava bem bonito para uma vítima de afogamento. Isso me tirava do sério. – Espera aqui, vou buscar uma toalha para você.

– É melhor também pegar uma muda de roupas para ele – minha mãe gritou do sofá. Meu pai jogou uma toalha grande para Sam e subiu as escadas atrás de alguma coisa seca para dar para ele vestir.

– O que você está fazendo aqui? – perguntei enquanto Sam esfregava a toalha na cabeça.

– Eu sempre venho depois da minha corrida. E também – acrescentou em voz mais baixa – quero falar com você. A gente pode subir?

Eu não via como poderia discordar dele na frente dos meus pais sem fazer uma cena, e já tinha dado minha cota de drama relacionado a Sam naquela semana. Meu pai lhe entregou uma pilha de roupas quando passamos por ele na escada, e Sam se trocou no quarto dos meus pais enquanto eu esperava no meu, sentada de pernas cruzadas na cama, ouvindo o tamborilar da chuva no telhado.

Por mais irritada que eu estivesse com ele, quando Sam entrou no quarto usando uma calça do meu pai que era vários centímetros mais larga na cintura e um pulôver de lã verde que era vários centímetros mais curto nos braços, caí na risada.

– Espero que você não esteja planejando ter uma conversa séria usando isso.

– Não sei do que você está falando – disse ele com um sorriso, os olhos brilhando.

Sinto falta disso, pensei, e senti o sorriso sumir do meu rosto. Sam fechou a porta e se sentou na minha frente na cama.

– Eu estava errado – começou. – Errado demais. – Meus olhos se chocaram com os dele. – E você também estava errada. Ontem, quando disse que eu não te queria – Sam falou baixinho, os olhos azuis fixos nos meus. – Eu queria, sim, você. Eu quero você. Eu sempre quis você. – Senti uma pressão aguda nos pulmões, como se as palavras dele tivessem sugado todo o oxigênio. – Sinto muito se fiz você pensar o contrário, se te confundi. Eu achei que a gente devia se concentrar na escola por enquanto. O que a minha mãe falou no verão passado, que a gente tinha muito tempo para estar num relacionamento, fez sentido para mim. E eu achei que a gente ia estragar as coisas se tentasse ter algo além, mas estraguei as coisas tentando não ter.

– Foi isso mesmo que você fez – retruquei, numa péssima tentativa de ser engraçada.

Ele sorriu mesmo assim.

– Eu te disse no verão passado que não sei como fazer isso. – Sam mostrou nós dois com um gesto. – Eu falei que a gente devia esperar até estarmos prontos. – Ele respirou fundo. – Não sei se estamos prontos, mas eu não quero esperar mais. – Sam colocou as mãos em cima das minhas e apertou.

Eu queria pular no colo dele, lançar meus braços ao redor do seu pescoço e beijar o vinco do seu lábio. Também queria esmurrá-lo. E se ele voltasse a mudar de ideia? Eu achava que não daria conta.

– Sam, estou namorando – confirmei, forçando para que as palavras soassem fortes. – Meu namorado, aliás, vai vir daqui a pouco mais de uma semana. Só preciso que você respeite isso agora.

– Claro – disse ele, embora sua voz fosse falha. – Eu posso fazer isso.

* * *

– Então, aí está. – Sam espiou pela janela da cozinha para dentro do salão, onde Mason, Delilah e Patel estavam sentados em uma mesa de quatro lugares enquanto minha antiga garçonete favorita, Joan, entregava os cardápios. Eles só chegaram ao chalé no meio da tarde, apenas algumas horas antes do meu turno de sábado, então decidiram aparecer para o jantar e passar mais tempo comigo. Mason disse que eles queriam me fazer uma surpresa. Tinha dado certo. Eu não ia mencionar para Sam que eles estavam lá, mas Joan irrompeu na cozinha depois de acomodá-los para me dizer que eu tinha *uma puta sorte* por ter *um namorado tão gostoso*. Eu gostava de Joan antes.

Só que Mason estava mesmo bonito. Agora que a temporada de hóquei tinha acabado, ele estava com o cabelo escuro mais curto, o que teve o efeito de realçar seu maxilar. Estava vestindo uma camiseta preta apertada que deixava todas as horas que Mason passava na academia bastante evidentes, óculos aviador enfiado na gola.

– Sim – respondi, sentindo o calor de outra pessoa atrás de nós. Charlie se inclinou sobre mim, dando uma olhada rápida pela janela.

– Eu sou mais bonito – declarou ele, depois voltou para seu posto de trabalho.

As coisas ficaram mais constrangedoras quando Delilah insistiu que Sam saísse para dar um oi. Eu me desculpei enquanto ele seguia para a mesa, limpando as mãos na calça jeans e tirando o cabelo do rosto. Sam apertou a mão de Mason e Patel, mas Delilah jogou os braços ao redor dele, sussurrando *puta merda* para mim por sobre o ombro.

– Apareça depois do seu turno hoje à noite, Sam – Delilah disse para ele. – E leve aquele seu irmão bonitão.

Sam ergueu as sobrancelhas e olhou para Patel, que se limitou a sorrir e balançar a cabeça, se divertindo.

– Acho que o Charlie tem planos com a... com a Anita mais tarde, mas sim, eu apareço. Depois de tomar banho para tirar o cheiro da salsicha e do chucrute – acrescentou –, a menos que você goste desse tipo de coisa. – Ele abriu um sorriso para Delilah, que sorriu de volta. Mason assistiu à interação com um sorriso nos lábios que não se refletia em seus olhos.

Os três já estavam bêbados quando cheguei em casa. Dava para ouvir Mason e Patel discutindo com a voz arrastada se barba ou bigode era o melhor formato de pelos faciais antes de eu entrar. Delilah estava esparramada no colo de Patel no sofá lendo um livro de memórias de Joan Didion, a blusa deixando a barriga de fora. Ela claramente não estava usando sutiã. Delilah levantou a cabeça quando entrei, os olhos lentos para focar meu rosto.

– Persephone! – gritou ela, mantendo os braços abertos e me chamando para um abraço. – A gente ficou com *saudaaaade*!

Me inclinei para dar um apertão nela.

– Parece que vocês sobreviveram sem mim.

Garrafas de cerveja vazias estavam alinhadas no balcão da cozinha. Alguns dos discos do meu pai estavam espalhados no chão, mas alguém tinha conseguido colocar *Revolver* para tocar. Tinha uma tigela de gelo meio derretido e uma garrafa de tequila aberta na mesinha de centro, e os caras seguravam copos com o líquido claro.

– Vem sentar aqui, linda – chamou Mason, me puxando para junto de si e dando um beijo abaixo do meu queixo. – Sem ofensa, mas você meio que está fedendo.

Dei uma cotovelada na barriga dele.

– Vou tomar um banho. – Dei um impulso para ficar de pé, mas Mason me segurou com força, passando a língua no meu pescoço.

– Hum... – murmurou ele dando uma risada. – Está com gosto de pierogi.

– Muito engraçado. Agora, se me permitir, vou para o banho.

Fiquei mais tempo no chuveiro do que o necessário. Eu sabia que Sam chegaria a qualquer momento, e estava metade apavorava e metade animada. Parecia que uma parte enorme da minha vida era exclusiva para ele, e agora eu poderia apresentá-lo para as pessoas com quem passava tempo quando Sam e eu não estávamos juntos. Eu queria que Delilah o visse. Não estava preocupada com Sam e Mason. Mason não fazia o tipo ciumento, e Sam não fazia o tipo que batia de frente. E eu achei que talvez, se os visse na mesma sala juntos, isso me fizesse lembrar que Sam era só um cara normal. Que talvez eu o tivesse construído como essa criatura mítica, um amigo perfeito e um namorado em potencial que não pareceria tão precioso e raro no mundo real.

Quando saí do banheiro, Sam estava sentado em uma cadeira da sala de jantar que ele tinha levado para o lado do sofá, o cabelo ainda molhado penteado cuidadosamente, deixando o rosto à mostra. Ele estava vestindo a calça jeans escura que eu sabia que era a sua melhor e uma camisa branca, com as mangas enroladas nos antebraços bronzeados. Estava descalço. Estava bonito. Parecia adulto. Eu, por outro lado, estava com um short de tecido felpudo e um pulôver rosa de Barry's Bay. Mason passou um copo cheio de tequila para ele, e os dois bateram os copos antes de tomar um gole. Dava para ver Sam lutando para ficar impassível; ele não era de beber.

– Em geral não se bebe essa coisa com limão e sal ou algo do tipo? – perguntei, me juntando a eles.

– A gente esqueceu de trazer limão – explicou Mason. – Mas é uma bebida muito boa, então não vamos desperdiçar os shots.

Ele encheu outro copo e passou para mim. Tomei um golinho e tossi com a ardência.

– Sim, muito boa – murmurei, ainda tossindo.

Mason me puxou para junto dele e eu congelei, me dando conta de que ele queria que eu me sentasse no seu colo.

– Vem me fazer companhia, linda. – Ele me puxou com mais força. Sentei desajeitada na ponta do seu joelho.

Delilah, que tinha conseguido ficar de pé, me lançou um olhar questionador. Voltei os olhos para Sam, que estava observando as mãos de Mason riscarem arabescos na minha coxa exposta. Suas sobrancelhas se juntaram, e ele virou o resto da sua bebida. O olhar de Delilah se moveu entre nós dois, os olhos se arregalando de compreensão, um sorriso bêbado se formando em seus lábios.

– Boa, garoto – Patel disse para Sam, pegando a garrafa para servir mais.

– Então, Sam – ronronou Delilah, se inclinando para ele com os cotovelos nos joelhos e o rosto apoiado nas mãos –, faz tanto tempo que não te vejo. Você virou um homem grande e charmoso agora. Quero que me conte tudo sobre a sua namorada.

Sam olhou para mim confuso, mas eu não fazia ideia de aonde ela queria chegar com aquilo.

– Não tenho namorada – respondeu ele, dando mais um gole em sua bebida.

– Difícil de acreditar – continuou Delilah. – Sabe – ela olhou para Patel e Mason –, o Sam pode ser um verdadeiro destruidor de corações. Ele pode dar uma de *muito* difícil. – Lancei um olhar de advertência, mas ela simplesmente sorriu e balançou a cabeça de leve. – Uma vez ele se recusou na lata a beijar Percy em uma brincadeira de verdade ou desafio. – *Graças a Deus*.

– Que mancada, cara – disse Patel, enquanto Mason me puxou de volta para junto de seu peito.

– Coitadinha dela. – Ele passou os braços na minha cintura e encostou os lábios na lateral do meu pescoço. – Vou compensar você hoje à noite.

Olhei automaticamente para Sam, que nos encarava com a mandíbula cerrada e os olhos sombrios. Ele não parava de balançar a perna.

– Alguém quer um petisco? – Pulei do colo de Mason e fui para a cozinha.

– Eu ajudo – ofereceu Sam, e me seguiu enquanto Patel e Mason relembravam uma brincadeira particularmente memorável: sete minutos no céu.

Eu estava na ponta dos pés tentando alcançar uma tigela quando Sam apareceu atrás de mim.

– Eu pego – disse ele, roçando os dedos sobre os meus. – Você está cheirosa – sussurrou enquanto colocava a tigela no balcão. Um calafrio me percorreu ao sentir sua respiração no meu ouvido, e eu estremeci.

– As maravilhas do sabonete – respondi. – Quase não te reconheci nessa combinação elegante.

– Elegante? – Seus olhos brilharam.

– *Muito* elegante. – Sorri.

– Vocês dois já estão voltando com os petiscos? – gritou Delilah do sofá.

Virei um saco de batatas chips na tigela e a coloquei na mesa de centro, recostando no braço da poltrona de Mason. Ele e Patel estavam agora em uma discussão apaixonada sobre hóquei.

– Não liga para eles – Delilah disse para Sam. – São ligeiramente obcecados. Mas nós temos coisas melhores para discutir, como nossa querida Persephone. – Ela cutucou a perna dele. – Ouvi dizer que você é o leitor preferido dela. Ela não para de falar que o seu feedback é ótimo.

Um grande sorriso surgiu no rosto de Sam.

– É mesmo? – Ele olhou para mim.

Revirei os olhos.

– O ego dele já é grande o bastante, D.

– Eu discordo – retrucou Sam. – Fale mais sobre como eu sou inteligente, Delilah.

– Eu acharia você muito mais inteligente se a aconselhasse a pesar a mão no sexo e no romance – respondeu ela, rindo.

– Do que vocês estão rindo? – disparou Mason.

– Os contos da Percy. O que você acha deles? – perguntou Sam, e senti um nó no estômago. Eu ainda não tinha mostrado a Mason o que escrevia.

– Ela nunca me deixou ler. – Ele estreitou os olhos para Sam.

– Não? Ela tem um talento incrível – Sam continuou, com os olhos brilhando. – Percy me pede feedback sobre eles *o tempo todo*, mas nem precisa disso. É uma escritora das boas.

– É mesmo?

Sam continuou como se não o tivesse ouvido.

– Você devia ler *Sangue novo*. Ela escreveu faz uns anos, mas ainda é o meu preferido. Meu Deus, lembra até que horas a gente ficava acordado conversando sobre os nomes das personagens, Percy?

Sam estava marcando território, e tudo que eu podia fazer era murmurar concordando.

– Eu não sabia que vocês eram tão próximos. – Mason olhava para mim agora. – É tão bom que Percy tenha a companhia de um amigo aqui.

Ele me puxou para seu colo enquanto me virava, de modo que eu estava montada nele.

– O que você está fazendo? – sussurrei.

– Vocês não ligam, né, pessoal? – Mason virou a cabeça para olhar ao redor. – Faz séculos que eu não vejo a minha gata. – Ele segurou meu rosto e levou minha boca até a dele, me beijando desajeitado. Quando me deixou respirar, Sam já estava a meio caminho da porta.

– É melhor eu ir embora se eu quiser correr amanhã – anunciou, sem olhar para mim. E então ele se foi.

Sam ficou distante o resto do fim de semana, e eu estava ansiosa para que todo mundo fosse embora e eu pudesse vê-lo. Já tinha passado da metade do verão, e eu estava ressentida porque o comportamento de Mason significava que eu perdera tempo com Sam. Ele tinha sido particularmente apalpador durante toda a visita, como se estivesse tentando reivindicar meu corpo. Isso me deixou ansiosa. Até o beijo de despedida foi cheio de mãos e de línguas.

Sam ficou diferente depois da visita de Mason. Reservado. Às vezes nossos olhos se encontravam na cozinha ou quando estávamos de bobeira no porão, e o ar crepitava. Mas, fora isso, era como se ele tivesse trancado seus sentimentos por mim, que era exatamente o que eu tinha pedido. À medida que o fim do verão se aproximava, no entanto, percebi que aquele não era meu desejo. Eu queria mesmo era quebrar a tranca entre nós.

Terminei com Mason na última semana das férias de verão em um telefonema constrangedor em que disse: *Você é um cara ótimo!* Ele ficou surpreso, mas aceitou melhor do que Delilah, que ficou amuada com o fim dos nossos encontros duplos antes de eu lembrá-la de que ela estava planejando dar um tempo com Patel durante o ano letivo.

Sam e eu estávamos sentados em sua cama lendo em nossas roupas de banho úmidas no último dia antes de eu voltar para a cidade com meus pais. Estava calor, e Charlie e Anita tinham se apossado do nosso refúgio de costume no porão. Sue se recusava a ligar o ar-condicionado, então Sam fechou as persianas do quarto e ligou um ventilador que oscilava entre nós, ele na ponta da cama, encostado na parede, e eu na cabeceira, de frente para ele, joelhos dobrados junto do peito. Ele estava estudando um diagrama em um de seus livros de anatomia enquanto eu lia *A dança da morte*. Ou tentava ler. Não tinha conseguido sair da mesma página nos últimos dez minutos. Não conseguia parar de olhar para Sam: a linha bronzeada em torno de seus tornozelos, os músculos de suas panturrilhas, a pulseira em seu braço. Estiquei a perna para descansá-la na coxa dele, e, assim que meu pé encostou, ele deu um pulo.

– Tudo bem, esquisitão? – perguntei.

Ele me olhou, levantou da cama e vasculhou a gaveta da sua cômoda.

– Me faz um favor – pediu, me jogando sua velha camiseta do Weezer. Eu a vesti enquanto ele se sentava, o nariz mais uma vez enfiado no livro.

Cutuquei sua perna com o dedo do pé e notei um rubor se espalhando por suas bochechas. Tirar Sam do sério era uma das minhas três coisas favoritas, e era uma sensação rara nesses dias. Mas algo tinha aberto um buraco em seu comedimento calmo, e eu queria rompê-lo com os dentes.

– E você está me chutando porque... – disse ele, em um tom grave e monótono, sem tirar os olhos da página, com as sobrancelhas franzidas.

Coloquei os dois pés em seu colo, sentindo todo o seu corpo ficar rígido.

– Deve ser um livro fascinante. Você está lendo o mesmo o verão todo.

– Arram.

– O enredo é bom mesmo?

– Instigante – brincou Sam. – Sabe, em geral dá para contar com você para não me encher o saco por estar estudando.

– Não estou enchendo saco nenhum aqui – retruquei, então apertei o calcanhar na coxa dele. – Muitas partes eróticas, né?

Ele finalmente olhou para mim de canto de olho, balançou a cabeça e voltou para o livro.

– Na verdade – prossegui, tirando os pés de seu colo e sentando com as pernas cruzadas diante de mim, pressionando os dedos do pé em sua coxa –, o corpo humano é bem sexy. Quer dizer, não a imagem desse homem sem pele que você está olhando...

– É uma ilustração do sistema muscular, Percy. – Ele voltou o rosto para mim. – Este – Sam colocou a mão na parte de trás da minha perna – é o músculo da panturrilha. – Sua voz era sarcástica, mas parecia que alguém tinha substituído o sangue nas minhas veias por cafeína. Eu queria a mão dele em mim. Eu queria *as mãos* dele em mim.

Sam olhou para baixo onde tinha segurado minha perna e de volta para mim. Seus olhos eram um ponto de interrogação.

– Músculo da panturrilha? – repeti. – Bom saber... Garanto que vou tentar usar um dia. Já ouvi falar de um negócio chamado corrida. – Eu ri, e ele tirou a mão.

Ficamos sentados com nossos livros abertos por vários minutos, nenhum de nós virando a página. Senti a promessa de alguma coisa a mais entre nós se esvair, ser guardada como a velha caixa de linhas de bordado na gaveta da minha escrivaninha. Então tentei me agarrar a ela.

Enfiei os dedos embaixo da sua coxa.

– Aprendeu mais alguma coisa nesse seu livro? – perguntei.

Os olhos dele dispararam para os meus. Ele assentiu lentamente.

– Quer me explicar, gênio? – Fiz de tudo para soar brincalhona, mas minha voz estava vacilante.

– Percy...

Precisei de cada partícula de confiança que tinha para não desviar os olhos.

– Acho que vou ter que arranjar outro futuro médico para me instruir – provoquei, e ele piscou rápido.

E então eu soube. Eu sabia que aquele era o ponto fraco dele. Ele odiava a ideia de alguém me tocar. Quando ele levou de volta sua mão para minha panturrilha, eu quis gritar de triunfo.

Sam não a segurou desta vez. Correu os dedos para cima e para baixo sobre o músculo, lançando eletricidade pelo meu corpo, cada terminação nervosa despertando. Os lábios de Sam eram uma linha séria e reta, seu rosto, uma máscara de concentração. Nós dois observamos sua mão se movendo sobre minha panturrilha e então descendo devagar pela minha perna. Ele a agarrou na base. Olhou para mim com um sorriso.

– Tornozelo – disse Sam.

Soltei um som que ficava entre uma risada e um suspiro. Ele se deslocou de modo que ficou ajoelhado aos meus pés e agarrou meu outro tornozelo com a mão direita, segurando minhas duas pernas. Olhou nos meus olhos por um, dois, três segundos. Engoli. E então, observando minha reação, deslizou um dedo devagar pela minha perna.

– Canela.

Eu tinha planejado, sonhado, ficado obcecada com Sam me tocando. Ficava deitada na minha cama com a mão entre as pernas fantasiando sobre as mãos dele e os ombros dele e o vinco no lábio inferior dele. Queria tanto tocá-lo, passar os dedos ao longo da linha de pelos tênue que ia de seu umbigo até o calção. E agora eu estava congelada. Estava morrendo de medo de arruinar o momento, de fazer Sam sair de qualquer encanto que tivesse tomado conta dele.

Sam colocou a palma da mão em volta do meu joelho, depois fez o mesmo com a outra mão no joelho oposto. Ele os abriu e se arrastou um pouco para cima da cama, de modo que ficou entre eles, então agarrou meus tornozelos e puxou minhas pernas, deixando-as esticadas sobre a cama. Se inclinou sobre mim, e meus braços estremeceram por me manter erguida. Dava para sentir sua respiração no meu rosto. Sem tirar os olhos dos meus, ele sussurrou:

– Deita, Percy.

Fiz o que Sam mandou, o coração martelando no peito, e ele se ajoelhou entre minhas pernas, olhando para mim, os olhos sombrios. Seu tronco comprido bloqueou a brisa do ventilador, e de repente eu estava superaquecendo. Dava para sentir o suor se formando no buço. Sem tirar os olhos dos meus, ele voltou a colocar a mão no meu joelho.

– Joelho – sussurrou.

Pisquei para ele. O ar parecia pesado.

– Joelho, hein? Para que ano escolar é esse livro? – provoquei.

Um pequeno sorriso brincou em seus lábios.

– *Vastus medialis, vastus lateralis, tensor fasciae latae* – Sam disse devagar, subindo os dedos. Parecia que todas as minhas terminações nervosas estavam concentradas debaixo deles. Ele esfregou a carne macia no interior da minha coxa. – *Adductor longus* – murmurou, e eu respirei fundo.

Sam roçou o dedo indicador na parte sensível da minha coxa, seguindo o vinco entre o alto da minha perna e a pélvis, debaixo da bainha da camiseta. Espalmou a mão sobre o osso protuberante do meu quadril, depois a envolveu no meu quadril, sobre os lacinhos do meu biquíni. Ele a manteve ali, me observando, o sorriso não mais no rosto. Eu queria puxá-lo para ficar colado em cima de mim e sentir seu peso me pressionando na cama. Queria puxar os cachos do seu cabelo e colocar a boca no pescoço quente dele, mas fiquei parada, meu peito subindo e descendo.

Sam levantou minha camiseta, expondo minha barriga, e lentamente desamarrou o laço de um lado do meu biquíni. Quando abriu, ele separou as cordinhas e passou a mão para cima e para baixo na curva da minha cintura e do meu quadril.

– *Gluteus medius*. – Pôs a mão atrás. – *Gluteus maximus*.

Soltei uma risada nervosa.

– Já chega de aulas de anatomia por hoje? – perguntou ele, a voz rouca e grave.

Engoli em seco e balancei a cabeça. Os olhos dele brilharam com a vitória, e Sam subiu mais minha camiseta. Ergui a parte superior das costas e ele a tirou por completo. Eu me deitei, e meu biquíni úmido de repente exposto ao vento me fez estremecer. Os olhos dele desceram para os pedaços triangulares de tecido que cobriam meu peito, onde meus seios se espalhavam nas laterais, meus mamilos duros no material frio. Seu olhar se demorou, e, quando Sam voltou a olhar para mim, seus olhos eram do tom de azul mais escuro que eu já tinha visto.

Ele desceu ligeiramente o corpo para o pé da cama, então se inclinou, encostando a boca na pele abaixo do meu umbigo, sussurrando os nomes dos músculos enquanto passeava a boca pela minha barriga, deixando um rastro de beijos no meu corpo. Correu a língua na fissura do meu umbigo e depois seguiu com ela em uma linha quente e molhada até o meio do meu abdome, parando para beijar diferentes partes dele. Meus quadris estremeceram, e eu agarrei firme os lençóis. Sam pulou o espaço entre meus seios, e, quando encostou a língua no fundo entre minhas clavículas, um gemido gutural soou na minha garganta. Coloquei as mãos abertas nas suas costas, onde sua pele era quente e macia, e ele chupou meu pescoço, logo na base da mandíbula, depois passou a língua na minha orelha, mordendo-a de leve.

– *Auricular lobule* – sussurrou, seus lábios passando no lóbulo da minha orelha. Então ficou parado sobre mim, o rosto diretamente acima do meu. Sam se apoiou em um só braço enquanto sua mão se movia para minha cintura, descendo pelo meu quadril nu.

Passei os braços ao redor do seu pescoço, e ele levou devagar os lábios aos meus. Eu o beijei de volta, mais forte, abrindo sua boca com minha língua. Ela era uma caverna quente que eu queria explorar. Tinha gosto de sal e laranja. Enfiei uma mão no seu cabelo e mordi seu lábio inferior. Quando nos afastamos, Sam levou a mão à parte interna da minha coxa.

– Eu quero tocar você, Percy – sussurrou ele asperamente. – Posso?

Soltei um sim estrangulado. Ele foi para o lado, e nós dois vimos seus dedos rastejarem por debaixo do tecido dourado. Sam traçou a fissura úmida entre minhas pernas, meu biquíni caindo para o lado com o movimento. Pressionou de leve o dedo para dentro, então olhou para mim, seu rosto cheio de espanto.

– A gente vai fazer isso? – perguntou baixinho, e eu não sabia se ele queria dizer o que estava acontecendo agora ou alguma pergunta maior a respeito de nós dois, mas minha resposta foi a mesma de qualquer maneira.

– Sim, a gente vai fazer isso.

13

AGORA

Chantal tem um comprometimento profundo com o brunch de domingo. É quase certo que ela agora esteja em sua mesa preferida de seu restaurante preferido, dividindo o jornal com o noivo. Ela vai pegar primeiro a seção de Artes e ele vai ficar com Opiniões, e depois eles vão trocar. Os dois vão tomar café e os ovos benedict estarão a caminho. Eu estaria atrapalhando seu ritual. Chantal mal consegue falar, quem dirá estar preparada para lidar com minhas crises, até que tenha tomado pelo menos duas xícaras de cafeína. Pelo menos é o que digo a mim mesma enquanto escrevo rápido uma mensagem para minha amiga, apago e coloco o celular na cama do meu lado. De novo. Balanço a cabeça para mim mesma. Cinco é o número da sorte, certo? Pego a droga do telefone e digito outra mensagem, aperto enviar com força e desligo o telefone. Eu me sento e espero – por um minuto, depois cinco – e, quando nenhuma resposta chega, me amaldiçoo por ter mandado a mensagem, para começo de conversa, e me afasto para o banheiro.

Deixo o chuveiro ligado até que o espelho fique embaçado, então entro debaixo da água quente e encosto a cabeça no azulejo, permitindo que o fluxo de ideias ansiosas vire fumaça ao meu redor como gás mostarda. *Mas o que é que está errado comigo? Que tipo de pessoa se aproveita do ex-namorado (recém-solteiro!) no dia do funeral da mãe dele? Sam nunca vai me deixar ficar na vida dele. E por que eu deveria? Sou uma pessoa desprezível e egoísta, claramente incapaz de ser amiga dele.*

Não me dou conta de que estou chorando até sentir os ombros tremendo. Indignada com minha autopiedade, dou um empurrão na parede, me esfrego bem com sabonete, lavo o cabelo e seco.

Chego à igreja dez minutos adiantada, e o estacionamento já está cheio de caminhonetes empoeiradas e sedãs desgastados. Um rapaz está orientando os motoristas para estacionarem no terreno ao lado. Deixo o meu no final de uma fileira e sigo caminhando em direção à igreja, os saltos dos meus sapatos pretos afundando na grama, me fazendo parecer tão instável quanto eu me sinto.

Sam está parado com um pequeno grupo de pessoas diante dos degraus da igreja. Paro na hora ao ver Taylor ao lado dele, as pernas tão compridas quanto as de uma girafa, o cabelo dourado como um raio de sol. Mesmo que Sam e Charlie tivessem mencionado que ela ia estar ali, de alguma forma eu não esperava vê-la. É como se o vento não batesse mais em mim. Aperto bem os olhos, tentando me equilibrar. Quando volto a abri-los, Charlie está olhando para mim do outro lado do estacionamento. Ele ergue a mão, e o grupo todo se volta na minha direção.

À medida que me aproximo, reconheço imediatamente o homem magro de meia-idade: é Julien. Há um casal de idosos que devem ser os avós paternos de Charlie e Sam. Os pais de Sue já não estão entre nós. Há outro casal, que acho que são o irmão e a cunhada de Sue, de Ottawa. Respiro fundo e abro um sorriso caloroso, embora meu estômago esteja revirando.

– Pessoal, esta é Percy Fraser – diz Charlie quando me junto a eles. – Vocês provavelmente se lembram dela. Ela e os pais eram donos da casa ao lado da nossa quando éramos mais novos.

Cumprimento a família com abraços e condolências, fingindo se tratar de um funeral como qualquer outro e que não sinto Sam me observando intensamente.

– Você está com a cara boa, Percy. – Julien me dá um abraço frouxo. Esfrego os braços dele com as duas mãos quando ele recua. Seus olhos estão vermelhos e ele cheira a cigarro.

Viro-me para Sam e Taylor por último. Ele se fechou tão rápido de manhã depois do que aconteceu, porque é óbvio que faria isso. Quem quer começar com a conversa *você partiu meu coração* na manhã do funeral da própria mãe? Estou com medo de olhar nos olhos dele agora, com medo do que vou encontrar neles. Arrependimento? Raiva? Dor?

Então eu concentro meu olhar em Taylor. A mão dela está descansando no ombro de Sam, de um jeito que grita *meu*. Sam pode ter terminado com ela, mas ela claramente não terminou com ele. Como resposta, estampo um sorriso sereno que diz *não acabei de fazer o seu ex gozar nas calças*, e o deixo ali, ainda que a bile esteja subindo pela minha garganta. Ela está deslumbrante em um macacão preto de alfaiataria, o cabelo brilhando preso em um rabo de cavalo baixo. Meu vestido preto parece sem graça em comparação. Taylor está com pouca maquiagem e sem joia nenhuma, e de algum modo consegue parecer intencionalmente minimalista. Se eu andasse por aí só de rímel e brilho labial, ia parecer cansada. Para ficar como estou, levei cinco minutos só para passar várias camadas de corretivo ao redor dos meus olhos inchados e do meu nariz vermelho.

Quando por fim olho para Sam, é como se o visse pela primeira vez. Ele está rígido como um pinheiro vermelho, com uma camisa branca engomada e um terno preto que parece caro, bem ajustado ao corpo. Acabou de se barbear e seu cabelo está penteado e modelado com algum tipo de produto. Ele parece um ator que interpreta um médico na TV em vez de um médico de verdade.

Sam e eu estávamos sempre vadiando em roupas de banho ou de trabalho, e eu só o tinha visto de terno uma vez. Agora ele parece tão adulto, tão homem. Um homem que *devia* estar de braço dado com uma advogada linda, em vez de uma louca pendurada no seu pescoço. Ele e Taylor formam um casal que impressiona, e é difícil não sentir que os dois foram feitos para ter filhos inteligentes, bem-sucedidos e incrivelmente bonitos.

Me inclino para abraçá-lo, e é como chegar em casa e se despedir e quatro mil dias de saudade.

– Acho que é melhor a gente entrar – diz Taylor, e me dou conta de que fiquei encostada no peito de Sam um pouco mais do que devia para uma visita educada, mas, assim que recuo, ele aperta um pouco mais os braços em volta de mim, só por um segundo, antes de me soltar com um olhar indecifrável.

Esta é a maior igreja da cidade, mas ainda não é grande o bastante para que todos que apareceram esta manhã se sentem nos bancos. As pessoas estão de pé em fileiras atrás dos assentos do fundo, se amontoando junto das portas e espalhadas do lado de fora. É uma demonstração incrível de amor e de apoio. Mas também significa que a igreja está quente e lotada. Quando chegamos ao banco da frente, meu pescoço e minhas coxas já estão úmidos. Eu devia ter prendido o cabelo. Eu me sento entre Charlie e Sam, onde uma grande foto de Sue sorrindo nos encara, cercada por coroas de lírios, orquídeas e rosas. Limpo o suor do buço e depois limpo as mãos no vestido.

– Você está bem, Pers? – sussurra Charlie. – Parece nervosa.

– Só com calor – digo a ele. – E você?

– Nervoso – ele responde segurando um pedaço de papel dobrado que presumo ser seu discurso. – Quero fazer jus a ela.

Quando chega a hora de Charlie falar, ele agarra a beirada do púlpito, e os nós dos dedos ficam brancos. Ele abre a boca, depois volta a fechar, olhando para a multidão por uns bons segundos até começar a falar, sua voz claramente vacilando. Charlie para, respira fundo e começa de novo, agora mais estável. Ele fala sobre como Sue manteve a família e os negócios unidos depois que o pai dele morreu, e, mesmo que tenha que parar algumas vezes para se recompor, consegue chegar até o fim, sem derramar lágrimas, um evidente alívio em seus olhos verdes.

Para minha surpresa, quando Charlie volta para o banco, Sam se levanta. Não tinha me dado conta de que ele ia falar hoje. Eu o observo enquanto ele segue confiante para a frente da igreja.

– Muitos de vocês vão achar isso escandaloso, mas a minha mãe na verdade não gostava de pierogis – ele começa com um sorrisinho nos lábios, e o lugar ressoa risadas discretas. – Mas ela adorava ver todos nós comendo pierogis. – Sam mantém os olhos quase o tempo todo na folha, mas é um belo orador; enquanto o discurso de Charlie foi sério e reverente, o de Sam é levemente provocativo, quebrando a tristeza do lugar com histórias alegres sobre as dificuldades e as vitórias de Sue para criar dois meninos. Então ele ergue os olhos e vasculha a multidão até que se fixa em mim brevemente antes de voltar a baixar o olhar. Dá para ver de canto de olho Taylor me observando, e meu coração amarra os tênis de corrida e sai em disparada.

– Minha mãe viveu sem o meu pai durante vinte anos – prossegue Sam. – Eles eram amigos desde o jardim de infância, começaram a namorar no nono ano e se casaram depois do ensino médio. Meu avô vai dizer que não teve como convencer nenhum dos dois de jeito nenhum a esperar um pouco mais. Eles sabiam. Algumas pessoas têm essa sorte. Elas conhecem seu melhor amigo, o amor da sua vida, e são sensatas o suficiente para nunca abrir mão. Infelizmente, a história de amor dos meus pais acabou cedo demais. Pouco antes de morrer, minha mãe me disse que estava pronta. Ela disse que estava cansada de lutar e cansada de sentir saudade do meu pai. Ela pensava na morte como um novo começo... disse que ia passar o resto da sua próxima vida com o meu pai, e eu gosto de imaginar que é exatamente isso que eles estão fazendo agora. Melhores amigos juntos de novo.

Estou fascinada com ele. Cada palavra é uma flechada na minha alma. Estou prestes a lançar meus braços ao seu redor quando Sam se senta, mas então Taylor puxa sua mão para o colo dela e a segura entre as suas. A visão das mãos entrelaçadas dos dois me bofeteia com a realidade. Eles fazem sentido juntos. Eles são um presente embrulhado com cuidado, com as beiradas dobradas com precisão e um laço de cetim. Sam e eu somos uma bagunça com mais de uma década e um segredo enorme entre nós. Amanhã vou voltar para Toronto, para longe desta cidade, para longe de Sam. Foi uma loucura voltar, esperar que eu pudesse melhorar as coisas. Em vez disso, me joguei em cima dele quando ele estava mais vulnerável. E, por mais certo, perfeito e bom que fosse sentir sua boca na minha de novo, eu não devia ter deixado acontecer o que aconteceu esta manhã sem ter sido honesta com ele antes. Apesar de tudo que eu fiz para seguir em frente, estou de volta exatamente onde estava aos dezoito anos.

Charlie me oferece seu braço enquanto seguimos para fora da igreja, então caminho devagar de volta para o carro com um peso no peito. Descanso a cabeça no volante.

Eu não devia estar aqui. Eu não devia ter vindo.

Mas não posso ir embora agora, não quando há um compromisso pela frente, então espero a sensação de peso melhorar um pouco e depois dirijo até o Tavern.

* * *

O restaurante está mais para uma reunião de família barulhenta do que para um encontro pós-funeral. Vejo os parentes e amigos sorridentes socializando com pratos dos pierogis de Sue. As mesas foram retiradas para abrir espaço para a multidão, e alguém fez uma playlist com as músicas country preferidas de Sue. Não demora muito para que um grupo de crianças faça uma roda de dança, pulando e se agitando com Shania Twain e Dolly Parton. A cena é docemente benéfica, e sou uma impostora por estar dentro dela.

Ignoro o telefone vibrando na minha bolsa e pego uma taça de vinho com o jovem garçom atrás do bar, tentando encontrar um rosto amigável para passar um tempo aceitável conversando antes que possa escapar de volta para o hotel. Charlie está no centro das atenções dos fumantes reunidos no pátio. Não vejo Sam e Taylor em lugar nenhum, e Julien está se escondendo na cozinha ou voltando a encher as bandejas dos rechauds na mesa do bufê. Sigo para ajudá-lo, mas o lugar está vazio, com a porta dos fundos aberta. Dou um passo em direção a ela para ver se ele está fumando, mas hesito ao ouvir vozes.

– Você é louco, cara – diz uma voz grave. – Tem certeza de que quer tomar esse rumo de novo?

– Não – ouço Sam responder. – Não sei. – Ele soa confuso, frustrado. – Talvez eu queira.

– Você precisa que a gente te lembre como você ficou mal da última vez? – pergunta uma terceira voz.

Eu sei que devia ir embora. Mas não vou. Meus pés estão colados no chão, e meu celular começa a tocar de novo.

– Não, é claro que não. Eu estava lá. Mas a gente era muito novo.

E agora eu sei que é de mim que eles estão falando. Estou ali dentro do meu vestido, molhada de suor, esperando o pelotão de fuzilamento.

– Nem vem com essa merda. Eu também estava lá – dispara o primeiro rapaz. – Muito novos? Você ficou bem mal pra alguém que é só muito novo.

Não quero ouvir o resto. Não quero ouvir o quanto deixei Sam machucado.

– Sam – diz a outra voz, mais gentilmente –, demorou anos, lembra?

Vou passar mal.

Eu me viro, passo pelas portas vaivém para a sala de jantar e dou de cara com Charlie.

– Uau! Tem algum lugar melhor para estar?

As covinhas de Charlie somem quando seus olhos se concentram no meu rosto.

– Você está pálida e meio grudenta, Pers. Está tudo bem?

Não consigo inspirar o bastante para responder, e meu coração está batendo tão rápido que dá para senti-lo pulsando em cada centímetro da minha pele. Quem sabe desta vez seja mesmo um ataque do coração. Eu posso morrer. Agora mesmo. Tento respirar, mas os contornos da sala estão ficando turvos. Charlie me leva de volta para a cozinha antes que eu possa dizer para ele não fazer isso. Ouço um arquejo horrível e percebo que está vindo de mim. Eu me curvo, tentando recuperar o fôlego, depois me contorço sobre minhas mãos e joelhos. Ouço vozes abafadas, mas elas soam distantes, como se eu estivesse nadando debaixo da lama e elas estivessem na margem. Aperto bem os olhos.

Há uma leve pressão nos meus ombros. Através da lama, dá para ouvir uma voz contando devagar. *Sete. Oito. Nove. Dez. Um. Dois. Três...* A voz continua, e depois de um tempo, começo a equiparar minha respiração com o seu ritmo. *Quatro. Cinco. Seis. Sete...*

– O que está acontecendo? – alguém pergunta.

– Ataque de pânico – a voz responde, depois continua contando. *Oito. Nove. Dez.*

– Muito bem, Percy – diz a voz. – Continue respirando.

Eu continuo. Continuo respirando. Meu coração começa a bater mais devagar. Respiro fundo e abro os olhos. Sam está agachado na minha frente, com a mão no meu ombro.

– Quer levantar?

– Ainda não – digo, o constrangimento tomando o lugar do sentimento de morte iminente. Respiro mais algumas vezes, depois volto a abrir os olhos, e Sam ainda está ali. Me ajoelho devagar e Sam me ajuda a sair do chão, as mãos dele segurando meus cotovelos e sua testa enrugada de preocupação. Atrás dele dois homens estão de pé, um negro extremamente bonito e um cara comprido e pálido de cabelo escuro e óculos.

– Percy, você se lembra dos meus amigos, Jordie e Finn? – pergunta Sam.

Começo a me desculpar para eles, mas então vejo Charlie afastado de lado. Ele está me olhando com atenção como se tivesse resolvido algo, pontos ligados que não se juntavam antes.

– Foi um ataque de pânico? – ele pergunta, e eu sei que não se refere ao que acabou de acontecer.

Respondo com um leve aceno de cabeça.

– Você tem sempre? – pergunta Sam, de sobrancelhas franzidas.

– Faz muito tempo que não.

– Quando começou, Percy?

Eu pisco para ele.

– Hum... – Eu pisco para Charlie por uma fração de segundo. – Há uns doze anos.

14

OUTONO, TREZE ANOS ATRÁS

Delilah e eu estávamos sentadas na cantina na primeira semana do nosso último ano, e eu estava sorrindo tanto que um limpa-neve não conseguiria arrancar o sorriso do meu rosto. Tinha acabado de comprar um Toyota usado naquele fim de semana, e a liberdade puxava os cantos dos meus lábios como fios de marionete. Meu pai tinha concordado em dividir o valor de um carro de segunda mão comigo, surpreso por eu ter conseguido economizar quatro mil dólares só em gorjetas.

– Não seja uma *daquelas* garotas – disse Delilah, balançando uma batata frita na frente do meu rosto. Eu tinha acabado de mencionar a ideia de abandonar a equipe de natação. Os treinos eram durante a semana, mas as competições aconteciam principalmente nos fins de semana, e eu tinha grandes planos de passar todos eles em Barry's Bay com Sam.

– Que garotas? – perguntei, com um pedaço de sanduíche de atum na boca, quando um ruivo gatinho se sentou na frente da Delilah, estendendo a mão.

– Sério? – perguntou ela, apontando outra batata frita na direção do garoto antes que ele pudesse dizer uma palavra.

– Eu sou novo aqui – gaguejou ele, e recuou a mão. – Passei para dizer oi.

Delilah me lançou um olhar que dizia *Dá para imaginar?* e olhou feio para ele.

– E você acha que, porque nós dois somos ruivos, a gente deve sentar junto e comer bratwurst[2] com cenoura? Não vai acontecer. – Ela o enxotou. – Vai, tchau.

Ele olhou para mim para conferir se ela estava falando sério ou não.

– Ela parece bem mais doce do que realmente é. – Dei de ombros.

Depois que ele foi embora, Delilah se voltou para mim.

2   Salsicha alemã. [N. E.]

– Como eu estava dizendo, você não quer ser uma daquelas garotas que não têm nada de interessante a dizer porque só pensa no namorado, e tudo o que faz é costurar as meias dele ou sei lá o quê. *Aquelas garotas* são chatas. Não vá virar uma chata, Persephone Fraser. Eu vou ser obrigada a terminar com você.

Eu ri, e ela estreitou os olhos. Delilah não estava brincando.

– Tá bom. – Ergui as mãos. – Não vou abandonar nada. Mas o Sam não é meu namorado. A gente ainda não deu um rótulo à coisa. É tudo novo.

– Não é novo. Tem tipo uns cem anos – Delilah disse balançando a cabeça. – Não importa se você dá um nome ou não, vocês dois estão juntos. – Ela me observou. – E pare de sorrir tanto. Você está fazendo meu estômago embrulhar.

* * *

Nos fins de semana, quando eu não tinha competição, colocava as malas no carro na quinta à noite e seguia para o norte direto da escola na sexta à tarde. Isso não agradou minha mãe e meu pai de início, mas eu os ganhei com os argumentos *Logo vou fazer dezoito anos* e *Para que ter um chalé se não o usarmos?*, e assegurei a eles que estudaria enquanto estivesse fora. O que eu não disse foi que também estava planejando enfiar a língua na boca de Sam assim que ficasse sozinha com ele. Mas eles descobriram mesmo assim.

Um dia depois que Sam passou a mão em cada centímetro quadrado do meu corpo em agosto, Sue notou um chupão no pescoço dele. Fiel ao estilo inabalável de honestidade à la Sam, ele contou a ela exatamente quem tinha feito aquilo. Sue ligou para minha mãe logo antes da minha primeira viagem sozinha para o chalé para garantir que ela e meu pai estavam cientes do que se passava. Minha mãe nunca me disse nada a respeito, mas, de acordo com Sam, Sue disse a ela que ele e eu tínhamos começado um *relacionamento físico* e depois o colocou no telefone com a minha mãe para que ele prometesse que me trataria com respeito e cuidado.

Meus pais *nunca* falaram comigo sobre sexo, e me surpreendeu que aquela conversa tivesse acontecido. No entanto, quando desfiz minha mala para o fim de semana, havia um pacote de camisinhas dentro dela com um post-it que dizia *Para o caso de* com a letra da minha mãe.

Sam trabalhava às sextas-feiras, e eu costumava ir de carro direto para o Tavern para esperar até que ele tivesse terminado o turno da noite. Ele estava cozinhando com Julien na cozinha desde que Charlie fora para a faculdade. Se o restaurante ainda estivesse cheio quando eu chegava, eu amarrava um avental e atendia as mesas ou ajudava Glen, o garoto com o rosto cheio de espinhas que ficara no lugar de Sam lavando os pratos. Se estivesse tranquilo, eu levava minha lição de casa para o bar e ficava estudando até Julien dispensar Sam.

Sam insistia em tomar banho depois do turno, então sempre voltávamos para a casa dele. No caminho, contávamos um para o outro sobre a semana – os treinos de natação, as provas de biologia, os dramas de Delilah – e então subíamos correndo para o andar de cima. Tínhamos por volta de trinta minutos depois do banho de Sam para nos pegar antes de Sue chegar em casa após fechar o restaurante. Ficávamos com a luz apagada, um conflito frenético de línguas, dentes e mãos, e, quando os faróis de Sue brilhavam pela janela do quarto de Sam, voltávamos a vestir nossas blusas e descíamos correndo para a cozinha, jogando os pratos de comida que Julien tinha mandado para casa no micro-ondas. Comíamos à mesa, trocando olhares furtivos e passando o pé um do outro por baixo da mesa enquanto Sue preparava seu próprio jantar.

– Vocês dois são sutis como elefantes – ela nos disse uma vez.

No fim de setembro, as folhas estavam mudando de cor e a água já estava gelada demais para nadar, então inventamos uma nova rotina matinal. Para mim, ela envolvia dormir até tarde, até Sam bater na porta dos fundos depois da sua corrida. Ele fazia lattes fracos enquanto eu preparava bagels ou cereais, e nós comíamos no balcão falando sobre o conto que eu estava escrevendo ou sobre a nova namorada de Finn, que nem Sam nem Jordie suportavam, ou sobre inscrições para universidades, que tinham que ser entregues até janeiro.

Delilah, Sam e Jordie estavam todos convencidos de que queriam ir para a Queen's em Kingston – a universidade tinha um campus lindo e histórico e era considerada uma das melhores do país. Delilah queria ciência política, Sam, medicina e Jordie, administração de empresas (os três cursos da Queen's eram renomados). Sam ainda estava atrás de uma bolsa; por mais que Sue trabalhasse, não havia o bastante para causar impacto nas mensalidades e taxas de residência pesadas. A menos que minhas notas despencassem de repente, eu ia para a Universidade de Toronto, de acordo com o sonho dos meus pais, alimentado em parte pela fidelidade deles à faculdade e em parte porque metade da minha mensalidade seria coberta pelo desconto de corpo docente. Eu ia me inscrever no programa de inglês e queria fazer o maior número possível de cursos de escrita criativa em que conseguisse entrar. A Universidade de Toronto era ótima, mas nem é preciso dizer que eu preferia que Sam e eu estivéssemos planejando ir para a mesma faculdade. Toronto ficava a quase três horas de carro de Kingston, duas e meia se eu corresse e o trânsito estivesse bom. Um pequeno verme parasita de preocupação estava se enfiando fundo no meu cérebro – me dizendo que as coisas não iriam para a frente quando Sam fosse para a universidade.

Meus pais vieram para o Dia de Ação de Graças, e nossas famílias almoçaram juntas no feriado, também com Julien, que Sue finalmente convenceu a se juntar a nós. Com Charlie de volta para o fim de semana prolongado, havia sete de nós em volta da mesa de jantar dos Florek, e, entre Charlie e Julien, Sam e eu fomos submetidos a piadas incansáveis sobre nosso relacionamento. Não que a gente se importasse. Dávamos as mãos debaixo da mesa e ríamos do choque inicial dos meus pais com a língua ferina de Julien e as insinuações de Charlie sobre gravidez na adolescência.

Estávamos todos juntos de novo no Natal, mas meus pais voltaram para a cidade para o Ano-Novo enquanto eu fiquei e trabalhei no Tavern. À meia-noite, Sam me arrastou escada abaixo até o frigorífico e me beijou encostada nas caixas de frutas cítricas.

– Sou tão apaixonado por você – disse ele quando nos separamos, a respiração escapando em lufadas geladas de ar.

– Jura por isso aqui? – sussurrei, e Sam sorriu e beijou meu pulso, por cima da pulseira.

Com a aprovação dos meus pais, Sue me deixou passar a noite na casa deles, e, depois que todo mundo tomou banho e vestiu o pijama, ela abriu uma garrafa de prosecco, se serviu de uma taça que mais parecia um aquário e foi para o quarto, deixando o resto para Sam e eu. Colocamos alguma coisa no DVD e nos aconchegamos embaixo de um cobertor no sofá do porão.

Esperei dez minutos para garantir que Sue não ia dar uma olhada em nós e então rastejei para o colo dele, meus joelhos nos dois lados das suas coxas. Eu estava agitada por causa do trabalho e meu ventre fervilhava com o *tão apaixonado* e também com o prosecco. Tirei a camiseta de Sam e depois fui beijando seu peito, seu pescoço e sua boca, onde nossas línguas se encontraram. Ele começou a desabotoar minha camisa de flanela rosa, os dedos tremendo de excitação, e então parou quando viu que não tinha nada por baixo. Olhou para mim, as pupilas engolindo o azul em um oceano à meia-noite. A não ser pelo que tinha acontecido no quarto dele em agosto, a gente só tinha se beijado sem camisa, mas com sutiã, nada além. Terminei de abrir os botões que faltavam.

– Sou muito apaixonada por você também – sussurrei, e me livrei da camisa. Os olhos dele desceram para o meu peito e Sam ficou mais duro debaixo de mim.

– Você é perfeita – esganiçou quando seus olhos voltaram a encontrar os meus, e eu sorri animada, então me mexi, esfregando-me nele. As mãos de Sam agarraram minha cintura, então perambularam pelos meus peitos, e ele gemeu.

Eu me inclinei para perto de sua orelha para que nossa pele ficasse encostada, e disse baixinho:

– Eu quero te mostrar como eu te amo.

Movi a mão entre nós e coloquei os dedos ao redor do pênis dele. Ele mordeu o lábio e esperou, seu peito se movendo com inalações profundas.

– Tá bom. – Sam respirou, e nós dois descemos sua calça. – Não vou aguentar muito tempo – sussurrou, a voz profunda e grave. Ele passou a mão no meu peito, beliscando o bico rosado e rígido. – Eu poderia gozar assim, só de olhar para os seus mamilos duros. – Meus olhos voaram para os de Sam. Eu nunca o tinha ouvido falar assim, e isso fez uma corrente quente passar por mim. Puxei o cós da sua cueca boxer, em seguida me desloquei para que ele pudesse tirá-la, observando de olhos arregalados. Coloquei a mão em torno dele, hesitante e indecisa. Não tinha ideia do que estava fazendo.

– Me mostra como se faz – eu disse, e ele colocou a mão em cima da minha.

* * *

Sam, Jordie e Delilah receberam cartas de aceitação para a Queen's naquela primavera, e eu fiquei empolgada por eles, especialmente por Sam, que conseguiu uma das poucas bolsas que cobririam a maior parte de suas mensalidades. Meus pais e Sam receberam minha aprovação na Universidade de Toronto com grande festa, mas não pude deixar de sentir que estava com os pés no chão enquanto todos os outros embarcavam em um foguete.

Não que Sam me desse qualquer motivo para me sentir assim. Trocávamos e-mails o tempo todo quando estávamos separados, já fazendo planos para quando pudéssemos nos ver depois que começássemos a universidade. Ele me mandou os horários do trem que fazia o trajeto entre Kingston e Toronto – a viagem levava menos de três horas – e a lista mais fofa e nerd de livrarias e hospitais que Sam achava que deveríamos conhecer nas duas cidades.

Em abril, Toronto estava coberta de tulipas e narcisos, e os botões das magnólias e cerejeiras estavam ficando robustos. Ao norte, porém, montes de neve ainda pairavam nos limites de Bare Rock Lane e por todo o mato. Sam e eu caminhamos com dificuldade ao longo do leito do riacho, nossas botas afundando onde a neve ainda estava impressionantemente profunda e escorregando no chão úmido onde o sol tinha conseguido passar por entre os galhos. O cheiro era ao mesmo tempo fresco e fungoso, como uma das máscaras de argila caras da minha mãe, e havia tanta água correndo que tivemos que levantar a voz por causa do barulho.

O riacho estava mais tranquilo perto da piscina em torvelinho onde a velha árvore jazia sobre seu ventre. O dia estava claro, mas frio à sombra dos pinheiros, e dava para sentir que sua casca estava encharcada, mesmo através da minha calça jeans. Fiquei feliz por Sam ter me convencido a colocar uma jaqueta acolchoada.

– Então, vai ter uma festona no fim do ano – ele contou quando nos acomodamos, me entregando um dos biscoitos de aveia e passas de Sue que estavam no bolso de seu suéter de lã. – Vai ser logo depois da formatura e, hum, todo mundo vai arrumado... – Ele tirou o cabelo de cima do olho. Fazia meses que não o cortava e estava caindo na testa em uma cascata de cachos.

– Você está falando do baile? – perguntei, sorrindo.

– Vai ter um baile, mas não é nada de especial. Vai ser tipo uma festa de formatura, só que em um terreno bem grande no meio do mato. – Sam ergueu as sobrancelhas como se perguntasse *Então, o que você acha?*

– Parece divertido, e agora você tem tempo para isso – respondi, dando uma mordida no biscoito.

Ele pigarreou.

– Então eu estava pensando, se não cair no mesmo dia da sua formatura, será que você quer ir comigo? – Sam estremeceu um pouco e esclareceu: – Sabe, como um encontro.

– Você vai usar terno? – Sorri, já imaginando.

– Algumas pessoas usam blazer – ele explicou, devagar. – Isso é um sim?

– Se você for de terno, estou dentro. – Dei uma cotovelada nas costelas dele. – Nosso primeiro encontro.

– O primeiro de muitos. – Sam devolveu minha cotovelada. E meu sorriso sumiu.

– Vamos ter outros encontros, Percy – ele prometeu, lendo minha mente e baixando o rosto na altura do meu. – Vou te ver em Toronto e você vai para a Kingston... sempre que a gente puder.

Senti uma ardência no nariz, como se tivesse comido uma colherada de wasabi.

– Quatro anos longe é muito tempo – sussurrei, mexendo na minha pulseira.

– Pra nós? Não vai ser nada – disse Sam brandamente, e, antes que eu pudesse perguntar, ele enganchou o indicador na minha pulseira e deu uma puxadinha de leve. – Eu juro. Além do mais, a gente tem tempo. Temos o verão todo.

Mas ele estava errado. A gente não teve o verão todo de jeito nenhum.

* * *

Sam lia livros da escola – *para se divertir!* – no seu tempo livre e conseguiu uma bolsa integral para um dos cursos mais competitivos do país, então era óbvio que eu sabia que ele era inteligente. Mas descobrir que ele tinha a maior média da classe me abalou.

– Então você é tipo inteligente-inteligente – comentei quando Sam me ligou para dar a notícia. – Por que você não me contou?

– Eu estudo e as matérias da escola são bem fáceis para mim – respondeu. Quase dava para ouvi-lo encolher os ombros. – Não é grande coisa, na verdade.

Mas foi uma grande coisa. Ter as melhores notas na sua turma do último ano significava que Sam era o orador oficial e, portanto, era obrigado a fazer um discurso em sua formatura.

Fui de carro até Barry's Bay no dia da cerimônia de formatura dele, que também foi a noite da festona. O vestido branco tomara que caia que eu e Delilah tínhamos escolhido no shopping estava pendurado em um cabide no banco de trás. Minha formatura – um evento sufocante e monótono no fim da tarde no campo de futebol da escola – tinha sido alguns dias antes. Quando cheguei ao chalé, tive tempo suficiente para tomar banho, trocar de roupa, passar um pouco de maquiagem e arrumar o cabelo em uma trança lateral que descia pelo ombro. Eu tinha feito Sam descobrir que tipo de sapato as meninas iam usar para ir a uma festa chique no mato, então fui para a casa dos Florek usando um par de chinelos prateados com strass nas tiras.

Charlie já estava em casa depois do segundo ano na Western, e Sue e os meninos estavam sentados na varanda com copos transpirando de chá gelado quando segui pelo caminho que levava à entrada. Os três juntos em casa no início de uma noite de verão de sexta-feira era uma visão rara. Sam levantou de sua cadeira de vime e atravessou a varanda para me receber, de terno preto, camisa branca e gravata preta. Ele tinha cortado o cabelo e parecia um James Bond adolescente.

Não dá para acreditar que ele é meu, pensei enquanto passava as mãos nos ombros e nos braços dele, mas o que eu disse foi:

– Acho que dá para o gasto.

Sam abriu um sorriso que dizia que era bem capaz de estar ciente de como ele estava bonito e plantou um beijo tímido na minha bochecha antes de Sue nos fazer posar para fotos.

Assim que entramos na escola, ficou claro que Sam não era apenas um cérebro, era muito querido. Não era exatamente uma surpresa. Eu sabia que Sam era incrível – só não sabia que todo mundo também sabia disso. Os caras o cumprimentaram batendo as mãos espalmadas e com combinações de tapas nas costas/apertos de mão, e várias meninas jogaram os braços em volta do pescoço dele com suspiros de *Não dá pra acreditar que acabou*, sem se dar ao trabalho de olhar na minha direção. Eu conhecia Jordie e Finn um pouco, mas todo esse outro mundo do qual ele fazia parte, talvez de que ele fosse o centro, era totalmente estranho para mim.

De certa forma, Sam tinha continuado na minha mente como o garoto esquelético. Um garoto que tivera problemas para se relacionar com os colegas de sala depois da morte do pai e então um adolescente ocupado demais para ir atrás de diversão a não ser que eu o pressionasse. Mas vê-lo subir no palco de capelo e beca e ser aplaudido pelos colegas de classe foi como ver sua metamorfose acontecer em um instante. Sam fez seu discurso com uma voz grave e clara – era autodepreciativo, engraçado e cheio de esperança; foi completamente charmoso. Eu estava petrificada e orgulhosa, e, enquanto o aplaudia junto ao resto da plateia, uma semente de pavor brotou dentro de mim. Sam estava escondido em segurança para mim em Barry's Bay, mas em setembro seria parte de um mundo muito maior – que certamente o arrebataria em suas possibilidades infinitas.

– Você está bem? – Sam perguntou baixinho enquanto Charlie nos levava para a festa de formatura, nós três sentados no banco da frente da picape.

– Estou. Só pensando em como esse verão vai passar rápido – respondi, observando o mato crescer espesso ao redor da estrada por onde estávamos seguindo. – Pelo menos a gente ainda tem mais dois meses. – Abri um pequeno sorriso quando Charlie tossiu algo baixinho.

– Do que você acabou de me chamar? – retruquei.

– Você não. – Ele encarou Sam de canto de olho, mas nenhum dos dois disse mais nada.

Estávamos no caminho fazia quase vinte minutos quando Charlie virou em uma estrada de terra que cortava o mato e então, sem aviso algum, o caminho se abriu para campos abertos enormes. O sol já havia se posto, mas estava claro o bastante para avistar a velha casa de fazenda e os celeiros empoleirados no fim da entrada. Dezenas de carros estavam estacionados em fileiras na grama, e havia um pequeno palco com luzes e uma cabine de DJ na margem de um dos pastos. Charlie parou diante da casa da fazenda, onde duas meninas estavam sentadas atrás de uma mesa dobrável com uma caixa de dinheiro e uma pilha de copos descartáveis vermelhos. A entrada e um copo para encher no barril custavam vinte dólares.

– Venho buscar vocês à uma hora, bem aqui – ele avisou enquanto descíamos, depois partiu em meio a uma nuvem de poeira.

O ar cheirava a grama fresca e desodorante Axe. Havia muito mais pessoas indo e vindo pelos campos do que os alunos que compunham a pequena classe do último ano de Sam. Como prometido, as garotas estavam de chinelos ou sandálias sem salto compondo seus looks, algumas de vestido de baile até o pé e outras de algodão leve e mais casual. A maioria dos rapazes estava de calça social e camisa, mas alguns, como Sam, estavam de blazer. Enchemos nossos copos e tentamos achar Jordie e Finn, mas as únicas luzes eram as do palco, e, a menos que você estivesse na frente dele, tinha que apertar os olhos para distinguir rostos na luz azul fraca.

A cada poucos minutos alguém vinha até Sam para dizer que o discurso dele tinha sido fantástico. Fomos para o palco, vendo outros bêbados dançando com os braços nos ombros uns dos outros. Depois de várias cervejas, me dei conta de que não havia banheiros químicos e que as garotas estavam saindo discretamente para se agachar no mato. Diminuí a bebida depois disso, mas acabei sendo forçada a fazer minha estreia entre as folhas como todo mundo.

– Foi uma experiência única – contei para Sam quando voltei. As luzes vermelhas do palco iluminavam seu sorriso pós-quatro cervejas e seus olhos caídos.

215

– Dança comigo – ele pediu, passando os braços ao redor da minha cintura, e nós balançamos juntos devagar, ainda que sob uma música eletrônica pulsante.

– Eu sei que um milhão de pessoas já te falaram isso hoje. – Enrolei os fios de cabelo de sua nuca em meus dedos. – Mas o seu discurso foi meio que incrível. Eu pensei que *eu* fosse a escritora neste relacionamento. Que outros segredos você está escondendo de mim, Sam Florek?

O sorriso sumiu do rosto dele.

– O quê? – perguntei. Ele apertou os lábios, e senti um buraco no estômago. – Sam, o quê? Tem alguma que você está escondendo de mim? – Parei de me mexer.

– Vamos para algum lugar mais calmo – ele chamou, puxando minha mão para me levar para longe do palco rumo a um agrupamento de rochas. Sam me levou para trás das pedras e passou a mão no cabelo.

– Sam, você está me assustando de verdade – alertei, tentando manter a voz firme. A cerveja estava deixando minha cabeça turva. – O que está acontecendo?

Ele respirou fundo e enfiou as mãos nos bolsos.

– Fui aceito em um curso intensivo para estudantes de pré-medicina.

– Um curso? – repeti. – Você não me falou que tinha se candidatado.

– Eu sei. Ia ser difícil entrar. Eles só aceitam doze do primeiro ano. Eu achava que não tinha chances de entrar.

– Bem, isso é ótimo – respondi, as palavras se arrastando. – Estou orgulhosa de você, Sam.

– A questão é, Percy – ele hesitou, mudando o peso de lado. – Começa logo. Eu tenho que ir embora daqui a três semanas. – Ácido de bateria descia pela minha espinha.

– Três semanas? – Três semanas eram nada. Quando é que eu veria Sam depois disso? Ação de Graças? Fechei os olhos. Tudo estava começando a girar. – Eu vou passar mal – gemi.

– Desculpa não ter contado antes. Eu devia ter falado, mas sabia como você estava ansiosa para a gente passar o verão junto. – Sam segurou minha mão.

– Eu achei que você também estava – murmurei. Então eu vomitei em cima dos sapatos novos dele.

Charlie deu uma olhada em mim quando subi na caminhonete, as bochechas manchadas de lágrimas com rímel, e disse para Sam:

– Finalmente contou pra ela, hein? – Sam lhe lançou um olhar sombrio, e ninguém falou o resto do caminho.

Três semanas se passaram como se fossem segundos, e o pavor formou raízes nos meus pés e fez galhos crescerem que se espalharam pelos meus ombros e braços. Sam passava muito do nosso tempo juntos com o nariz enfiado em livros didáticos, como se estivesse estudando para uma prova importante. Ele se recusou a quebrar nossa tradição anual de atravessar o lago a nado e insistiu que fosse no último dia antes de ele ir para a faculdade. Era uma linda manhã ensolarada, e eu me alonguei e me aqueci. Desde que tinha começado a nadar competitivamente, dar braçadas pelo lago não era um desafio como costumava ser. Me senti quase entorpecida quando cheguei à outra margem, levando os joelhos ao peito e engolindo a água que Sam tinha levado para mim.

– Seu melhor tempo até agora – ele comemorou quando terminei, lançando um braço em volta de mim e me puxando para junto do seu corpo. – Achei que não conseguiria acompanhar.

Soltei uma risada amarga.

– Isso é engraçado – rebati, odiando como eu soava ressentida. – Parece que eu que estou sendo deixada para trás.

– Você não acha isso de verdade, acha? – Eu não estava olhando para ele, mas dava para sentir a preocupação em sua voz.

– E o que eu devo achar, Sam? Você não me falou que tentou entrar nesse curso. Você não me contou quando foi aceito. – Engoli as lágrimas. – Eu entendo por que quer ir. É incrível que tenha entrado. E eu acho que vai ser cem por cento ótimo para você. Mas esconder tudo isso de mim até *o último minuto* dói. E muito. Faz eu sentir que o que está acontecendo entre nós vem só de um lado.

– Não vem! – Sam protestou, com a voz falhando. Me puxou para o seu colo, de modo que fiquei de frente para ele, e segurou minha cabeça com as duas mãos para que eu não pudesse desviar o olhar. – Meu Deus, é claro que não. Você é minha melhor amiga. A minha pessoa favorita. – Ele me beijou e me puxou para junto de seu peito descoberto. Estava quente de suor e ele cheirava tanto a verão, tanto a Sam, que eu queria me encolher dentro dele.

– A gente vai se falar o tempo todo.

– Parece que eu nunca mais vou te ver – admiti, e então ele sorriu para mim com pena, como se eu estivesse sendo de fato ridícula.

– É só a universidade. – Sam beijou o alto da minha cabeça molhada. – Um dia você não vai conseguir se ver livre de mim. Eu juro.

* * *

Sue e Sam saíram no outro dia bem cedo, enquanto Charlie e eu acenávamos da varanda, lágrimas escorrendo pelo meu rosto.

– Vamos – ele me chamou depois que o carro sumiu da vista, colocando o braço em volta dos meus ombros. – Vamos dar um passeio de barco.

No fim das contas, Charlie era muito menos idiota sem Sam por perto para atormentar. Para grande confusão dos meus pais, decidi pegar turnos extras no Tavern. Mesmo quando Charlie não estava trabalhando, ele me levava de carro. Na maioria dos dias ele vinha nadando quando eu estava no lago para ver como eu estava.

Eu não estava legal. Mais de uma semana tinha se passado sem que eu tivesse notícias de Sam, mesmo que ele por fim tivesse ganhado um celular antes de ir para Kingston. Eu sabia que ele não seria de ficar mandando mensagens o tempo todo, mas não conseguia entender por que Sam não tinha respondido a nenhuma das minhas perguntas do tipo COMO VC ESTÁ, ESTOU COM SDD e PODE FALAR??? E, quando liguei para o telefone fixo do dormitório, ele não atendeu.

Charlie me lançava olhares interrogativos sempre que eu entrava na cozinha para pegar um prato. Uma noite, indo para casa, ele desligou o motor no meio do lago e se voltou para mim.

– Bota pra fora – mandou.

– Botar pra fora o quê?

– Não sei, Pers. Você é que vai me falar. Eu sei que você está chateada porque o Sam foi embora, mas você está parecendo a senhorita Havisham.

– Você sabe quem é a senhorita Havisham? – resmunguei.

– Vai se ferrar.

Suspirei.

– Eu ainda não tive notícias dele. Nenhum e-mail. Nenhum telefonema.

Charlie esfregou o rosto.

– Acho que Sam não tem internet lá. E a minha mãe disse que ele ligou para casa. Ele está bem.

– Mas por que ele não me ligou? – choraminguei, e Charlie riu.

– Você sabe como essas ligações de longa distância são caras, Pers.

– Nem me mandou uma mensagem?

Charlie suspirou, então hesitou.

– Tá bom, quer saber o que eu acho?

– Eu não sei, quero? – Apertei os olhos. Nunca dava para saber o que ia sair do Charlie.

– Honestamente, acho que o meu irmão foi um covarde por não ter contado sobre o curso. – Ele fez uma pausa. – E, se fosse comigo, eu teria te ligado assim que tivesse chegado em Kingston.

– Obrigada – respondi, com o rosto quente.

– Na cabeça do Sam, você pertence a ele. Não de uma maneira possessiva e assustadora... é mais como se ele acreditasse que tudo vai dar certo entre vocês dois no fim das contas. E eu acho que isso é uma grande besteira.

Empalideci.

– Você não acha que vai dar certo? – sussurrei.

– Eu acho que nada acontece assim – disse Charlie categoricamente. – Ele já estragou as coisas quando você arranjou aquele namorado jogador de hóquei. Espero que ele se esforce mais desta vez. – Ele ligou o motor. – Ou outra pessoa vai fazer isso.

15
AGORA

Discretamente, vou até o carro para retocar a maquiagem e ficar alguns minutos sozinha. Já é ruim o bastante ter um ataque na frente de Sam e Charlie, mas Jordie e Finn me verem no chão é um tipo especial de humilhação. Estou brava comigo mesma por não ter reconhecido os sinais a tempo de encontrar um lugar tranquilo para desmoronar em vez daquilo que eu fiz: tirar a conclusão precipitada de que meu coração estava prestes a me deixar na mão, fazendo meu pânico disparar.

Estou aplicando pinguinhos de corretivo em minha pele quando meu celular vibra. Não posso ignorar o nome que aparece na tela.

– Alô?

– P! – grita Chantal. – Você está bem? Estou te ligando o dia todo.

Estremeço, lembrando da mensagem que mandei para ela hoje de manhã.

– Desculpa. Eu, hum, fiquei meio presa aqui. Eu... – Deixo a frase morrer porque não tenho certeza de como estou.

– Persephone Fraser, você está me tirando? – fala ela, com tom de voz agudo. – Você não pode me mandar uma mensagem dizendo que precisa de ajuda, que precisa falar comigo *o quanto antes* e depois não atender o telefone. Eu estava louca atrás de você. Achei que tinha tido um ataque de pânico e desmaiado no mato em algum lugar e sido devorada por um urso ou uma raposa ou sei lá o quê.

Eu rio.

– Não está muito longe disso, na verdade.

Dava para ouvi-la andando pela cozinha e, em seguida, um líquido sendo entornado. Vinho tinto, sem dúvida. Chantal bebe vinho tinto quando fica estressada.

– Não ria. – Ela bufa. Em seguida, acrescenta mais brandamente: – O que você quer dizer com "não está muito longe"? Você *está* perdida no mato?

– Não, claro que não. Estou no meu carro. – Hesito.

– O que está acontecendo, P? – A voz dela voltou a seu tom aveludado característico.

Mordo a parte de dentro da bochecha, então decido arrancar o curativo.

– Tive um ataque de pânico. Agora há pouco no velório. Mas não foi nada de mais.

– Como assim não foi nada de mais? – Chantal explode tão alto que eu abaixo o volume do telefone. – Faz anos que você não tem um ataque, e agora vê o amor da sua vida depois de uma década no funeral da mãe dele, uma mulher que, se me lembro bem das poucas vezes que você me falou sobre ela, foi tipo uma segunda mãe para você, e agora está tendo ataques de pânico no velório dela, e isso não é nada de mais? Como assim não é nada de mais?

Eu engasgo.

– P – diz ela, um tom abaixo, mas não com menos força. – Você acha que eu não percebo, mas eu percebo. Você afasta quase todo mundo. E percebo também como pouco se importa com os babacas cheios de pompa que saem com você. E, ainda que tenha enterrado os seus problemas com o Sam debaixo de mais um monte de problemas, eu sei que isso é grande coisa sim.

Estou chocada.

– Achei que você gostasse do Sebastian – murmuro.

Chantal solta uma risada baixa.

– Lembra quando nós quatro fomos naquele brunch? A garçonete estava nos ignorando, e você teve que ir ao banheiro? Você falou para o Sebastian fazer o seu pedido se ela aparecesse?

Digo que me lembro antes que ela continue.

– Ele acabou pedindo para você um montão de panquecas com gotas de chocolate enquanto você não estava lá. Você odeia doce no café da manhã e não falou nada. Só agradeceu. Você comeu, sei lá, meia panqueca, e ele nem percebeu.

– Foi só um café da manhã – digo baixinho.

– Não existe "só" quando estamos falando de comida – responde Chantal, e não consigo deixar de rir. Sue e Chantal teriam se dado bem. Depois ela respira fundo. – O que eu quero dizer é que ele não te conhecia de verdade, mesmo depois de meses e meses de relacionamento, e você não o ajudava a te conhecer. Eu não gostava daquilo.

Não sei o que dizer.

– Só me conta o que está acontecendo – pede ela, depois de um momento de silêncio. Minha melhor amiga, que entendeu toda a minha estratégia de relacionamento observando um pedido em um brunch. Então eu falo. Conto tudo a ela.

– Você vai falar para ele? – Chantal pergunta quando eu termino. – A verdade toda?

– Não sei se vale a pena trazer o passado à tona de novo só para não me sentir mais culpada.

Minha amiga murmura de um jeito que significa que ela não concorda.

– Não vamos fingir que vai ser só para você se sentir melhor. Você nunca seguiu em frente.

* * *

Quando volto a entrar, a maioria dos convidados já foi embora, Dolly e Shania já não estão mais tocando, e Sam, Charlie, seus avós e um pequeno grupo de tias, tios e primos estão sentados em uma fileira de mesas junto a taças de vinho e conhaque. Sam e Charlie parecem cansados, mas principalmente aliviados, com os ombros menos tensos. Deixo os Florek relembrando histórias antigas, encontro um avental vermelho extra num armário e uma bandeja atrás do balcão e começo a recolher os pratos e copos sujos, levando tudo para Julien, que está debruçado sobre a lava-louças na cozinha.

Já estamos trabalhando calados por quase uma hora e terminando os últimos talheres quando Julien diz:

– Eu sempre me perguntei para onde você foi. – Ele ainda está olhando para os talheres.

– Não fui para lugar nenhum, na verdade. Simplesmente não voltei mais – digo a ele. – Meus pais venderam o chalé.

Alguns bons segundos se passam.

– Acho que nós dois sabemos que você não desapareceu só por isso – ele responde, e eu paro. Seco o último garfo e estou prestes a perguntar para Julien o que ele quer dizer, quando ele continua. – Nós todos achamos que você devia vir. – Ele se volta para mim, os olhos dardejando os meus. – Só não desapareça de novo.

– O que você quer dizer com nós... – começo a perguntar, quando a porta se abre e Sam entra, segurando meia dúzia de copos sujos. Ele para quando nos vê e a porta se fecha, batendo no seu ombro. Olha para o avental e o pano de prato que estou segurando.

– Déjà-vu – diz Sam, com um meio sorriso preguiçoso.

Ele parece um pouco confuso. Tirou o blazer e afrouxou a gravata. O último botão do alto de sua camisa está desabotoado.

– Ainda sou boa nisso. – Aponto com o quadril para o avental, sentindo os olhos de Julien em mim. – Você sabe quem procurar se estiver precisando de funcionários.

Julien pigarreia.

– Ela é só um pouco menos ruim do que você com a louça – ele afirma para Sam assim que Charlie entra com algumas taças vazias.

– Todo mundo está liberado. Estes aqui devem ser os últimos – anuncia Charlie, colocando as taças em uma bandeja. – Obrigado por ajudar na limpeza, vocês dois. E por organizar tudo isso, Julien. Era exatamente o que a minha mãe queria.

Ele passa por mim para dar um abraço em Julien, cheirando a conhaque e cigarro. Sam faz o mesmo, depois me puxa para um abraço, sussurrando um obrigado no meu ouvido que parece uma toalha quentinha envolvendo ombros molhados.

– Vocês, jovens, fora daqui – diz Julien. – Eu vou terminar tudo e fechar.

Charlie olha em volta para as superfícies limpíssimas de aço inox.

– Para mim parece que está tudo pronto. Por que não vamos lá pra casa? Podemos pegar uma pizza no caminho. Eu não comi nada.

Julien balança a cabeça.

– Obrigado, vão vocês. – E ele acrescenta, com a voz áspera: – E deixem a Percy dirigir. Vocês dois idiotas não têm a menor condição.

* * *

Passamos no Pizza Pizza no caminho para a casa dos Florek, já que nenhum de nós comeu na recepção. Estou aliviada que Julien tenha pedido que eu levasse os meninos para casa. Não estou pronta para me despedir.

Estou mais calma depois de conversar com Chantal. Ela não deu nenhum conselho, só me escutou falar sobre os últimos dias, depois me disse para não me sentir tão mal com o que tinha acontecido com Sam na caminhonete, que as pessoas lidam com a dor de maneiras diferentes.

E talvez a manhã tenha sido exatamente isso para Sam, um conforto em seu momento mais sombrio. E tudo bem para mim, digo a mim mesma, se pararmos por aí, e se for tudo o que ele precisa de mim.

– É estranho – Charlie comenta do banco de trás do carro. – Vocês dois na frente e eu atrás. Geralmente era eu quem dirigia para vocês.

– Geralmente era você quem deixava nós dois loucos – Sam responde, e nossos olhares se cruzam.

Ele está sorrindo e agora eu estou sorrindo, e por um segundo parece que não tem ninguém ali além de nós, e que sempre fomos só nós dois. E então eu me lembro de Charlie no banco de trás e de Taylor onde quer que ela tenha ido parar.

– Conta pra gente sobre esses ataques de pânico, Pers. É só sua cabeça ou o quê? – pergunta Charlie.

– Charlie. – A voz de Sam é dura como concreto.

Quando olho no retrovisor e vejo os olhos de Charlie, não há centelhas de malícia, só preocupação difusa.

– Me liberaram só para o funeral – digo a ele, e ele ri, mas as rugas entre suas sobrancelhas viram cânions. – Eu tenho uma coisinha com ansiedade – prossigo, voltando a olhar para a rua. Espero a pressão aumentar nos pulmões, mas isso não acontece, então continuo. – Normalmente eu consigo lidar com ela. Sabe? Terapeuta, exercícios de respiração, mantras... as rotinas básicas de autocuidado de uma garota branca privilegiada. É que às vezes a ansiedade sai um pouco do controle. – Encontro Charlie no espelho novamente e sorrio de leve. – Mas eu estou bem.

– Que bom, Percy – diz Sam, e dou uma olhada para ele esperando pena, mas não a encontro.

Estou surpresa por ver como é fácil contar isso aos dois. Assim que chegamos em casa, eles trocam de roupa e cada um pega uma cerveja da geladeira, leva a pizza para o deque e come direto da caixa com papel-toalha em vez de pratos. Devoramos as primeiras fatias sem falar.

– Estou feliz que tudo isso tenha acabado – comenta Charlie quando faz uma pausa para respirar. – Só as cinzas agora.

– Acho que não estou pronto para isso – Sam responde, tomando um gole da cerveja e olhando para a margem, onde um menino e uma menina estão subindo na canoa dos Florek.

– Nem eu – fala Charlie.

Gritos e respingos voam do lago.

– As crianças da casa ao lado. – Sam percebe que estou olhando para elas. – Do seu chalé.

Os dois têm cabelo escuro, e o menino é um pouco mais alto que a menina.

– Não se atreva! – ela grita imediatamente antes de ele a empurrar da canoa. Os dois começam a rir quando ela sobe de volta.

– Vai ficar aqui até quando, Charlie? – pergunto.

– Uma semana mais ou menos. A gente ainda precisa acertar algumas coisas. – Suponho que ele esteja se referindo à casa e ao restaurante, mas não pergunto. A ideia de venderem esse lugar é quase tão dolorosa quanto a de não ter mais o chalé, mas não é da minha conta. – E você, Pers? Quando você vai embora?

– Amanhã de manhã – respondo, tirando o rótulo da garrafa de cerveja.

Nenhum deles diz nada, e o silêncio parece pesado.

– A Taylor voltou para Kingston depois do funeral? – pergunto, para mudar de assunto e porque não consigo me livrar da sensação de que ela devia estar sentada aqui agora. Sam murmura que sim, e Charlie está franzindo a testa. – Mas que pena. – Pego outra fatia.

– Está de brincadeira comigo, Sam – Charlie rosna, e eu, por reflexo, movimento o braço para trás, derrubando no meu colo a cerveja pela metade.

– Merda!

– Você não tem nada a ver com isso, Charlie – Sam retruca enquanto me levanto, tentando secar meu vestido. Mas é como se os dois tivessem esquecido que eu estou aqui.

225

– Não dá pra acreditar! – Charlie grita. – Você está fazendo a mesma coisa de novo. Você é um maldito covarde.

As narinas de Sam dilatam a cada respiração ponderada antes que ele fale.

– Você não tem ideia do que eu estou fazendo – alega, sem se alterar.

– Tem razão. Não tenho ideia – Charlie responde, empurrando a cadeira para trás com tanta força que ela cai.

– Meu Deus, Charlie – desta vez é Sam quem grita. – Ela sabe que a Taylor e eu não estamos juntos. Não que isso seja da sua conta.

– Você está certo, claro – Charlie retruca, o peito subindo e descendo com a respiração pesada, a raiva irradiando.

– Charlie? – Dou um passo à frente. – Você está bem?

Ele olha para mim com uma expressão atordoada, como se estivesse surpreso por me ver ali. Seus olhos se suavizam.

– Sim, Pers. Estou bem. Ou vou ficar, depois de bolar um baseado e dar uma volta – explica, depois entra na casa. – Pegue umas roupas secas pra ela – ele diz para Sam por sobre o ombro, e então vai embora.

Começo a recolher o papel-toalha usado e as garrafas vazias com as mãos trêmulas, sem olhar para Sam.

– Me dê aqui. – Ele apanha as garrafas da minha mão e se abaixa para ficar na altura dos meus olhos.

Se fosse qualquer outra pessoa, eu diria que estava estranhamente calmo para alguém que acabou de ser destratado pelo irmão, mas é o Sam clássico, e dá para ver as manchas escarlate se espalhando pelas suas bochechas.

– Ele vai ficar bem? – pergunto.

– Vai. – Sam suspira e olha para a porta de correr pela qual Charlie desapareceu. – Ele acha que eu não mudei muito depois que a gente cresceu. Mas ele está errado. – Sam me olha com cuidado, devagar, e eu sei que está decidindo se deve falar mais. – Bom, você precisa de uma roupa seca.

– Não posso usar as roupas dela, Sam – digo, com a voz tão trêmula quanto as mãos.

– Concordo. – Ele indica a casa com a cabeça. – Pode vestir uma minha.

De certo modo, essa viagem inteira foi como entrar num túnel do tempo, mas não estou pronta para a onda de nostalgia que me atinge quando vou atrás de Sam até seu antigo quarto. As paredes azul-escuras. O pôster da anatomia do coração. A escrivaninha. A cama de solteiro que parece tão menor do que antes.

Ele me entrega uma calça de moletom e uma camiseta.

– Vou deixar você se trocar – avisa e sai, fechando a porta.

As roupas de Sam são mais ou menos seis números maiores que o meu. Dobro as mangas da camiseta e dou um nó na cintura, mas não há muito o que fazer em relação à calça a não ser apertar o cordão e puxar as pernas.

– Você vai rir quando me vir – anuncio. Nisso, meus olhos notam uma caixa amarela e vermelha no alto da estante. Não está mais em pé, de enfeite, mas continua lá. Estou tentando alcançá-la quando Sam volta ao quarto.

– Não acredito que você ainda tem isso. – Estendo a caixa do *Operando* para ele.

– Sabe, aquele vestido até que era bonito, mas esse look ficou muito melhor em você. – Ele sorri e aponta para a calça. – Especialmente a virilha flácida.

– Deixa a minha virilha em paz – reclamo. Uma de suas sobrancelhas se ergue em resposta. – Cala a boca – murmuro.

Sam pega a caixa e a coloca de volta na prateleira.

– A não ser que você queira jogar – propõe, e eu balanço a cabeça.

– O que mais você ainda tem? – me pergunto em voz alta, me inclinando para as prateleiras.

– Quase tudo – responde Sam, ao meu lado. – Minha mãe não tirou minhas coisas daqui, e eu não encostei nelas desde que voltei.

Eu me agacho diante dos romances de Tolkien e sento de pernas cruzadas no tapete.

– Nunca terminei. – Bato em *O Hobbit* e olho para ele. Está me observando com uma expressão tensa.

– Eu lembro – Sam comenta, baixinho. – Canções demais.

Ele se ajoelha do meu lado, o ombro tocando o meu, e eu ajeito nervosa o cabelo de modo que caia sobre meu rosto, colocando uma barreira entre nós. Passo o dedo nos grossos volumes de

227

medicina. Paro no livro de anatomia, lembrando do que aconteceu naquele quarto quando tínhamos dezessete anos.

O pensamento entra na minha cabeça sem ser convidado e sai pela minha boca ao mesmo tempo:

— Foi a coisa mais excitante que eu já vivi. — E em seguida: — Merda.

Mantenho os olhos colados na estante, querendo morrer debaixo de uma avalanche de livros de ciências desatualizados. Sam solta um suspiro que parece um pouco uma risada, e então coloca meu cabelo para trás do ombro.

— Eu aprendi uma ou duas técnicas depois daquele dia. — Sua voz é baixa, e está próxima o bastante para que eu consiga sentir as palavras no rosto. Coloco as mãos nas coxas, onde estão seguras.

— Tenho certeza que sim – digo para os livros.

— Percy, pode olhar para mim?

Fecho os olhos por um instante, então olho, e imediatamente desejo não ter feito isso, porque o olhar de Sam desce para a minha boca, e, quando volta para os meus olhos, os dele estão sombrios e ávidos.

— Sinto muito pelo que rolou hoje de manhã – deixo escapar. — Aquilo não devia ter acontecido nunca. — Mexo no cordão da calça.

— Percy – ele volta a dizer, emoldurando meu rosto com as mãos para que eu não possa desviar o olhar dele. — Eu não sinto.

— O que você quis dizer quando falou que mudou depois que a gente cresceu? – pergunto, em parte porque quero saber, mas também porque estou querendo ganhar tempo.

Sam respira fundo e desce as mãos nas laterais do meu rosto para segurar meu pescoço, os polegares contornando a curva da minha mandíbula.

— Eu não considero mais as coisas como garantidas. Eu não considero as pessoas como garantidas. E eu sei que o tempo não é infinito. — Ele sorri de leve, triste, talvez. — Acho que o Charlie sempre entendeu isso. Talvez porque ele fosse mais velho quando o nosso pai morreu. Na opinião dele, eu estava perdendo tempo com a Taylor. Mas acho que eu estava mais seguindo o caminho de menor resistência.

— Isso não é uma coisa boa? – pergunto. — Para ter o mínimo de atrito possível em um relacionamento?

A resposta dele é rápida e segura.

– Não.

– Por que você terminou com ela?

– Você sabe por quê.

Em vez de alívio, estou grudando de pânico. Dá para sentir meu coração acelerado. Tento balançar a cabeça nas mãos dele, mas Sam a segura firme e leva seu rosto devagar até o meu, pressionando a boca tão suavemente na minha que mal é um beijo, mal um sussurro. Ele recua um pouco.

– Você me deixa louco, sabe? Sempre me deixou. – Sam me beija de novo, com tanto carinho que sinto meu coração relaxar um pouco, como se ele achasse que está seguro, e meus pulmões devem concordar, porque solto um suspiro. – E eu nunca ri com ninguém como eu ria com você. Nunca fui amigo de ninguém como era seu amigo.

Sam pega minhas mãos e as coloca em volta do seu pescoço, me erguendo, de modo que nós dois ficamos ajoelhados. Quero dizer que precisamos conversar antes de tomar esse rumo, mas ele me abraça apertado junto do peito, e meus ossos e músculos e todas as partículas que os mantêm juntos se liquefazem, e eu me derreto nele.

Sam me solta o bastante para tirar o cabelo de cima da minha orelha e sussurrar:

– Tentei esquecer você por mais de dez anos, só que não quero mais tentar.

Não tenho tempo para responder porque a boca dele está na minha e suas mãos estão no meu cabelo, e ele tem gosto de pizza e noites de filmes e descanso na areia depois de nadar muito. Ele chupa meu lábio inferior, e, quando gemo, eu o sinto sorrir junto dos meus lábios.

– Acho que eu deixo você louca também – diz Sam na minha boca.

Quero subir em cima dele; consumi-lo, e ser consumida por ele. Passo as mãos debaixo da sua camisa e em cima das duas reentrâncias na sua lombar, trazendo-o mais forte para junto de mim. Sinto o gemido de Sam em vez de ouvi-lo, e ele tira sua camisa, depois a minha, jogando as duas no chão enquanto olho para sua pele bronzeada. Passo as mãos nos pelos claros do seu peito e depois nos da sua barriga, memorizando cada sulco.

– Nada mal, doutor Florek – sussurro.

No entanto, quando ergo o olhar de volta para ele, a curva de seu sorriso e o azul-celeste de seus olhos são tão familiares, tão como a minha casa, que eu sei que tenho que contar a ele, mesmo que isso signifique perdê-lo de novo. Deixo as mãos caírem de lado.

– Qual é o problema? – Seus olhos voltam rápido para o meu rosto.

– A gente precisa conversar.

Olho para o teto, mas não antes de duas lágrimas robustas rolarem pelo meu rosto. Eu as limpo.

– Você não tem que me dizer nada. – Sam segura minha mão.

Mas eu balanço a cabeça.

– Tenho, sim. – Aperto os dedos dele com força. – Doze anos atrás, você me pediu em casamento – eu sussurro. Respire.

– Eu lembro – diz ele, com um sorriso triste.

– E eu não aceitei.

– É – Sam rosna. – Também lembro disso.

– Eu preciso que você saiba por que eu disse não, quando eu te amava tanto, quando tudo que eu queria era dizer sim.

Sam envolve os braços em volta de mim e me puxa para junto dele, seu peito quente contra o meu.

– Eu também queria que você tivesse dito sim. – Ele pressiona a boca no meu ombro e me dá um beijo.

– Eu ouvi você conversando com o Jordie e o Finn mais cedo hoje – digo na sua pele, e posso sentir seu corpo ficando tenso. Olho para ele. – Parecia que vocês estavam falando de nós dois.

– A gente estava.

– O que eles queriam dizer quando falaram que você saiu mal depois do que aconteceu?

– Percy, você quer mesmo falar disso agora? Porque tem outras coisas que eu preferia estar fazendo. – Sam me beija de leve.

– Eu quero saber. Eu preciso saber.

Ele suspira, e junta as sobrancelhas.

– Eu passei por um momento difícil depois, só isso. Os caras sabiam. O Jordie foi para a mesma universidade que eu, lembra?

Ele viu tudo de perto: muita festa, bebida, esse tipo de coisa. Os dois são superprotetores.

Isso não parece toda a verdade, e Sam deve perceber minha suspeita.

– Mas já passou, Percy.

E, mesmo sabendo que não passou, pelo menos não para mim, quando ele tira o cabelo do meu pescoço e dá um beijo logo acima da minha clavícula, ergo o queixo e coloco a mão no seu cabelo, segurando-o contra mim.

– Sam, pare – consigo pedir depois de vários segundos, e ele para, encostando a testa na minha.

– Eu não sou boa o bastante para você. Eu não mereço você. Nem a sua amizade. E especialmente nada além da sua amizade.

Estou prestes a prosseguir, mas ele coloca dois dedos em cima da minha boca e me encara de olhos arregalados.

– Não faça isso, Percy. Não me exclua de novo – Sam implora. – Eu quero. – Ele está respirando rápido, a testa enrugada, interrogativa. – Você não quer?

– Mais do que tudo – respondo, e um canto da boca de Sam se ergue. Ele leva minhas mãos até ela e beija cada um dos dedos, sem tirar os olhos dos meus.

– Então me deixe ficar com você.

E não sei se ele quer dizer agora ou para sempre, mas, logo que o sim sai da minha boca, ele está me beijando.

* * *

O beijo é sedento e desajeitado, e, quando batemos os dentes, nós dois rimos.

– Porra, Percy. Eu te quero tanto. – Sam morde meu lábio inferior. O gume faz um arrepio correr por mim, e ele desce com a boca, mordiscando minha clavícula pelo caminho.

– Eu ficava acordado à noite pensando nestas sardas – murmura, beijando a constelação de pontinhos marrons no meu peito.

Não percebo que ele abriu meu sutiã, mas, quando desce as alças dos meus ombros, a peça cai inteira. Sam toca meus peitos, mexendo os mamilos entre os polegares e os outros dedos, e, quando eles enrijecem ao seu toque, ele se inclina, girando a língua em torno de um, depois o chupando e beliscando o outro com firmeza. Minhas mãos voam para seus ombros em busca de equilíbrio. Quando seu nome passeia nos meus lábios, ele me beija antes de levar a boca de volta para os meus peitos.

Alcanço o zíper da sua calça jeans e manuseio o botão, distraída com o que sua língua e seus dentes estão fazendo e a ânsia do pulsar entre as minhas pernas. Venço o botão, depois o zíper, e desço o jeans pelos seus quadris. Sinto sua ereção e Sam respira fundo. O som desencadeia alguma coisa dentro de mim – uma antiga necessidade de pressionar ele, de querer que ele se derrame, que faça mais barulhos como o que acabou de fazer. São fogos de artifício de luxúria, saudade e noites úmidas de verão. Passo as unhas nas suas costas e trago seu rosto para junto do meu.

– Só para ficar claro – digo a Sam, sem piscar –, eu quero. Eu quero você. Você pode ter a mim, mas eu também quero ter você.

Quando eu o beijo, é com cada gotinha de cada pedaço de mim. Passo a mão pelo seu peito, sua barriga, enfio a mão na cintura da sua cueca, fechando-a ao redor dele, movendo-a ao longo dele. Sam olha para baixo e assiste por um segundo, depois volta a olhar para mim com um sorriso, tirando a minha mão e me deitando no tapete.

– Lembra da primeira vez que você fez isso? – pergunta, sorrindo para mim e tirando a calça.

– Eu estava tão nervosa. Achei que ia te machucar.

Ele envolve os dedos na cintura da calça de moletom e a desce pelas minhas pernas, deixando-a em volta dos meus tornozelos.

– Você pegou o jeito. – Sam se ajoelha entre as minhas pernas. – A gente praticou bastante. – E me olha com um sorriso provocador.

– Praticou mesmo. – Sorrio de volta.

– Mas você não me deixou praticar isto. – Ele se inclina e beija por cima da minha calcinha.

– Eu era muito inibida – sussurro.

– E agora? – pergunta, colocando minha calcinha para o lado. Eu contorço as pernas. – Ainda é muito inibida?

– Não. – Suspiro, e ele sorri para mim, mas seus olhos estão turbulentos de avidez.

– Que bom. – Sam engancha os dedos na cintura da minha calcinha e a desce até os meus tornozelos, então prende meus pulsos junto dos meus quadris para que eu não possa mexer os braços. – Porque eu tenho bastante tempo para compensar.

Ele enfia a língua em mim, então a leva para cima do meu clitóris, mexendo, girando e chupando, me dizendo quantas vezes ele pensou nisso, como meu gosto é bom. Eu grito, e Sam chupa mais forte. Tento abrir as pernas, mas meus tornozelos estão presos pelos tecidos ao redor deles.

– Está gostando? – pergunta baixinho, e eu ergo os quadris para mais perto de sua boca como resposta.

Ele solta meus pulsos, se livra das roupas em volta dos meus tornozelos e agarra a minha bunda, me segurando na altura da sua boca, enquanto meus dedos seguram seu cabelo. Sam mexe a língua dentro de mim de novo, seus gemidos vibrando através do meu corpo, seus dedos de leve bem no lugar onde preciso deles. Aperto as coxas ao redor dele, e ele morde uma delas enquanto alcança meu mamilo, apertando e beliscando. Sua boca vem em seguida, sua língua quente no meu peito, enquanto seus dedos mexem na carne inchada no meio das minhas pernas. Sussurro seu nome sem parar, e Sam enfia o dedo em mim. Meu corpo está quente e úmido de suor, e eu peço mais. Ele olha para mim, os olhos pegando fogo enquanto enfia mais um dedo e depois outro, até que eu fique preenchida dele. Minhas pernas começam a tremer e Sam desce pelo meu corpo, me chupando, duro e grande, e então roça os dentes em mim, e eu grito e despenco em pedacinhos pontiagudos.

Ele volta beijando meu corpo amolecido, e eu envolvo meus braços e minhas pernas ao redor dele.

– Pensa só no tempão que você desperdiçou ficando inibida. – Sam dá um sorriso.

– Cala a boca. – Eu o aperto com as pernas, ele ri e me beija mais, tirando a franja da minha testa molhada.

– Eu disse que tinha umas técnicas novas – Sam se gaba, me beijando de novo.

– Estou preocupada com o seu ego – implico, com um sorriso bobo no rosto.

Ele mordisca meu ombro, depois minha orelha, e então Sam está em cima de mim. Se pressionando contra mim. Olhando para mim. Não tenho certeza se em mais de uma década fiquei tão feliz, então deixo de lado a voz irritante no fundo da minha cabeça, mesmo sabendo que não vou poder ignorá-la por muito mais tempo. Eu me sinto delirante. Nós nunca transamos, e quero apagar todos os outros caras, para que exista apenas Sam para sempre.

Levo meu rosto para junto do dele e o beijo devagar, rebolando contra seu corpo. Abaixo sua cueca e o sinto quente e duro no meu quadril. Ele estende a mão por sobre a minha cabeça e tira uma camisinha da gaveta da cabeceira, rolando de lado, e, com os antebraços ao lado das minhas orelhas, se deita sobre mim, prendendo meus olhos nos dele.

– A gente vai mesmo fazer isso? – sussurro.

Sam empurra para dentro de mim e eu inalo bruscamente. Fica parado, e nos olhamos por vários segundos.

– Sim, vamos – diz ele, e tira quase tudo, depois empurra de novo, e nós dois gememos.

Prendo sua cintura com as pernas e ergo os quadris para encontrá-lo, seguindo o ritmo desacelerado definido por Sam. Minhas mãos tocam seus ombros, suas costas e sua bunda ridiculamente dura, e seus olhos nunca desgrudando dos meus. Ele ergue meu joelho, empurrando ainda mais fundo dentro de mim e girando os quadris tão devagar que me irrita, me incitando ao auge, mas sem me levar até lá. Eu rosno de frustração e prazer e digo para Sam continuar, *por favor, não para, por favor, vai mais rápido*. Sou muito educada, mas ele apenas sorri e puxa meu lábio com os dentes.

– Esperei demais por isso. Não estou com pressa – argumenta ele.

E Sam não está com pressa, não a princípio, não até que suas costas estejam molhadas e seus músculos tensos e ele, tremendo de tanto se controlar. Sam se segura até eu ficar impaciente e ávida e morder seu pescoço e sussurrar:

– Eu também esperei demais por isso.

Depois, ficamos deitados no chão um de frente para o outro, o sol do início da noite dourado sobre nós. Os olhos de Sam estão pesados, um sorriso cansado nos lábios. Ele está correndo os dedos para lá e para cá no meu braço. Sei que tenho que contar para ele. As palavras não param de girar na minha mente. Só tenho que dizê-las em voz alta.

– Eu te amo – Sam sussurra. – Acho que nunca deixei de amar.

Mal consigo ouvir o que ele diz, porque ao mesmo tempo as palavras que eu deveria ter falado doze anos atrás sobem borbulhando pela minha garganta e saem pela boca.

16
VERÃO, DOZE ANOS ATRÁS

Quando finalmente tive notícias de Sam, já tinham se passado duas semanas desde que ele fora para a faculdade, e fiquei furiosa. Ele veio cheio de desculpas e *como você está* e *eu te amo* e *estou com saudade*, mas também estava esquisito. Se esquivou das minhas perguntas sobre o curso, o dormitório e os outros alunos, ou respondeu com monossílabos. Em cinco minutos de telefonema, ouvi um barulho ao fundo e a voz de uma garota perguntando se ele estaria pronto para sair logo.

– Quem era? – perguntei, as palavras firmes.

– Era só a Jo.

– Uma menina?

– Sim. Ela faz o curso comigo – explicou. – A maioria dos alunos está no mesmo andar. Todo mundo vai sair pra comer, e, bem, é melhor eu ir.

– Ah. – Dava para ouvir o sangue correndo nos meus ouvidos, quente e raivoso. – Nós nem demos as três atualizações.

– Olha, eu te mando um e-mail mais tarde. Finalmente consegui fazer a minha internet funcionar esta semana.

– Você está com o e-mail funcionando esta semana? Tipo, desde o começo da semana?

– Faz uns dias, sim.

– Ah.

– Não escrevi porque realmente não tinha muita coisa pra contar. Mas vou escrever, tá?

Mantendo sua palavra, Sam de fato mandou um e-mail, fazendo observações corridas e insatisfatórias, e prometendo atualizações mais completas no futuro. Ele até enviou algumas mensagens. Repassei tudo para Delilah – que prometeu ficar de olho nele quando chegasse lá e reportar quaisquer *vadias perdedoras* com quem o visse – e para Charlie, que ouviu, mas não teve muita reação.

– Você precisa começar a nadar de novo – disse Charlie quando paramos no restaurante em uma noite chuvosa depois que contei a ele sobre a última mensagem de Sam. Ele ia se mudar para um dormitório de duas pessoas para que Jordie e ele pudessem ficar no mesmo quarto em setembro. – Do mesmo jeito que você fazia com o Sam – Charlie continuou, sem olhar para mim. – Para pensar em outra coisa. Nós começamos amanhã. Se você não estiver no cais às oito, vou te arrastar para lá. – Ele desceu da caminhonete, sem esperar uma resposta, e abriu a porta dos fundos da cozinha, enquanto eu o observava, com a boca aberta.

Na manhã seguinte, Charlie estava me esperando no cais, de calça de moletom e camiseta, uma caneca de café na mão. Era raro vê-lo de pé tão cedo.

– Eu não sabia que a sua espécie funcionava antes do meio-dia – comentei, enquanto seguia até ele, percebendo as rugas no seu rosto quando me aproximei.

– Só você pra conseguir isso, Pers. – Meio que pareceu que Charlie estava falando sério.

Eu estava prestes a dizer *obrigada,* porque, por mais que a natação fosse uma coisa que Sam e eu fazíamos juntos, também era uma coisa minha, e eu sentia falta dela, mas Charlie indicou o lago com a cabeça e sua mensagem era óbvia. *Entra.*

A gente se encontrava todas as manhãs. Charlie quase nunca se juntava a mim na água, e ficava olhando da beirada do cais, bebericando seu café fumegante. Logo aprendi que ele praticamente não funcionava até chegar à metade da primeira caneca, mas, depois que a esvaziava, seus olhos brilhavam, revigorados como grama na primavera. Nas manhãs mais quentes, ele mergulhava e nadava comigo.

Depois de uma semana de manhãs na água, Charlie decidiu que eu ia atravessar o lago a nado de novo antes do fim do verão.

– Você precisa de um objetivo. E eu quero ver de perto você fazer isso – declarou ele quando estávamos voltando para casa do lago.

Lembrei do verão em que Charlie sugeriu que eu começasse a nadar e se ofereceu para me ajudar a treinar, e concordei sem discutir.

Às vezes tomávamos café com Sue depois de nadar. No começo ela parecia desconfortável com nossa amizade, olhando de um para o outro com a testa levemente franzida. Comentei isso com Charlie, mas ele nem ligou.

– Ela só está com medo de você descobrir quem é o melhor irmão – retrucou, e eu revirei os olhos.

Mas eu fiquei com aquilo na cabeça.

Algo sobre o que Charlie tinha dito estava certo: eu pensava em outra coisa quando nadava, mas as férias só duraram enquanto eu estava na água, me concentrando na respiração, seguindo em frente. Em meados de agosto, desenvolvi o que alguns podem descrever como comportamento de namorada histérica, ligando para Sam do telefone fixo do chalé quando voltava dos turnos no restaurante, não importava se era tarde e apesar de meus pais terem limitado as ligações de longa distância a duas vezes na semana. Eu teria usado meu celular se o sinal no lago não fosse tão ruim. Eu sabia que Sam acordava supercedo para correr antes que precisasse estar no laboratório, às oito, mas também sabia que ele estaria em casa sozinho, na cama, e que não poderia me evitar.

Mas as ligações não me fizeram sentir melhor. Sam estava sempre distraído, pedindo que eu repetisse as perguntas, e dava tão pouca informação sobre o curso, parecia nem sequer estar gostando, que fiquei amarga não só por ele tê-lo mantido em segredo, para começo de conversa, mas até mesmo por ter ido.

– Você abriu mão do nosso verão juntos por esse curso. Podia pelo menos fingir que ela está rendendo alguma coisa – surtei com ele uma noite, quando Sam estava particularmente monossilábico.

– Percy. – Suspirou. Ele parecia exausto, exaurido por mim, ou pelo programa, ou pelos dois.

– Não estou pedindo muito – desabafei. – Só um entusiasmo ínfimo.

– Ínfimo? Está dormindo com o dicionário de sinônimos de novo? – Foi sua tentativa de deixar o clima mais leve, só que não ajudou.

E então eu fiz a pergunta que estava me atormentando desde quando ele tinha contado que ia para a faculdade.

– Você se inscreveu nisso para se livrar de mim?

O outro lado da linha estava em silêncio, mas dava para ouvir meu coração pulsando nos ouvidos, minhas têmporas latejando com uma quantidade furiosa de sangue.

– É claro que não – respondeu Sam por fim, com calma. – É isso que você acha?

– Você não diz quase nada quando a gente se fala, e parece estar odiando esse lugar. Além do mais, tem toda a coisa do *Surpresa, vou embora daqui a três semanas!*, que deixa claro que você não bota fé no nosso namoro.

– Quando é que você vai superar isso? – Nunca tinha ouvido essa dureza na voz dele antes.

– Provavelmente quando passar o mesmo tempo que você passou escondendo isso de mim – disparei de volta.

Dava para ouvir Sam respirar fundo.

– Eu não vim para cá para me livrar de você. – Ele estava mais calmo agora. – Vim para começar a construir alguma coisa para mim. Um futuro. Estou só me acostumando. É tudo novo.

Não ficamos muito mais no telefone depois disso. Já passava da meia-noite. Fiquei acordada a maior parte da noite, com medo de que o que Sam estava construindo para ele não tivesse espaço para mim.

* * *

Fiquei irritada com todo mundo ao meu redor. Eu era fria com Sam ao telefone, e às vezes evitava responder às mensagens de texto de Delilah, incomodada com sua empolgação em ir para a faculdade. Parecia injusto que ela e Sam estivessem no mesmo campus. Meus pais não pareceram se dar conta de como eu estava emburrada. Muitas vezes eu entrava no chalé e me deparava com eles falando em voz baixa sobre pilhas de papéis.

– Não vamos conseguir conciliar tudo – ouvi meu pai dizer à minha mãe uma dessas vezes, mas estava muito envolvida com minha própria aflição adolescente para me preocupar com seus problemas de adultos.

Os únicos intervalos da minha ansiedade eram as manhãs na água com Charlie. Eu não tinha me dado ao trabalho de contar para os meus pais que ia atravessar o lago a nado de novo. Minha mãe e meu pai voltaram mais cedo para a cidade – alguma coisa envolvendo a casa, eu não tinha prestado muita atenção – e não estariam ali nos últimos dez dias do verão. No dia da travessia, encontrei Charlie no cais como em qualquer outra manhã, acenei com a cabeça, mergulhei e saí nadando. Nem esperei que ele entrasse no barco, mas logo vi o remo batendo na água ao meu lado.

Nadar daquele modo extenso e constante pelo lago foi um alívio de tudo o que estava me incomodando, e, quando cheguei à praia, meus membros queimavam de um jeito que parecia agradável, que me fazia parecer viva.

– Achei que você tinha se esquecido de como fazer isso – Charlie gritou enquanto puxava o barco para a margem ao meu lado. Ele estava usando um calção de banho e uma camiseta encharcada de suor.

– Nadar? – perguntei, confusa. – A gente está treinando todo dia há quase um mês.

Charlie se sentou ao meu lado.

– Sorrir. – Ele me cutucou com o ombro.

Estendi a mão e senti a temperatura da minha bochecha.

– Foi bom – admiti. – Para me mexer... Para fugir.

Charlie assentiu.

– Quem não precisa fugir do Sam de vez em quando? – Ele mexeu as sobrancelhas como se dissesse *É claro que estou certo, não estou?*

– Você é sempre tão duro com ele – apontei, ainda sorrindo para o sol e recuperando o fôlego. Estava quase zonza com a descarga de endorfina. Não estava atrás de uma resposta, e ele não me deu uma. Em vez disso, perguntei: – Então, alcançou as suas expectativas? – Charlie inclinou a cabeça. – Você disse que queria ver a travessia de perto. Foi tudo o que você sonhou?

– Com certeza. – Ele abriu um sorriso com covinhas para enfatizar. – Se bem que nos meus sonhos você ficava desfilando com aquele seu biquininho amarelo.

Era o tipo de frase clássica de Charlie que eu antigamente desprezava, mas hoje ela me atingiu como combustível de avião. Eu queria me deleitar com ela. Eu queria brincar.

– Eu não ficava desfilando! – gritei. – Eu nunca desfilei na minha vida.

– Ah, você desfilava sim – ele retrucou, com uma expressão séria.

– Olha só quem fala. Tenho quase certeza de que a sua foto está embaixo da palavra "garanhão" no dicionário.

Charlie riu.

– Piada de verbete de dicionário? Você consegue fazer melhor do que isso, Pers.

– Concordo. – Eu agora ria também. – Sabia que você foi o meu primeiro beijo? – A pergunta saiu num solavanco, sem a intenção de ter qualquer peso, mas as covinhas de Charlie sumiram.

– Naquele jogo de verdade ou desafio? – ele perguntou. Às vezes eu achava que Charlie tinha esquecido. Ele claramente não tinha.

– No jogo de verdade ou desafio.

– Hum. – Charlie olhou para o lago. Não sei que reação eu estava esperando, mas não era essa. Ele se levantou de repente. – Bem, está um calor do diabo. Vou dar um mergulho.

– Parece que a única vez que você decidiu usar uma camiseta é quando realmente não deveria – alfinetei quando ele se levantou e arrancou a peça.

Eu geralmente tentava manter o foco bem no rosto de Charlie quando ele estava sem camisa. A vastidão de pele e músculos era demais, mas ali estava toda ela, bem bronzeada e coberta de suor. Ele me flagrou olhando antes que eu pudesse desviar os olhos, e flexionou o bíceps.

– Exibido – murmurei.

Deitei de costas na areia, os olhos fechados para o sol enquanto Charlie nadava. Estava quase cochilando quando ele voltou a se sentar do meu lado.

– Ainda está escrevendo? – perguntou. A gente não tinha de fato falado sobre minhas escritas antes.

– Hum... não muito – respondi. Não estava me sentindo particularmente criativa naquele verão. *Absolutamente nada criativa*, era a verdade.

– São bons os seus contos.

Eu me sentei ao ouvir isso.

– Você leu? Quando?

– Eu li. Estava procurando alguma coisa na escrivaninha do Sam outro dia e encontrei um monte deles. Li todos. São bons. Você manda bem.

Eu estava olhando para Charlie, mas ele estava olhando para a água.

– Está falando sério? Gostou dos meus contos?

Sam e Delilah sempre foram superefusivos, mas eles *tinham* que gostar dos meus contos. Charlie não tinha o costume de fazer elogios que não envolvessem partes do corpo.

– Gostei. São meio estranhos, mas esse é o objetivo, né? São diferentes, no bom sentido. – Ele olhou para mim. Seus olhos estavam da cor de aipo claro ao sol, brilhantes junto da pele bronzeada. Mas não havia nenhuma insinuação de provocação neles. – Escrever alguma coisa nova pode ajudar na fuga.

Murmurei algo evasivo como resposta, de repente cem por cento consciente de que Charlie estava tentando de todo jeito me ajudar a sair do desânimo naquele verão. Ainda que eu estivesse lutando contra. Se isso já não tivesse ficado óbvio para mim, ficaria mais tarde naquela noite.

Tínhamos estacionado nos fundos do Tavern, minhas pernas moles demais para a caminhada do cais da cidade até o restaurante. Charlie desligou o motor e se voltou para mim.

– Então, eu tive uma ideia, acho que pode te animar um pouco. – Ele abriu um sorriso hesitante.

– Já te falei que *ménage à trois* é um limite difícil para mim – respondi com a cara séria, e Charlie riu.

– Quando se cansar do meu irmão, me avisa, Pers – rebateu ele, ainda rindo.

Fiquei imóvel. Nunca tinha passado tanto tempo com Charlie. E acontece que eu estava gostando disso. Muito. Às vezes eu até esquecia que estava brava com Sam e que sentia falta dele. Charlie não estava com uma garota pendurada nele naquele verão, e era surpreendentemente bom em ouvir. Ele passava por cima do meu mau humor, ignorando-o completamente ou me dando uma bronca. *Não combina com você ser uma megera*, Charlie me disse na última vez que eu tinha surtado depois de receber outro e-mail dolorosamente curto de Sam. Agora o ar na caminhonete estava tão espesso quanto calda de caramelo.

– O drive-in – soltou Charlie, piscando. – Essa é a ideia. Está passando um daqueles filmes de terror velhos e cafonas de que você gosta, e de repente pode ser uma boa distração. Seus pais foram para a cidade esta semana, né? Se você estiver meio sozinha...

– Não sabia que tinha drive-in em Barry's Bay.

– Não tem. Fica a mais ou menos uma hora daqui. Eu ia o tempo todo quando estava no ensino médio. – Ele para por um instante. – Então, que tal? Vai passar no domingo, e a gente não trabalha.

Parecia perigoso de um jeito que eu não conseguia entender exatamente. Os filmes de terror eram coisa minha e do Sam, mas Sam não estava ali. E eu estava. E Charlie também.

– Estou dentro – respondi, saindo da caminhonete. – É disso mesmo que estou precisando.

* * *

Recebi o e-mail de Sam no sábado. Eu tinha me arrastado do lago depois de um turno cheio, minha pele ainda grudenta apesar do vento fresco no percurso de barco para casa. Praticamente todos os pedidos tinham sido de pierogis, e ficamos sem no meio da noite. Julien tinha sido grosseiro, e os turistas não ficaram muito felizes com isso também.

O chalé estava completamente vazio. Tomei banho e fiz um prato de queijo e biscoitos enquanto ligava o notebook para ver meus e-mails. Esse era o meu ritual pós-trabalho, pré-telefonema para Sam. O que era incomum era o e-mail não lido dele na minha caixa de entrada, enviado algumas horas antes. Assunto: *Estive pensando.* Os e-mails de Sam geralmente chegavam de manhã, antes do curso dele, ou à tarde, logo depois. Atualizações de uma ou duas frases, e nunca vinham com o assunto preenchido. Meu corpo ficou dormente de pavor quando abri e vi o texto com vários parágrafos.

Percy,

As últimas seis semanas foram difíceis. Mais difíceis do que eu imaginava. Ainda não estou acostumado com este quarto nem com a cama. A universidade é enorme. E as pessoas são inteligentes. Inteligentes de um jeito que me faz me dar conta de que ter crescido em uma cidade pequena me deu uma falsa percepção da minha própria inteligência. Olho em volta durante uma palestra ou no laboratório e todo mundo parece estar concordando com a cabeça e seguindo instruções sem precisar de esclarecimentos. Eu me sinto tão para trás. Como é que eu fui aceito nesse curso, pra começo de conversa? Será que a faculdade inteira vai ser assim?

Eu sei que passei o resto do nosso tempo juntos estudando, mas não foi o bastante. Devia ter me dedicado mais. Agora eu preciso estudar ainda mais se quiser ir bem aqui.

E eu estou com tanta saudade. Às vezes não consigo me concentrar porque estou pensando em você e no que você deve estar fazendo. Quando a gente conversa, dá pra perceber que está decepcionada comigo — porque eu não te contei do curso e porque pareço estar infeliz aqui. Não quero que tudo isso tenha sido em vão. Eu vou estudar mais. Vou me sair bem. Eu *tenho* que ir bem.

E é por isso que eu acho que nós precisamos estabelecer alguns limites. Eu adoro ouvir a sua voz ao telefone, mas depois que eu desligo só sinto solidão. Daqui a pouco você também vai começar a faculdade e vai entender o que eu estou querendo dizer. A gente se deve e deve um ao outro fazer uma imersão — você na sua escrita e eu no laboratório.

O que eu estou propondo é uma ruptura da comunicação constante. Neste momento eu estou pensando em um telefonema por semana. A gente pode fazer isso sempre no mesmo horário — tipo um encontro. Senão eu só vou conseguir pensar em você. Senão não vou conseguir fazer o que quero há tanto tempo, não vou ser a pessoa que eu quero ser. Por você, mas por mim também. Só um pouco de espaço — para construir um grande futuro.

O que você acha? Vamos conversar sobre isso amanhã... eu estava pensando que domingo podia ser o nosso dia.

Sam

Li a coisa toda três vezes, as bochechas molhadas de lágrimas, uma bola de biscoitos alojada na garganta. Sam estava me pedindo espaço. De nós. De mim. Porque falar comigo o fazia se sentir solitário. Eu era uma distração. Eu estava sendo um peso para o futuro dele.

Sam estava enganado se achava que eu ia esperar até o dia seguinte para falar sobre isso. Para brigar por causa disso. Não é assim que você trata a sua melhor amiga, e sem dúvida não é assim que você trata a sua namorada.

O celular tocou três, quatro, cinco vezes até ele atender. Só que não foi Sam quem gritou *alô* por sobre a música e as risadas ao fundo. Foi uma garota.

– Quem é? – perguntei.

– É a Jo. Quem está falando?

Era por isso que Sam não queria que eu ligasse? Ele queria ver outras meninas?

– O Sam está aí?

– O Sam está ocupado agora. A gente está torcendo por ele. Quer deixar recado? – Suas palavras se atropelavam.

– Não. É a Percy. Chama ele.

– Percy. – Ela riu. – A gente ouviu falar...

De repente ela não estava mais na linha, a música foi desligada, e houve uma risada abafada antes de uma porta se fechar. Então silêncio, até que Sam falou.

– Percy? – Com uma única palavra, dava para dizer que ele estava bêbado. Isso porque precisava de espaço para estudar mais.

– Então, tudo que estava no e-mail era mentira? Você só quer mais tempo pra ficar bêbado com outras garotas? – gritei.

– Não, não, não. Percy, olha, estou bêbado mesmo. A Jo apareceu com vodca de framboesa. Vamos conversar. Amanhã, tá? Agora eu acho que vou... – A linha ficou muda, e eu me encolhi no sofá e chorei até dormir.

* * *

Charlie me pegou pouco antes das oito da noite no dia seguinte. A essa altura eu já não tinha lágrimas. Havia soluçado durante uma longa conversa com Delilah e depois de novo quando Sam mandou um breve pedido de desculpas por desligar na minha cara para vomitar. Ele escreveu que queria conversar à noite. Não respondi.

Eu achava que não ia conseguir rir, mas a montanha de petiscos que Charlie tinha reunido no banco da frente era realmente insana.

– Eles vendem hambúrguer, cachorro-quente e batata frita lá, se você quiser alguma coisa mais substancial – ele informou enquanto eu olhava para os pacotes de batatas chips e doces.

– É, provavelmente isso não vai ser suficiente – brinquei. E foi bom. Leve. – Geralmente eu como uns quatro sacos de batatas tamanho família por noite, e aqui só tem três, então...

– Engraçadinha. – Charlie olhou na minha direção enquanto seguia pela entrada comprida. – Eu não sabia de que sabor você gosta. Estava sendo precavido.

– Sempre me perguntei o que acontece com todas essas garotas com quem você sai – comentei, segurando um pacote de Oreos. – Agora eu sei. Você engorda elas e depois as come no jantar.

Ele me lançou um sorriso malicioso.

– Bem, uma dessas coisas é verdade – Charlie retrucou, com a fala arrastada.

Revirei os olhos e olhei pela janela para ele não ver o vermelho se espalhando do meu peito até o pescoço.

– Você se assusta fácil – ele acrescentou, depois de um minuto.

– Não é que eu me assusto fácil. Você é que gosta de provocar as pessoas sem necessidade. – Eu me virei para observar seu perfil. Charlie estava franzindo a testa. – O quê? Estou errada? – vociferei, e ele riu.

– Não, você não está errada. Talvez *assustar* não seja a melhor palavra, mas é fácil mexer com você. – Ele olhou para mim. – Eu gosto disso.

Dava para sentir o vermelho descendo pelo meu corpo. Charlie se voltou para a estrada com um sorriso grande o bastante para que uma insinuação de covinha aparecesse em sua bochecha. Senti um desejo forte de passar o dedo nela.

– Você gosta de me tirar do sério? – perguntei, tentando parecer indignada, mas também querendo provocar.

Ele me olhou de novo antes de responder.

– Meio que gosto. Eu gosto de ver o seu pescoço ficar vermelho, como se você estivesse toda quente. A sua boca retorce e os seus olhos ficam sombrios e meio selvagens. É bem sensual – continuou Charlie, com os olhos no espaço vazio da estrada. – E eu gosto quando você me enfrenta. Você me xinga pra valer, Pers.

Fiquei chocada. Não pela parte do sensual, porque isso era só o Charlie sendo o Charlie, pelo menos era o que eu achava, mas pelo fato de que ele obviamente prestava atenção em mim. Passar tempo com ele era a única coisa que tinha me mantido um pouco sã, mas eu tinha a impressão de que Charlie havia começado a prestar atenção antes de ficar com pena de mim naquele verão. Pelo menos eu achava que era pena. Agora eu já não tinha tanta certeza.

– Em matéria de xingar, você merece o que tem de melhor, Charles Florek – respondi, tentando soar descontraída.

– Eu não poderia concordar mais. – E ele acrescentou depois de um instante: – Então, e esses olhos inchados?

Voltei a olhar pela janela.

– Acho que as rodelas de pepino não funcionaram – murmurei.

– Parece que você nadou de olho aberto em uma piscina cheia de cloro. O que ele fez agora?

Gaguejei um pouco, sem saber como pronunciar as palavras rápido o bastante para não começar a chorar de novo.

247

– Ele... Hum... – Pigarreei. – Ele disse que eu estou distraindo ele e quer dar um tempo. – Olhei para Charlie, que estava observando a estrada, a mandíbula travada. – Ele precisa de mais espaço. Longe de mim. Para ele poder estudar e ser importante um dia.

– Sam terminou com você? – As palavras foram calmas, mas havia muita raiva por trás delas.

– Não sei – eu disse, com a voz falhando. – Acho que não foi isso, mas ele só quer falar comigo uma vez por semana. E, quando eu liguei ontem à noite, tinha gente no quarto dele, e essa garota com quem ele tem passado tempo. Sam estava bêbado.

Um músculo teve um espasmo na mandíbula de Charlie.

– Vamos falar de outra coisa – sussurrei, mesmo que nós dois tivéssemos ficado em silêncio por alguns segundos. Então acrescentei, mais firme: – Eu quero me divertir esta noite. Tenho uma semana até o fim do verão e um dos melhores filmes de terror de todos os tempos pela frente.

Charlie olhou para mim com a expressão chateada.

– Por favor? – pedi.

Ele olhou para trás pelo para-brisa.

– Diversão é comigo mesmo.

O filme era *O bebê de Rosemary*, um dos meus favoritos dos anos 1960, e não exatamente o filme de terror cafona que Charlie esperava. Os créditos estavam rolando, e ele olhava para a tela, boquiaberto.

– Que doideira – murmurou, e se virou devagar para mim. – Você gosta dessas coisas?

– Eu *amo* – balbuciei.

Tínhamos finalizado um pacote de batatas chips com sal e vinagre, um monte de doces em forma de cobrinhas, alcaçuz e duas raspadinhas da barraca. Eu estava elétrica depois de tanto açúcar. Foi a coisa mais divertida que eu tinha feito o verão todo, o que foi chocante, já que havia passado a maior parte daquele dia em posição fetal.

– Você é uma garota perturbada, Pers. – Ele balançou a cabeça.

– Isso vindo de você...

Sorri, e, quando Charlie devolveu o sorriso, meus olhos desceram para suas covinhas antes de me dar conta de que os dele estavam na minha boca. Pigarreei, e ele logo olhou para o relógio no painel.

– É melhor eu te levar pra casa. – Charlie deu a partida na caminhonete.

Conversamos durante o caminho de volta, primeiro sobre seu curso de economia na Western e os caras ricos com quem ele ia dividir uma casa no outono, e depois sobre como eu me sentia por ver que todo mundo estava passando a fazer coisas maiores e melhores enquanto eu continuava em Toronto, seguindo o caminho que meus pais tinham traçado para mim. Charlie não tentou me fazer sentir melhor nem me disse que eu estava exagerando. Simplesmente ouviu. Não houve mais do que alguns segundos de silêncio no ar durante toda a hora de volta. Estávamos gargalhando de uma história sobre o primeiro baile dele na escola quando ele estacionou na frente do chalé. O pai dele tinha ensinado antes o jeito *certo* de dançar, o que acabou com Charlie dançando valsa com uma Meredith Shanahan completamente passada pelo ginásio.

– Quer entrar? – perguntei, ainda rindo. – Acho que tem umas cervejas do meu pai na geladeira.

– Claro. – Charlie desligou o motor e me acompanhou até a porta. – Se você se comportar direitinho, posso até te tirar pra dançar.

– Eu só danço tango – rebati por sobre o ombro enquanto girava a chave na fechadura.

– Eu sabia que nunca ia dar certo entre nós – ele falou no meu ouvido, fazendo arrepios descerem pelo meu braço.

Tiramos os sapatos e Charlie olhou para o pequeno espaço vazio.

– Não entro aqui há séculos – comentou. – Acho tão legal que os seus pais tenham mantido isto aqui como um chalé de verdade. Bem, tirando essa coisa. – Apontou para a máquina de café espresso que ocupava grande parte do balcão da cozinha.

Fui andando para o outro lado da sala e acendi o refletor que iluminava o alto dos pinheiros vermelhos.

– É o meu lugar favorito no mundo – garanti, observando os galhos balançando por um instante.

Quando me virei, Charlie estava me examinando com uma expressão estranha no rosto.

– Acho que é melhor eu ir pra casa – disse ele, com a voz rouca, apontando por sobre o ombro.

Inclinei a cabeça.

– Você literalmente acabou de chegar. – Passei ao lado dele para abrir a geladeira. – E eu te prometi uma cerveja. – Entreguei uma garrafa a ele.

Charlie coçou a nuca.

– Não tenho o costume de beber sozinho.

Revirei os olhos e puxei a manga do meu moletom sobre a mão para abri-la. Tomei um bom gole, depois entreguei a garrafa a ele.

– Melhor? – perguntei.

Ele tomou um gole, me encarando com cuidado.

– Você caprichou hoje, hein? – Charlie apontou para minha roupa, um short jeans desfiado e um moletom cinza. Eu tinha prendido o cabelo em um rabo de cavalo. Foi só então que percebi que ele estava usando uma calça jeans escura e uma polo que parecia nova.

– Meu vestido de baile ficou em Toronto.

Ele sorriu, os olhos descendo para minhas pernas.

– As garotas com quem eu saio não usam vestido de baile, Pers. – Charlie voltou a olhar para os meus olhos. – Mas elas usam roupa limpa. – Olhei para baixo e, é, tinha uma mancha laranja na perna do meu short. – Sabe, para mostrar que elas têm um nível básico de higiene – acrescentou.

Dava para sentir que eu estava ficando quente, e ele abriu um sorriso.

– Eu te falei – completou Charlie, a voz grave e baixa. Ele pousou a garrafa e deu um passo na minha direção. – Pescoço vermelho. Boca retorcida. E os seus olhos estão ainda mais sombrios do que o normal.

Ficamos assim, os dois prendendo a respiração, por uns bons segundos.

– É sexy pra caramba – murmurou. – Eu não aguento o tanto que você é sensual.

Pisquei uma vez e então me joguei em cima dele, enroscando os braços ao redor de seu pescoço e trazendo sua boca para junto da minha. Eu queria tanto ser desejada. Ele veio ao meu encontro com a mesma avidez, agarrando minha cintura e me encostando em seu corpo forte. Segurou meus quadris junto dele com uma mão e enroscou a outra no meu rabo de cavalo, puxando minha cabeça para trás e depois chupando a carne descoberta do meu pescoço. Quando gemi, ele segurou minha bunda e me ergueu do chão, ajeitando minhas pernas em volta da sua cintura, abrindo meus lábios com a língua e me apoiando para que eu ficasse sentada no balcão. Ele abriu minhas pernas e ficou no meio delas, passando uma mão pela minha panturrilha.

– Eu não me depilei – sussurrei entre beijos, e ele riu na minha boca, me fazendo estremecer.

Charlie se agachou, segurando meu tornozelo, depois passou a língua desde a minha canela até o meu joelho, subindo para a borda do meu short, seus olhos nos meus todo o tempo.

– Não ligo nem um pouco – ele rosnou, então ficou de pé e segurou meu rosto entre as mãos. – Você poderia passar um mês sem se depilar, e eu ainda iria querer você.

Firmei as pernas ao redor dele e o beijei com força, depois mordi seu lábio, fazendo-o gemer. O som foi música para o meu ego.

– Vamos lá pra cima – exigi, então o empurrei para que eu pudesse descer, e o levei para o meu quarto.

Charlie estava com as mãos em cima de mim assim que passamos pela porta. Andei de costas até meus joelhos baterem na cama, e segurei sua camisa ao mesmo tempo que ele pegou a minha. Nós as tiramos em um emaranhado de braços, depois ele abriu meu sutiã em segundos, jogando-o no chão. Minhas mãos voaram para os botões do seu jeans, desesperadas para senti-lo junto de mim, para apagar todas as partes tristes, para me sentir desejada. Ele ficou assistindo enquanto eu tirava sua calça, depois abriu o zíper do meu short, descendo-o pelos meus quadris para que caísse no chão. Ficamos um diante do outro, com a respiração ofegante, e então eu empurrei a calcinha pelas pernas e me aproximei dele, roçando os dedos nos seus ombros. Não percebi que eles estavam tremendo até que Charlie colocou as mãos em cima das minhas.

– Tem certeza? – perguntou gentilmente.

Como resposta, eu o puxei para a cama em cima de mim.

* * *

Devo ter caído no sono logo em seguida, porque, quando acordei, o céu rosado da manhã irradiava pelas janelas. Ainda grogue, senti a respiração no meu ombro antes de me dar conta de que havia uma coxa jogada sobre mim. O pacote de preservativos que minha mãe tinha me dado no ano anterior estava aberto sobre a mesa de cabeceira.

– Bom dia – uma voz grave arranhou meu ouvido. Soava tanto como Sam.

Fechei os olhos com força, esperando que fosse um pesadelo. Ele mudou de lado e beijou minha testa, meu nariz, depois minha boca, até que abri os olhos e me deparei com um par de olhos verdes.

Os olhos errados.

O irmão errado.

Respirei de um jeito torto, buscando oxigênio, sentindo meu pulso, rápido e desconfortável, no corpo inteiro.

– Pers, o que você tem? – Charlie saiu de cima de mim e me ajudou a sentar. – Vai passar mal?

Balancei a cabeça, o encarei de olhos arregalados e arquejei:

– Não consigo respirar.

* * *

Passei os últimos dias do verão em um nevoeiro de autoaversão, tentando entender por que tinha feito o que fiz e como eu poderia contar a Sam sobre minha traição.

Depois que o ataque de pânico melhorou, expulsei Charlie do chalé, mas ele voltou à tarde para ver como eu estava. Eu berrei e gritei com ele em meio a lágrimas quentes, dizendo que tinha sido um erro enorme, que eu o odiava, que me odiava. Quando comecei a ficar sem ar, Charlie me abraçou firme até que eu me acalmasse, sussurrando que sentia muito, que não queria ter me magoado. Ele se desculpou assim que eu me desculpei, parecendo sofrido e arrasado, e me deixou sozinha, eu me sentindo ainda pior por tê-lo magoado.

Charlie se desculpou de novo quando veio me buscar para meu último turno no Tavern, no dia seguinte, e eu assenti, mas foi a última vez que falamos sobre o que tinha acontecido.

Quando voltei para a cidade, meus pais anunciaram na mesma hora que iam colocar o chalé à venda no outono. Eu devia ter previsto, prestado mais atenção no fato de os dois andarem se queixando um com o outro por causa de dinheiro. Comecei a chorar quando explicaram que a nossa casa em Toronto precisava de reformas. Além do mais, eu sempre poderia ficar com os Florek. Parecia um castigo pelo que eu tinha feito.

Sam e eu só tínhamos trocado e-mails desde a noite com Charlie, mas ele me telefonou assim que leu a mensagem de texto sobre a notícia, dizendo que estava triste, mas tinha certeza de que eu poderia passar o próximo verão na casa deles.

– Eu sei que você deve estar chateada – ele disse. – Mas você não vai ter que se despedir sozinha. A gente pode arrumar as suas coisas no Dia de Ação de Graças e levar um monte delas para a minha casa. O pôster do *Monstro do Lago Negro* pode ficar no meu quarto.

Nenhum de nós dois mencionou o e-mail dele. E eu não disse nada sobre o que tinha acontecido entre mim e Charlie.

O que eu precisava era conversar com Delilah, mas ela já tinha ido para Kingston. Eu queria me abrir com ela, queria que ela me oferecesse um plano para fazer tudo melhorar, mas não dava para fazer isso por mensagem de texto, e eu não queria contar por telefone, ouvir a voz dela e não ver sua reação.

Não lembro muito daquelas primeiras semanas na universidade. Só lembro que Sam começou a escrever e-mails mais compridos entre as nossas ligações de domingo. Agora que Jordie e ele estavam dividindo o quarto e ele estava se acostumando com o campus e a cidade, estava se sentindo mais estabilizado. Além do mais, ainda que não houvesse provas no curso, Sam tinha recebido uma avaliação excelente do supervisor e uma proposta para trabalhar meio período no projeto de pesquisa dele. Ainda não tinha esbarrado com Delilah no campus, mas estava de olho para o caso de ver uma cabeça ruiva.

Ele explicou que se sentia sozinho assim que chegou à universidade, e que só fazia relatos breves para não me preocupar. Se desculpou pelo fato de estar bêbado na noite em que liguei e me disse que, quando pensava em construir um futuro, era sempre um futuro comigo. Também se desculpou por não ter deixado isso claro. Ele me falou que eu era sua melhor amiga. Que sentia minha falta. Que me amava.

As aulas de Sam terminavam mais cedo às sextas-feiras e ele queria pegar o trem para Toronto para me ver nos fins de semana, mas eu desconversei, dizendo que meu professor tinha pedido um conto de vinte mil palavras para poucas semanas. Não era mentira, mas eu terminara a tarefa com bastante antecedência sem contar a Sam. Quando o Dia de Ação de Graças chegou, eu estava uma pilha de nervos de expectativa. Ainda não contara a Delilah o que tinha acontecido, mas me convencera a falar a verdade para Sam. Eu faria qualquer coisa para acertar tudo entre nós, mas não podia mentir para ele.

Viajei de carro na sexta-feira, sem parar nem mesmo para fazer xixi, querendo chegar ao chalé quando Sue tivesse voltado para Barry's Bay com Sam. Meus pais já haviam tirado a maioria de nossas tralhas da casa e não estariam lá durante o feriado. Eles tinham deixado as coisas do meu quarto para eu cuidar. O corretor iria até lá na semana seguinte para arrumar o lugar e começar a mostrá-lo para os interessados.

Eu tinha escrito um e-mail para Sam dizendo que precisava conversar com ele sobre uma coisa importante assim que ele chegasse em casa. *Que engraçado, também quero conversar com você sobre uma coisa*, foi a resposta.

Eu me mantive ocupada esperando por ele, com o estômago embrulhado e as mãos tremendo enquanto tirava o pôster do *Monstro do Lago Negro* de cima da minha cama. Limpei a escrivaninha, folheando o caderno com capa de tecido que Sam tinha me dado, e passando os dedos sobre a dedicatória inclinada na contracapa, *Para seu próximo conto brilhante*, antes de guardá-lo em uma caixa. Coloquei por cima a caixa de madeira com minhas iniciais gravadas na tampa. Eu sabia, sem ter que olhar dentro dela, que a linha de bordar com que fizera as nossas pulseiras ainda estava lá.

Ele tem que me perdoar, pensei, de novo e de novo, desejando que fosse verdade.

Estava começando a mexer na mesinha de cabeceira quando ouvi a porta dos fundos abrir. Desci a escada e me joguei nos braços de Sam, lançando-o para trás contra a porta, sua risada reverberando através de mim, nossos braços firmes ao redor um do outro. Ele parecia maior do que eu me lembrava. Parecia sólido. E de verdade.

– Também senti sua falta – disse Sam no meu cabelo, e eu respirei nele, querendo escalar suas costelas e me aconchegar embaixo delas.

Nós nos beijamos e abraçamos, eu em meio a lágrimas, então ele me arrastou para o meio da sala e encostou a testa na minha.

– Três atualizações? – sussurrei, e seus olhos se vincaram com um sorriso.

– Um, eu te amo – respondeu Sam. – Dois, eu não suporto a ideia de ir embora de novo, de você não voltar para este chalé, sem saber como eu te amo. – Ele respirou vacilante, então colocou um joelho no chão, segurando minhas mãos entre as dele. – Três – Sam me encarou, seus olhos azuis sérios e bem abertos, cheios de esperança e assustados –, quero que você case comigo.

Meu coração explodiu em um rompante de felicidade, prazer fundido se infiltrando na minha corrente sanguínea. E, com a mesma rapidez, lembrei do que tinha feito e com quem tinha feito, e a cor desapareceu do meu rosto.

Sam se apressou para continuar.

– Não hoje. Nem este ano. Não até você fazer trinta anos, se for isso que você quiser. Mas casa comigo.

Ele enfiou a mão no bolso da calça jeans e estendeu um anel de ouro com um círculo com pequenos diamantes ao redor de uma pedra. Era lindo, e me fez sentir mal pra valer.

– Minha mãe que me deu. Esse anel era da mãe dela – Sam me contou. – Você é minha melhor amiga, Percy. Por favor, seja minha família.

Fiquei em choque, calada, por uns cinco segundos, com a mente em parafuso. Como eu podia contar a ele sobre Charlie agora? Quando ele estava com um joelho no chão, segurando o anel da sua avó? E como eu podia dizer *sim* sem contar a ele? Eu não faria isso. Não podia. Não quando ele achava que eu era boa o bastante para casar. Só tinha uma opção.

Eu me ajoelhei na frente dele, me odiando pelo que estava prestes a fazer. Pelo que eu tinha que fazer.

– Sam. – Fechei a mão dele sobre o anel e segurei as lágrimas. – Eu não posso.

Ele piscou, depois abriu a boca e fechou de novo, depois abriu, e mesmo assim nada saía.

– A gente é jovem demais. Você sabe disso – sussurrei.

Era mentira. Eu queria dizer sim e *que se foda* para qualquer um que nos questionasse. Eu queria Sam para sempre.

– Sei que eu já disse isso, mas eu estava errado – respondeu ele. – Pouca gente conhece aos treze anos a pessoa com quem vai passar a vida. Mas isso aconteceu com a gente. Você sabe que aconteceu. Eu quero você agora. E quero você pra sempre. Penso nisso o tempo todo. Eu penso em viajar. E em conseguir empregos. E em ter uma família. E você sempre está lá comigo. Você tem que estar lá comigo. – Sua voz falhou e seus olhos correram sobre o meu rosto em busca de um sinal de que eu tinha mudado de ideia.

– Talvez você não se sinta assim para sempre, Sam – argumentei. – Você já me rejeitou antes. Você escondeu o curso de mim, e depois eu passei a maior parte do verão me perguntando por que eu mal tinha notícias suas. E depois aquele e-mail... Eu não tenho como ter certeza de que você vai me amar para sempre quando nem sei se você vai me amar no mês que vem. – As palavras tinham gosto de bile, e Sam jogou a cabeça para trás como se eu tivesse batido nele. – Acho que a gente deve dar um tempo – eu disse, suave o bastante, para que ele não fosse capaz de ouvir a agonia em minha voz.

– Você não quer isso de verdade, né? – ele gaguejou, com os olhos vidrados.

Era como se eu tivesse levado um soco no estômago.

– Só por um tempo – repeti, segurando as lágrimas.

Sam examinou meu rosto como se estivesse deixando alguma coisa escapar.

– Jure por isso aqui – ele exigiu, como se lançasse um desafio, como se não acreditasse em mim de fato.

Eu hesitei, e então enrosquei o indicador na sua pulseira e puxei.

– Juro.

17

AGORA

– Eu transei com o Charlie – conto a Sam, mal registrando o *eu te amo* que ele acabou de me falar.

Ele está calado.

– Sinto muito – digo a Sam, com lágrimas já escorrendo pelo rosto. Falo isso de novo e de novo. E ainda assim ele não responde.

Estamos de frente um para o outro no chão. Ele está olhando por sobre o meu ombro, seus olhos baços e desfocados, os dedos congelados no meu braço.

– Sam? – Ele não se mexe. – Foi um erro – digo, com a voz vacilante. – Um erro enorme. Eu amava você mais do que tudo, só que você foi embora. E depois você escreveu aquele e-mail, e eu achei que você tivesse terminado comigo. Sei que isso não é desculpa pra nada. – As palavras saem bagunçadas. – E foi por isso... que eu acabei com o que existia entre a gente. Eu te amava, Sam. De verdade. Tanto. Mas eu não era boa o bastante para você. Ainda não sou...

Paro de falar, porque Sam está abrindo e fechando a boca, como se tentasse dizer alguma coisa, mas não sai nada.

– Eu faria qualquer coisa para não ter feito aquilo, para consertar tudo – prossigo. – Me diga o que fazer.

Ele olha para mim, piscando em rajadas. Balança a cabeça.

– Sam, por favor, fala alguma coisa. Qualquer coisa – imploro, com a garganta seca. Seus olhos se estreitam e as bochechas despencam. Sua mandíbula está se movendo para a frente e para trás, como se estivesse rangendo os dentes.

– Como foi que aconteceu? – ele pergunta, tão baixo que não ouvi direito.

– O quê?

– Você deu para o Charlie. Eu perguntei como foi.

O tom é venenoso e tão atípico de Sam que vacilo. Fico completamente imóvel, uma sensação irascível se espalhando pelo meu peito e pelos meus braços, como se as palavras dele fossem de fato tóxicas. Eu já tinha imaginado como seria contar a Sam, qual seria a reação dele – dor ou raiva, ou quem sabe indiferença depois de tanto tempo –, mas nunca imaginei que ele seria cruel.

Sam está olhando para mim de um jeito intenso, e de repente me dou conta de que estou completamente nua. Preciso sair daqui. Achei que conseguiria lidar com isso, mas estava errada.

Eu me sento, me cobrindo com um braço enquanto pego as roupas com a outra mão, o cabelo caindo ao redor do meu rosto. Visto a roupa o mais rápido possível, virada para a estante, trêmula e anestesiada, e depois corro para a porta.

– Não estou acreditando – ouço Sam dizer atrás de mim, e paro. – Você simplesmente vai embora.

Enxugo as lágrimas grosseiramente. Quando me viro, ele está de pé, completamente nu, os braços cruzados no peito, os pés bem separados. Quero responder, mas meus pensamentos congelaram.

Sam balança a cabeça uma vez.

– Você está fugindo do mesmo jeito que fez antes. – Cada palavra é afiada e ácida. Nove dardos envenenados. – Eu fui para a faculdade, mas você foi embora e nunca mais voltou.

Eu gaguejo, procurando algo sólido para dizer, mas estou confusa com a ligeira mudança de assunto. A única coisa que parece estar funcionando é meu coração – e ele está disparado. Dá para sentir a pulsação na ponta dos dedos.

– Eu achei que você não queria me ver – finalmente consigo dizer. – A gente vendeu o chalé... eu não tinha razão para voltar.

Seus olhos brilham com mágoa.

– Eu era uma razão para voltar. Todo feriado. Todo verão. Eu estava aqui.

– Mas você me odiava. Eu escrevi para você. Você nunca escreveu ou ligou de volta.

Sam coloca as mãos na cabeça, e eu me calo. Ele respira e então explode.

– Como é que você esperava que eu reagisse? – Sam grita, os tendões do pescoço ficando salientes. Só consigo olhar para ele. Minha boca está aberta. – Você foi para a cama com o meu irmão! – Ele berra a última palavra, e eu me encolho.

Alguma coisa no meu cérebro não está funcionando direito, porque não consigo processar o que ele acabou de dizer. As sequências temporais estão todas misturadas. *Eu fui para a cama com Charlie. Terminei com Sam. A gente nunca mais se falou.* Meu peito está apertado. Esfrego o rosto e tento voltar a me concentrar. Fui para a cama com Charlie, mas não era por isso que Sam não falava comigo. Ele parou de falar comigo porque eu disse *não* para o pedido de casamento. E então as peças começam a se encaixar, e tenho que arquejar fundo. Minha cabeça parece que vai sair voando do pescoço. Pontinhos correm na minha vista como formigas, e eu aperto os olhos. Preciso sair daqui agora.

Dou meia-volta, abro a porta e disparo pelo corredor, depois pela escada em direção à entrada. Sam está gritando meu nome, e dá para ouvir que ele está vindo atrás de mim. Pego minha bolsa no gancho da porta e saio correndo, desço os degraus da varanda e paro de repente.

Meu carro sumiu. *Mas onde é que está a droga do meu carro?* Eu me viro sem referência, como se estivesse em um estacionamento e pudesse ter entrado na fileira errada. Mas não tem nada. Só a grama e as árvores e Sam, pelado, de pé na porta. Eu podia jurar que fui dirigindo até lá depois do funeral, mas agora não tenho tanta certeza. *O que está acontecendo?* Tem um chiado alto saindo da minha boca. *Eu devo estar sonhando*, penso. *É tudo um sonho.*

Venço o cascalho até a estrada. Sam está gritando e xingando, mas eu continuo, as pedras afiadas fincando nos meus pés. É como se meu corpo estivesse ligado no piloto automático enquanto meus pulmões lutam para conseguir oxigênio, porque, sem pensar, sigo em direção ao meu chalé. Não paro quando chego ao fim do longo caminho da entrada.

Isso é só um pesadelo.

Tudo que eu quero é me enrolar minha cama e dormir até amanhã. Vou acordar, tomar café com os meus pais, e Sam vai estar lá um pouco mais tarde, suado por causa da corrida, para me levar para nadar. E tudo vai voltar a ser como deveria. Sam, eu e o lago.

Quando avisto o chalé, quase não o reconheço. Uma ala toda nova se projeta dos fundos, e não há mais pinheiros ao redor da casa. Há um buraco para fogueiras que não existia antes e uma minivan vermelha estacionada perto da porta. Não é o meu chalé, e isso não é um sonho. De algum modo eu volto tropeçando para a estrada, mas minhas pernas se enroscam no caminho e eu caio no chão, tentando respirar, fechando os olhos por causa do ardor das lágrimas.

Não escuto Sam se aproximando. Só o percebo quando seus tênis estão bem diante de mim.

– Dois ataques de pânico num dia é um pouco demais, não acha? – ele reclama, mas suas palavras não são cortantes.

Não consigo responder. Não consigo nem balançar a cabeça. Só posso seguir tentando respirar. Ele se agacha na minha frente.

– Você precisa respirar mais devagar. – Mas eu não consigo. Parece que estou correndo uma maratona no ritmo de um velocista. Ele suspira. – Vamos lá, Percy. A gente pode fazer isso junto. – As mãos dele seguram meu rosto, então seus polegares estão nas minhas bochechas e seus outros dedos no meu cabelo.

– Olha pra mim – Sam pede, e tomba meu rosto em direção ao dele.

Ele começa a respirar devagar, contando as respirações, como fez mais cedo, com a testa enrugada. Levo um minuto para me concentrar, mas no fim consigo respirar com um pouco mais de facilidade, depois um pouco mais devagar, e meu coração acompanha.

– Melhor agora? – pergunta.

Mas não está melhor, nem de longe, porque, agora que o nevoeiro começou a dissipar, lembro o que causou esse tornado de ansiedade.

– Não – resmungo. Olho para Sam, com o queixo tremendo, as mãos dele ainda em volta do meu rosto, e me forço a dizer as palavras. – Você já sabia.

Ele engole e aperta os lábios.

– Já – diz, com a voz rouca. – Eu sabia.

Fecho os olhos e desabo em um monte na terra, soluços silenciosos balançando meu corpo. Escuto Sam dizer alguma coisa, mas só consigo me concentrar em quanto tempo ele sabe e como ele deve ter me odiado tão profundamente por todo esse tempo.

Primeiro eu sinto as mãos dele nas minhas costas e seus braços em volta de mim, e depois tudo fica preto.

18

INVERNO, DOZE ANOS ATRÁS

Delilah pegou um táxi da estação direto para minha casa assim que chegou à cidade para o Natal, arrastando a mala atrás de si. Ela lançou os braços ao meu redor no momento em que abri a porta. Ainda lembro do cheiro dela com meu rosto no seu ombro – uma mistura do casaco de lã, úmido por causa da nevasca forte, e do xampu Herbal Essences.

– Você está com a cara péssima – foi o que ouvi quando Delilah me soltou. – Não dá pra deixar os homens fazerem isso com a gente.

– Eu mesma fiz isso comigo – respondi, e o rosto dela se contorceu de compaixão.

– Eu sei – sussurrou ela, e então arrastou a mala para o meu quarto e deitou comigo na cama enquanto eu voltava a contar tudo que já havia contado ao telefone, inclusive as muitas mensagens que tinha deixado para Sam e que ele nunca respondeu.

– Não encontrei com ele no campus – Delilah disse quando perguntei. – Mas prometo que não vou esconder isso de você se acontecer.

Ter minha amiga de volta a Toronto naquelas curtas semanas de férias de inverno foi a primeira porção de normalidade que eu tinha desde o verão. Ela e Patel haviam reatado (pela centésima vez). Delilah disse que era um relacionamento de sexo puramente casual, mas eu não estava certa se acreditava nela. Eles tinham planos de se encontrar nas férias, mas Delilah passou quase o tempo todo comigo. Tomamos o metrô para o centro e perambulamos pelo shopping, comendo batata frita com molho de carne e queijo na praça de alimentação e nos esparramamos no cinema quando os pés começaram a doer.

Sentamos no chão do meu quarto um dia, mergulhando nossos garfos em um cheesecake inteiro, e eu disse a ela que estava tendo dificuldade na faculdade, que as palavras não vinham com tanta facilidade quanto costumavam quando eu escrevia.

– Eu sinto falta do feedback dele – concluí, enfiando na boca uma garfada cheia de chocolate. – Não sei para quem é que estou escrevendo mais.

– Você escreve para si mesma, Percy, como sempre escreveu. Vou ser sua leitora. Prometo que vou fazer o mínimo de solicitações relacionadas a sexo.

– Será que isso é possível? – perguntei, sentindo um sorriso raro se espalhar pela minha boca.

– Por você eu faria qualquer coisa. – Delilah me deu uma piscadinha. – Até desistir da literatura erótica.

Na véspera do Ano-Novo, fomos ao grande show com contagem regressiva na praça na frente da prefeitura, nos encolhendo por causa do vento gelado e tomando goles escondidos de vodca do cantil do pai dela. Não falamos sobre Sam, e, quando estávamos juntas, era como se eu pudesse enxergar além do nevoeiro pelo qual eu vinha tropeçando fazia meses. No entanto, quando Delilah foi embora para Kingston, o nevoeiro desceu de novo, sugando minha energia, meu apetite e qualquer ambição que eu já tivesse tido de me sair bem na faculdade.

Delilah manteve sua promessa. Ela me ligou no começo de março.

– Eu vi ele – disse ela quando atendi. Nada de alô. Nada de conversa-fiada.

Eu estava andando entre os prédios da universidade e sentei no banco mais próximo.

– Tá bom. – Suspirei alto.

– Foi em uma festa. – Delilah fez uma pausa. – Percy, ele estava muito bêbado.

Havia alguma coisa no jeito como ela falava. Alguma coisa mansa demais.

– Será que eu quero ouvir o resto? – perguntei.

– Não sei. Não é bom, Percy. Você me diz se quer ouvir.

Baixei a cabeça para que o cabelo caísse nas laterais do meu rosto, me protegendo da agitação dos alunos.

– Eu preciso ouvir.

– Tá bom. – Ela respirou fundo. – Sam deu em cima de mim. Ele disse que eu estava bonita e perguntou se eu queria subir com ele. – O mundo parou de se mover. – Eu não subi, é óbvio! Mandei ele se ferrar e fui embora.

– O Sam não faria isso – sussurrei.

– Sinto muito, Percy, mas o Sam fez isso. Só que ele estava muito, muito bêbado, como eu falei.

– Você deve ter feito alguma coisa – gritei. – Você deve ter se insinuado como sempre faz, ou então falou que ele é gato, ou alguma coisa do tipo.

– Eu não fiz nada! – Delilah parecia zangada agora. – Eu não fiz nada nem disse nada pra que ele achasse que eu estava interessada. Como você pode pensar isso?

– Você não pode me culpar por pensar desse jeito – retruquei, secamente. – Você sabe que é meio vagabunda. Você tem orgulho disso.

O choque do que eu disse se expandiu entre nós. Dalilah ficou calada. Eu só sabia que ela estava na linha porque dava para ouvir sua respiração. E, quando ela voltou a falar, também deu para perceber que estava chorando.

– Eu sei que você está chateada, Percy, e eu sinto muito pelo que aconteceu, mas nunca mais fale desse jeito comigo. Me liga quando estiver pronta pra pedir desculpas.

Fiquei ali sentada com a cabeça abaixada e o telefone encostado na orelha muito tempo depois de ela ter desligado. Eu sabia que não devia ter falado o que eu falei. Era terrível, e não queria dizer aquilo. Pensei em ligar de volta. Pensei em dizer que estava arrependida. Mas não liguei. Nunca liguei.

19
AGORA

Acordo na cama de Sam com a cabeça latejando. Uma luz rosa-azulada suave está entrando pela janela. Quanto tempo eu dormi? Afasto o lençol, quente. Ainda estou usando a camiseta e a calça de moletom dele, os joelhos sujos de terra. Fico ali deitada ouvindo, mas a casa está quieta. Na mesa de cabeceira há um copo d'água e um frasco de Advil. Sam deve ter colocado lá.

Depois de tomar dois comprimidos e beber toda a água, eu me sento na beirada da cama, os pés no tapete e a cabeça entre as mãos, fazendo um inventário dos estragos que causei. Joguei a verdade em cima de Sam no pior momento possível. No dia do funeral da mãe dele. Não pensei nele; só pensava em tirar todo aquele sentimento terrível do meu peito. E ele sabia. Ele sabia, e não queria falar a respeito, pelo menos não até o momento.

Sam colocou minha bolsa no chão junto da cama. Remexo nela procurando meu celular. Determinada a não deixar mais ninguém de fora da minha vida, ligo para Chantal.

– P? – Ela está grogue de sono.

– Eu ainda amo o Sam – sussurro. – Estraguei tudo. E eu o amo. E estou com medo de que, mesmo se conseguir seu perdão, ainda não seja boa o bastante para ele.

– Você é boa o bastante – Chantal me garante.

– Mas eu sou uma bagunça danada. E ele é médico.

– Você é boa o bastante – ela repete.

– E se ele não achar isso?

– Aí você volta pra casa, P. E eu te digo por que ele está errado.

Fecho os olhos e solto um suspiro trêmulo.

– Tá bom. Eu consigo fazer isso.

– Eu sei que você consegue.

Quando desligamos, atravesso o corredor escuro até o banheiro. Acendo a luz e faço uma careta ao ver meu reflexo. Debaixo do rímel borrado, minha pele está manchada e meus olhos, verme-lhos e inchados. Jogo um pouco de água fria no rosto e esfrego a maquiagem preta escorrida até as bochechas ficarem vermelhas e esfoladas.

O cheiro de café alcança meu nariz quando desço a escada na ponta dos pés. Tem uma luz acesa na cozinha. Respiro fundo antes de ter que encarar Sam de novo. Mas não é Sam. É Charlie. Ele está à mesa no mesmo lugar em que Sue costumava se sentar. Está segurando uma caneca e olhando diretamente para mim como se estivesse me esperando.

– Bom dia. – Charlie ergue seu café na minha direção.

– Você pegou meu carro – digo, em pé na porta.

– Eu peguei seu carro – ele responde, depois toma um gole. – Desculpa por isso. Eu não sabia que você ia precisar sair com tanta pressa. – Claramente Sam o informou sobre um detalhe ou outro. – Ele está no lago – Charlie me informa, antes que eu pergunte.

Olho na direção da água e depois de volta para ele.

– Sam me odeia.

Charlie se levanta e vem até mim, sorrindo com gentileza enquanto coloca uma mecha de cabelo atrás da minha orelha.

– Você está errada – diz ele. – Acho que os sentimentos dele por você são basicamente o exato oposto. – Os olhos dele correm sobre o meu rosto e seu sorriso desaparece. – Você me odeia? – pergunta, baixinho.

Demoro um instante para entender por que Charlie me pergunta isso, mas então percebo: ele é a única outra pessoa que poderia ter contado a Sam sobre o que aconteceu entre nós.

– Nunca – digo, com a voz falhando, e ele me puxa para um abraço apertado. – Eu também não te odiei depois do que aconteceu. Você foi tão bom pra mim naquele verão.

– Eu tinha segundas intenções, mas nunca planejei fazer um avanço – sussurra Charlie. – Até aquela noite.

– Aquela noite foi culpa minha – afirmo.

Ele me abraça apertado e depois me solta.

– Posso perguntar uma coisa? – digo quando nos separamos.

– Claro – Charlie responde. – Qualquer coisa.

– A sua mãe sabia?

O rosto dele murcha um pouco, e eu fecho os olhos, engolindo o nó na garganta.

– Se te faz sentir melhor, ela ficou mais brava comigo.

– Não me faz sentir melhor – resmungo.

Ele balança a cabeça, os olhos tremulando como vaga-lumes.

– Tentei contar para ela que *você* me seduziu com doces e pernas peludas, mas ela não se convenceu.

Solto uma risada, e um pouco do peso vai embora.

– Ela me disse pra te ligar – Charlie me conta, mais uma vez sério. Eu paro de respirar. – Antes de morrer. Ela disse que ele ia precisar de você depois.

Eu o abraço de novo.

– Obrigada – sussurro.

* * *

Sam está sentado na beira do cais, com os pés na água. O sol ainda não se ergueu acima das colinas, mas sua luz lança um halo em volta da margem oposta que promete que isso vai acontecer daqui a pouco. Meus passos fazem as tábuas balançarem enquanto caminho em direção a ele, mas ele não se vira.

Eu me sento junto de Sam, pouso duas canecas de café fumegando, depois arregaço a calça até os joelhos para poder mergulhar as pernas no lago. Passo uma das canecas para ele e nós bebemos em silêncio. Ainda não há barcos, e o único som é o chamado distante e triste de um mergulhão. Estou na metade do meu café – tentando decidir por onde começar – quando Sam começa a falar.

– O Charlie me contou sobre vocês dois nas férias de Natal, quando nós viemos da faculdade – ele começa, olhando para a água calma.

Quero interromper e me desculpar, mas sei que Sam tem mais coisas para me dizer. E o mínimo que posso fazer é dar a ele a chance de contar o seu lado da história, apesar de todo o medo que tenho de ouvir – de ouvir como foi para Sam saber durante todo esse tempo o que eu tinha feito, de ouvir Sam chegar à parte em que ele nunca mais quer me ver.

A voz dele está rouca, como se ainda não tivesse falado esta manhã.

– Fiquei bem mal depois que a gente terminou. Eu não entendia o que tinha desandado e por que você tinha se fechado daquele jeito. Mesmo que não estivesse pronta para o casamento ou até para falar sobre casar, terminar tudo não fazia sentido para mim. Era como se eu tivesse vivido todo o nosso relacionamento de um jeito completamente diferente de como você o viveu. Era como se eu estivesse enlouquecendo.

Sam faz uma pausa e me olha de canto do olho. Dá para sentir a vergonha apertando minha garganta e meu coração batendo mais forte, mas, em vez de lutar contra isso, eu aceito que vai ser desconfortável e me concentro em Sam e no que ele precisa falar.

– Acho que o Charlie pensou que, se eu soubesse o que realmente tinha acontecido, poderia de alguma forma remediar as coisas, explicar por que você tinha me rejeitado. – Ele balança a cabeça como se ainda não acreditasse. – Ele me falou que você ainda me amava sim, que tinha se arrependido imediatamente e que acabou tendo um surto.

– Eu tive um ataque de pânico – sussurro.

– Sim, eu meio que entendi essa parte no velório. – Sam me encara. Está tão mais calmo do que ontem, mas sua voz soa oca.

– Eu me arrependi mesmo – digo, hesitando antes de colocar a mão na coxa dele. Sam não se afasta nem fica tenso ao meu toque, então a mantenho lá. – É o maior arrependimento da minha vida. Queria que não tivesse acontecido, mas aconteceu, e eu sinto muito.

– Eu sei. – Ele volta a olhar para o lago, os ombros curvados. – Lamento ter perdido a cabeça ontem. Achei que tinha superado essa situação anos atrás, mas ouvir você dizer foi como escutar pela primeira vez de novo.

Pego sua mão e a aperto.

– Ei – começo a falar, então Sam olha para mim, e, quando faz isso, aperto a mão dele com mais força e olho nos seus olhos. – Você não tem motivo pra se desculpar. Já eu...

Ele dá um sorriso triste e passa a mão no cabelo.

– A questão, Percy, é que eu tenho motivo, sim.

Dá para sentir meu rosto se contorcer de confusão. Ele levanta uma perna, se virando para ficar de frente para mim. Tiro os pés da água e sento com as pernas cruzadas para poder fazer o mesmo.

– Você sempre achou que eu era perfeito.

– Sam, você *era* perfeito – respondo, afirmando o óbvio.

– Eu não era! – diz ele, inflexível. – Eu estava obcecado por sumir daqui, e, quando fui para a faculdade, fiquei morrendo de medo de estragar tudo, de só parecer inteligente porque cresci em uma cidade tão pequena. Era como se a qualquer momento eles fossem descobrir que eu era uma fraude. Fiquei paralisado de medo. Eu também estava sentindo falta de casa. Morria de saudade de você. Não queria que você soubesse como estava sendo ruim, que pensasse menos de mim, então eu não telefonava.

– Você tinha dezoito anos, e era totalmente normal se sentir assim. Eu era imatura demais para perceber.

Sam balança a cabeça.

– Eu sempre tive ciúme do Charlie. Acho que você sabia disso. Ele mal estudava no ensino médio e arrasava em todas as provas. As garotas o amavam. Tudo parecia acontecer tão fácil pra ele. E aí você também aconteceu.

Meu estômago parece ter despencado quarenta andares.

– Senti que meu futuro tinha ido pelos ares quando você disse que não podia casar comigo – continua Sam. – Mas achei que um dia você ia mudar de ideia. Que nós dois precisávamos só de um pouco de tempo. Mas então... eu não aceitei bem as coisas quando soube de você e do Charlie. – Ele esfrega o rosto. – Fiquei com raiva. De você. Do Charlie. E de mim mesmo. O que eu sentia por você sempre foi tão claro para mim... mesmo quando a gente era novo, eu sabia que tínhamos sido feitos um para o outro. Duas metades de um todo. Eu te amei tanto que a palavra "amor" não parecia grande o bastante para o que eu sentia. Mas agora estou me dando conta de que você não sabia disso. Você não teria se envolvido com o Charlie se soubesse. É por isso que eu sinto muito.

Sam estica o braço na minha direção, soltando meu lábio inferior dos meus dentes com o polegar. Eu não tinha percebido que estava mordendo.

Começo a responder, a falar que ele não precisa se desculpar, que sou quem devia estar se explicando, mas Sam me interrompe.

– Quando eu voltei para a faculdade depois do Natal, só queria esquecer você e nós dois e tudo o que tinha acontecido – continua ele. – Eu queria tirar você da cabeça, mas acho que também queria te machucar do mesmo jeito que você tinha me machucado. Estudava feito louco, mas também bebia muito. Eu ia a festonas na casa das pessoas... Sempre tinha um barril de cerveja e sempre tinha meninas.

Sam faz uma pausa. Os músculos do meu estômago se contraem à menção das outras. Ele aperta os olhos, como se estivesse pedindo permissão para continuar; eu respiro fundo e espero.

– Não lembro da maioria delas, mas sei que foram muitas. O Jordie tentava ficar de olho em mim. Ele estava com medo de eu pegar alguma doença ou transar com a namorada de algum psicopata, mas eu era incansável. Só que não fazia diferença. Eu só conseguia pensar em você todo dia – Sam diz, com a voz áspera. – Mesmo quando eu estava com outras meninas, tentando apagar você da minha cabeça, você ainda estava lá. Eu às vezes acordava e nem sabia onde estava, com tanta vergonha e sentindo tanta saudade. Mas eu fazia tudo de novo, procurando esquecer. E então uma noite, numa festa no porão de uma fraternidade, eu vi a Delilah.

Minha respiração fica suspensa ao ouvir o nome dela, e esfrego o peito como se isso pudesse aliviar a dor debaixo do meu esterno.

Sam espera até que eu olhe para ele de novo.

– Não precisa me contar – eu o tranquilizo. – Essa parte eu tenho certeza de que sei.

– A Delilah te contou?

Eu assinto.

– Eu achei mesmo que ela ia te contar. Ela era uma amiga de verdade.

Estremeço, lembrando do jeito terrível como a tratei. Eu tinha ficado possessa e depois, quando superei minha raiva, estava constrangida demais para pedir desculpas.

– Eu estava louco de tão bêbado, Percy. E eu dei em cima dela. Ela me deu um fora e se mandou. Acho que eu vomitei na minha roupa uns dois minutos depois.

Exatamente o que Delilah tinha contado.

271

Ele solta uma risada amarga.

– Foi mais ou menos depois disso que eu parei de dormir. Eu só comia, ia para a aula e estudava. Eu era como uma espécie de robô, mas depois de um tempo parei de ficar tão bravo com você e o Charlie... e comigo mesmo.

– Eu sinto muito – sussurro. – Odeio ter feito isso com você. – Observo as marolas do lago irradiando do lugar onde um peixe pulou. Nós dois estamos calados. – Eu mereci – digo depois de um tempo, me virando para Sam. – As outras meninas. Você ter dado em cima da Delilah. Você ter gritado comigo ontem. Pelo que eu fiz, eu mereci tudo.

Ele se inclina para a frente como se não tivesse me ouvido bem.

– Mereceu? – Sam repete, os olhos intensos. – Do que você está falando? Você não mereceu isso, Percy. Do mesmo jeito que eu não mereci o que aconteceu com o Charlie. As traições não se anulam. Elas só machucam mais. – Ele segura minhas mãos e as esfrega com os polegares. – Eu pensei em te contar – diz Sam. – Eu devia ter contado. Recebi todos os e-mails que você mandou e até tentei responder, mas fiquei te culpando por um bom tempo. E eu achei que você talvez fosse continuar me escrevendo se ainda ligasse para mim, mas um dia você parou de escrever.

A cabeça dele está curvada, e Sam está olhando para mim através dos cílios.

– Quando encontrei aquela locadora com a seção de terror no quarto ano, quase te procurei. Mas aí já parecia tarde demais. Imaginei que você tivesse seguido em frente.

Balanço a cabeça com força. De tudo o que Sam acabou de dizer, isso é o que mais machuca.

– Eu não tinha seguido em frente – resmungo.

Aperto os dedos dele, e nos encaramos por uns bons segundos. E então elas me vêm – as três palavras de ontem, ecoando na minha cabeça em arroubos de felicidade.

Eu te amo.

Sam sabe o que aconteceu entre mim e Charlie há anos, sabia disso o tempo todo desde que voltei. Ele terminou com a namorada, apesar do que eu fiz.

Eu te amo. Acho que nunca deixei de te amar.

As palavras não conseguiram romper meu pânico antes, mas agora colam nas minhas costelas como melado.

– Ainda não segui em frente – sussurro.

Sam está completamente imóvel, mas seus olhos percorrem freneticamente meu rosto, a cabeça ligeiramente inclinada, como se o que eu disse não fizesse sentido. Agora que o dia está ficando mais claro, dá para ver que seus olhos estão vermelhos. Ele não deve ter dormido muito essa noite.

– Pensei que nunca mais fosse te ver. – Minha voz falha, e eu engulo em seco. – Eu teria dado qualquer coisa para sentar neste cais com você, para ouvir a sua voz, para te tocar. – Passo os dedos na barba por fazer na sua bochecha, e ele coloca a mão em cima da minha, prendendo-a lá. – Eu me apaixonei por você quando tinha treze anos e isso nunca mudou. Você é tudo para mim.

Sam fecha os olhos por uns três segundos e, quando abre, eles são piscinas brilhantes debaixo de um céu estrelado.

– Jura por isso aqui? – pergunta.

E, antes que eu consiga responder, ele coloca as mãos nas minhas bochechas e encosta a boca na minha, terna, cheia de perdão e completamente Sam. Ele a tira cedo demais, e apoia a testa na minha.

– Você me perdoa? – sussurro.

– Eu te perdoei já faz tanto tempo, Percy.

Sam olha para mim por um bom tempo, sem falar, nossos olhos travados.

– Tenho uma coisa pra você – anuncia.

Ele se ergue de lado e pega algo no bolso. Olho para baixo quando sinto que ele está mexendo em alguma coisa na minha mão.

Não está tão colorida quanto antes; o laranja e o rosa desbotaram e o branco ficou cinza, e é grande demais para mim. Mas aqui está ela, depois de todos esses anos. A pulseira da amizade de Sam amarrada no meu pulso.

– Eu disse que te daria uma coisa se você cruzasse o lago a nado. Achei que você merecia um prêmio de consolação. – Ele dá um puxão na pulseira.

– Amigos de novo? – pergunto, sentindo o sorriso se espalhar pelas minhas bochechas.

O canto de sua boca se levanta.

– A gente pode dormir um na casa do outro como amigos?

– Parece que eu lembro que dormir na casa um do outro faz parte do acordo – digo, e então acrescento: – Não quero estragar as coisas de novo, Sam.

– Acho que estragar as coisas faz parte do acordo – ele responde, dando um apertozinho na minha cintura. – Mas acho que nós conseguimos consertar melhor da próxima vez.

– Eu quero – digo a ele.

– Que bom. Porque eu também quero.

Sam me puxa para o seu colo, e eu passo as mãos no seu cabelo. Nos beijamos até o sol nascer logo acima da colina, nos envolvendo no cobertor de calor irradiado pela manhã. Quando por fim nos separamos, nós dois estamos com sorrisos grandes e estúpidos.

– Então o que a gente faz agora? – Sam pergunta, com a voz grave, passando o dedo nas sardas no meu nariz.

Tenho que fazer checkout no hotel mais tarde, e não faço ideia do que vai acontecer depois disso. Mas agorinha? Eu sei exatamente o que a gente vai fazer.

Tiro a camiseta dele, passo as mãos nos seus ombros e sorrio.

– Acho que a gente devia dar um mergulho.

EPÍLOGO
UM ANO DEPOIS

Espalhamos as cinzas de Sue na noite de uma sexta-feira de julho. Levou um ano para Sam e Charlie tomarem coragem para deixá-la ir. Escolhemos essa hora do dia porque, nas raras ocasiões em que Sue estava em casa com os meninos nas noites de verão, ela servia o jantar no deque, bem quando o sol começava a iluminar a outra margem do lago, e suspirava, cansada mas feliz.

– Não sei se é mais bonito porque eu quase nunca consigo ver o pôr do sol nesta época do ano ou se é sempre tão especial assim – ela comentou comigo certa vez, enquanto arrumávamos a mesa. – É a hora mágica.

E parece mesmo mágica quando Sam e eu, de mãos dadas, descemos pela colina atrás de Charlie até o lago. A maneira como o cintilar dourado ilumina todos os detalhes da fileira de árvores e da costa que não dá para ver quando o sol está alto. O jeito como a água parece estagnar como se também estivesse fazendo uma pausa nas atividades do dia para um happy hour e um churrasco em família. O modo como estamos atravessando as tábuas do cais dos Florek e subindo no Banana Boat.

Charlie e Sam concordaram que o barco precisava fazer parte do dia de hoje, que faríamos uma viagem no barco do pai deles para nos despedir de sua mãe. Eles tentaram consertá-lo juntos nos poucos fins de semana da primavera, quando todos fomos para o lago. Eu estava cética quanto a esse plano ambicioso, mas Charlie insistiu que eles já tinham feito isso uma vez e poderiam fazer de novo. Sam tinha declarado que era muito mais jeitoso do que antes. Nenhuma das duas coisas se mostrou verdadeira, no fim das contas.

No fim de semana prolongado de maio, eu os encontrei na garagem, cobertos de graxa, meio bêbados e dando tapas na lateral do barco, frustrados. Eles o rebocaram para a marina no dia seguinte.

Agora, Charlie assume o banco do condutor e Sam senta ao lado dele, e seguimos para o meio do lago. Eu observo os dois do banco na frente, o banco em que me sentei todos aqueles anos atrás, quando me dei conta pela primeira vez da paixão que sentia pelo meu melhor amigo. Hoje Sam está de terno – outra coisa que ele e Charlie combinaram foi que esta era uma ocasião que exigia paletó e gravata, apesar de ambos odiarem. Sam parece tão adulto, uma coisa que ainda me surpreende de tempos em tempos, e também está muito parecido com aquele nerd magrelo por quem me apaixonei.

Ele vê que o estou encarando e abre um sorriso torto, articulando as palavras *eu te amo* com os lábios por sobre o rugido do motor. Faço o mesmo para ele. Charlie vê nossa interação e prende Sam com o braço enquanto passa o motor para a marcha lenta. Somos os únicos na água.

– Não é hora de namorar, Samuel – Charlie o repreende com uma piscadela na minha direção.

Nós três moramos em Toronto agora. Sam e eu em um apartamentinho alugado no centro da cidade, e Charlie em outro, mais chique, que ele comprou em um bairro bacana a cinco estações de metrô ao norte da nossa linha. Entre as muitas horas de trabalho de Charlie, os turnos de Sam no hospital e minha escrita (que Sam me convenceu a *tentar, só tentar*, e com a qual agora me debato antes do amanhecer, antes de ir para a redação), não passamos tanto tempo juntos quanto gostaríamos. E gostamos de passar tempo juntos. É uma revelação e um alívio – que veio com momentos desconfortáveis e algumas discussões, sobretudo durante as primeiras vezes que voltamos a nos encontrar –, mas cá estamos todos nós, o vento no cabelo, o sol no rosto, rumo ao centro do lago Kamaniskeg no Banana Boat.

Foi um longo processo para Sam e eu chegarmos aqui também – para encontrarmos nosso ritmo como casal, confiarmos um no outro e lutarmos contra a voz persistente que me diz que não sou boa o bastante, que não mereço Sam nem minha felicidade. Perdemos a cabeça um com o outro, trocamos acusações e gritamos, mas ficamos juntos e arrumamos a bagunça. Também temos sido amigos. E essa é a parte que tem sido fácil – rir, provocar, torcer um pelo outro. A gente ainda consegue se comunicar sem pronunciar uma palavra. E temos usado bem a coleção de filmes de terror do Sam.

Sam está segurando a urna, um recipiente de teca levemente lustrado que parece pequeno demais para conter tudo o que Sue era. O sorriso dela. Sua confiança. Seu amor.

– Então? – ele pergunta para o irmão. – Está pronto?

– Não – responde Charlie. – Você está?

– Nem um pouco.

– Mas está na hora.

E Sam concorda.

– Está na hora.

Sam vai para a popa e Charlie fica no banco do condutor, observando o irmão tirar a tampa e escorar as pernas na parte de trás do barco. Sam olha para nós por sobre o ombro, primeiro para mim e em seguida para o irmão, e assente com a cabeça.

– Manda ver – diz ele.

Charlie abaixa o manche e o barco corre pela água. Sam ergue a urna e a estende para fora, inclinando-a para que as cinzas de Sue voem pelos ares atrás do barco, uma vaga faixa cinza na água azul brilhante. E, em alguns segundos, Sue se foi.

Voltamos para a casa calados, Charlie na frente e Sam ao meu lado, com o braço em volta dos meus ombros. Dá para ouvir a música e as risadas antes de termos percorrido metade da colina.

Algumas pessoas vão estar na casa dos Florek – uma grande festa, do jeito que Sue ia querer. Vai ter Dolly e Shania tocando nas caixas de som. Vai ter comida, cerveja e vinho sem miséria. Vai ter pierogis feitos por Julien, que comprou o Tavern de Charlie e Sam com um *desconto de filho para pai*. Vai ter dezenas de convidados – todo mundo que amava Sue, inclusive meus pais, e algumas pessoas que não tiveram a chance, mas que a teriam amado, como Chantal. E vai ter um lampejo de cabelo ruivo. Porque uma das coisas mais difíceis que fiz no ano passado foi pedir desculpas a Delilah. Achei que ela seria educada, mas impassível, quando a encontrei em um café em Ottawa – tudo isso foi há muito tempo. Não esperava que ela atirasse os braços ao meu redor e perguntasse por que eu tinha demorado tanto.

E mais tarde hoje à noite, quando todo mundo for embora e estivermos apenas Sam e eu de pijama no porão, vai ter pipoca e um filme e um anel em uma caixa de madeira antiga com minhas iniciais gravadas na tampa. Vai ser feito das meadas torcidas das linhas de bordar que combinam com a pulseira desbotada no meu pulso. E vou me ajoelhar e pedir para Sam Florek ficar comigo. Para ele ser minha família. Para sempre.

AGRADECIMENTOS

Em julho de 2020, decidi escrever um livro. Era uma ambição que eu tinha havia muito tempo, mas que estava guardada nas cavernas do meu coração e da minha mente. Achei que nunca conseguiria e estava convencida de que, se eu tentasse, não seria capaz de terminar. Além do mais, eu era editora – meu trabalho por quinze anos tinha sido ajudar as palavras de outros autores a se destacarem. Mas naquele verão a pandemia me obrigou a fazer Grandes Perguntas Sobre a Vida, e decidi não adiar mais. Estipulei dois objetivos: esboçar um romance até o fim do ano e deixá-lo bom – não perfeito, mas alguma coisa de que eu me orgulhasse. Eu não sabia que escrever *Depois daquele verão* seria o projeto mais satisfatório em que eu tinha mergulhado. Eu não sabia que ele me traria tanta alegria em tempos difíceis. E eu não sabia que ele viraria um livro de verdade e eu, uma escritora. Por isso, tenho muitas pessoas a agradecer.

A primeira é Taylor Haggerty, minha agente dos sonhos. Segurei as lágrimas quando Taylor se ofereceu para me representar. Ela é uma super-heroína, que aparece equipada com instintos afiados, parecer editorial impecável e paciência infinita com romancistas novatas cheias de perguntas. Não tem ninguém com quem eu teria preferido me juntar nesta jornada. Taylor, obrigada por acreditar em mim e neste livro.

Desde a nossa primeira conversa, senti que era para Amanda Bergeron ser minha editora. Vou ser eternamente grata (e até meio assustada), porque foi exatamente isso que aconteceu. Amanda e eu estávamos grávidas enquanto trabalhávamos em *Depois daquele verão*, e adoro o fato de termos trazido o livro ao mundo junto com dois humanozinhos. Amanda, obrigada por sua paixão ilimitada pela história de Percy e Sam e por tudo que você fez para dar vida a ela.

Recebi a dádiva do talento e da orientação de uma segunda editora brilhante, Deborah Sun de la Cruz. Deborah, obrigada por seu trabalho de edição inteligente e por mobilizar as tropas canadenses em torno do livro. Tenho uma sorte incrível por ter você na minha equipe.

Para Sareer Khader, Ivan Held, Christine Ball, Claire Zion, Jeanne-Marie Hudson, Craig Burke, Jessica Brock, Diana Franco, Brittanie Black, Bridget O'Toole, Vi-An Nguyen, Megha Jain, Ashley Tucker, Christine Legon, Angelina Krahn e a equipe de vendas da Berkley, e também Jasmine Brown e a equipe da Root Literary: obrigada pelo entusiasmo com este livro e pelo trabalho árduo para colocá-lo no mundo.

Obrigada a Nicole Winstanley, Bonnie Maitland, Beth Cockeram, Dan French e Emma Ingram, da Penguin Canada, por oferecerem a mim e a *Depois daquele verão* um lar adorável no Canadá. Obrigada também a Heather Baror-Shapiro, por fazer de minha obra um livro global de verdade. E a Anna Boatman e a equipe da Piatkus, por levar meu romance para o Reino Unido, a Nova Zelândia e minha outra terra natal, a Austrália.

Para Ashley Audrain e Karma Brown, obrigada por sua incrível bondade, pelo apoio e pelas palavras de sabedoria inestimáveis enquanto me guiavam pelo mundo editorial e pela vida de escritora.

Meredith Marino, Courtney Shea e Maggie Wrobel: obrigada por serem minhas primeiras leitoras e por me darem um feedback inteligente (no meu prazo de duas semanas, nada menos!). Tenho a sorte de contar com amigas muito brilhantes e incentivadoras. Nos primeiros estágios da escrita, mandei para Meredith as dez primeiras páginas do manuscrito, e ela prometeu ser honesta sobre o que achava. Logo depois, recebi uma mensagem dizendo: "Acho que você vai ser uma escritora de verdade!!!!!!!!!!!". Meredith, você estava certa, como sempre. Obrigada por me dar confiança para continuar.

Eu estava apavorada por deixar meu marido ver o primeiro rascunho. Achei que não iria conseguir morar na mesma casa enquanto ele o lia ao meu lado, odiando cada palavra. Marco passou vários dias me convencendo a superar esse medo e lhe entregar uma cópia. Quando finalmente o fiz, ele a leu em uma velocidade vertiginosa e a considerou *um livro de verdade* de que ele gostou muito. Também disse que o texto estava cheio de erros de digitação. Obrigada, Marco, por revisar o manuscrito antes de eu enviá-lo para o mundo. Obrigada por não hesitar quando anunciei de repente que ia escrever um livro e dedicar tempo a isso todos os dias. Obrigada por cuidar do Max enquanto eu colocava minhas palavras no papel. E obrigada especialmente por me ajudar a reunir coragem para tirar o medo do meu caminho.

GUIA
DE LEITURA

POR TRÁS DO LIVRO

Eu me mudei para o lago quando tinha oito anos, em um verão. No turbilhão da história de amor dos meus pais, minha mãe, uma canadense, e meu pai, um australiano, se conheceram na Escócia, ficaram noivos em três meses e foram começar uma vida juntos em Toronto. Quando eu tinha três anos, fomos morar na Austrália; quando eu tinha oito, voltamos para o Canadá. Mas, em vez de comprar uma casa na cidade, eles decidiram se estabelecer em Barry's Bay – uma cidadezinha a leste de Ontário –, onde eram donos de um pequeno chalé no lago Kamaniskeg.

Cresci na água, aonde chegava por uma estreita trilha de terra batida no mato. Passei os verões usando maiôs úmidos, lendo no cais, e, quando fiquei mais velha, trabalhando no restaurante da minha família à noite. (Ainda que a inspiração para o Tavern deste livro tenha vindo da amada Wilno Tavern, que fica em uma cidade próxima a Barry's Bay.)

Meus pais venderam a casa em Kamaniskeg há mais de uma década, mas, como os lagos são os lugares que me deixam feliz, meu marido e eu continuamos a alugar um chalé nos arredores de Barry's Bay algumas semanas em agosto. O proprietário é americano e em 2020, quando a fronteira entre o Canadá e os Estados Unidos foi fechada para turistas, ele deixou que a gente passasse o verão lá.

Em meados de julho daquele ano, senti um desejo muito forte e repentino de escrever um livro. Não sou uma pessoa espiritual (até o *om* nas aulas de ioga me faz sentir estranha), mas a força com que essa avidez me tomou foi diferente de tudo que senti antes ou depois dela. Foi uma epifania, meu único momento *arrá* digno de Oprah Winfrey.

Acho que você vai perceber depois de ler *Depois daquele verão* que eu estava me sentindo nostálgica quando escrevi o livro. Não é coincidência que eu estivesse morando perto do lago, no lugar onde cresci, quando comecei o manuscrito. Eu queria homenagear a água cintilante e o mato fechado, os céus que se estendem infinitamente e as tempestades que os iluminam no escuro. Eu queria pulseiras da amizade e casquinhas de sorvete escorrendo. Eu queria fugir de 2020 e voltar para o melhor dos verões da minha infância.

Tenho um pouco de vergonha de admitir que, durante um bom tempo da minha vida adulta, ler parecia mais uma tarefa do que uma ruptura com a realidade. Como editora, eu lia para o trabalho o dia todo, e a ideia de olhar para mais palavras nos meus momentos de ócio era completamente desagradável. Eu mal aguentava pegar um livro. Queria conseguir lembrar exatamente qual deles foi o que me fez começar a ler romances femininos e *young adult* alguns anos atrás. Eu queria saber para poder procurar a autora e agradecê-la de todo o coração. Pode ter sido Christina Lauren, Colleen Hoover, Jenny Han, Angie Thomas, Emily Henry, Tahereh Mafi, Sally Thorne, Nicola Yoon ou Helen Hoang. Ou muitas, muitas outras. O que eu sei é que, depois que comecei, não consegui parar. Passei de ler um punhado de livros por ano a devorar diversos por semana.

Não percebi isso na época, mas acho que a parte editora do meu cérebro estava descobrindo como esses livros funcionavam – quais eram os marcos narrativos e onde eles se encaixavam na história, que tipo de personagem eu achava intrigante, como os autores mantinham o leitor envolvido do início ao fim. Eu vinha estudando os elementos de um romance sem me dar conta de que de fato o estava fazendo. Sou formada em jornalismo, não tenho experiência acadêmica com redação criativa, mas considero o tempo que passei – e continuo passando – como leitora profundamente envolvida como minha formação.

Antes de colocar os dedos no teclado, eu sabia que queria fazer uma história de amor, e sabia que queria que tivesse um final feliz. (Em 2020, eu só conseguiria tolerar um final feliz.) Queria que o relacionamento central se estendesse por muitos anos e mostrasse toda a angústia e empolgação fomentadas por hormônios adolescentes e o peso sob o qual vivemos depois que nos tornamos adultos. Queria explorar a sensação incrível de encontrar a sua pessoa, aquele amigo que te arrebata como ninguém, que faz você se sentir visto, seguro e radiante.

Também queria escrever sobre pessoas que estragam tudo, mas que no fim tentam dar o melhor para consertar as coisas. As personagens deste livro são todas falhas. (Exceto, talvez, Sue. Tenho certeza de que Sue é perfeita.) Espero que isso as torne ainda mais interessantes. Sou pessoalmente atraída por protagonistas como Percy e Sam, que lutam contra suas próprias fraquezas, que enfrentam obstáculos externos e internos. Para alguns leitores, a traição de Percy é imperdoável. E mesmo assim Sam a perdoa. Aceitar isso não é fácil; o final feliz dos dois é duramente conquistado.

Eu queria sobretudo escrever o tipo de livro que gosto de devorar, o tipo de livro que me deu de volta o amor pela leitura vários anos atrás. Escrever *Depois daquele verão* foi uma fuga para mim. Espero que a leitura sido o mesmo para você.

A LISTA DE LEITURA
DA CARLEY

1

28 Summers, de Elin Hilderbrand

2

Leitura de verão, de Emily Henry

3

Sempre em frente, de Rainbow Rowell

4

A luz que perdemos, de Jill Santopolo

5

Para sempre interrompido, de Taylor Jenkins Reid

6

Acorda pra vida, Chloe Brown, de Talia Hibbert

7

Hana Khan Carries On, de Uzma Jalaluddin

8

Irmãs de verão, de Judy Blume

9

Love Lettering, de Kate Clayborn

10

Palavras em azul profundo, de Cath Crowley

Fontes TIEMPOS, GT HAPTIK
Papel PÓLEN NATURAL 80 G/M²
Impressão IMPRENSA DA FÉ